异旅人丛书

甄妮 著

诗人和鲸鱼

上海文艺出版社

One cannot, perhaps, love or believe at all if one does not love or believe a little too much.

—— W. B. Yeats

就算无法恢复庞贝的废墟

(代序)

包慧怡

"他置身于一艘古老的大船底部,船上装满了各种各样疯癫的人。船上的人流传着一种奇怪的传说,他们说,现在最新的旅行方式,是依靠巨鲸的嘴巴。只要你有勇气跳下去,你就能获得自由,去世界上的任何地方。"

读到《诗人和鲸鱼》定稿中的这段话时,距离我第一次在网上读到这部小说的片段,已经过去了七年。七年,足够一类动物过完一生,也足够一部小说手稿以及赋予它生命的年轻女孩发生脱胎换骨的变化。甄妮用了这么长的时间从虚空中织出一匹美丽的动物,这份执著令她在人群中闪光。她像一种怀揣珍贵礼物却不自知的白色水禽,一心想着要把礼物打磨得更加潋滟,而在投递的岸边徘徊了太久。

第一次见面是在 2010 年盛夏的上海(我们总共只见过两

次），那时她在西班牙一边念经济学博士一边写小说，我正准备去爱尔兰念中世纪文学，我们相逢在抵达和出发的动滑轮中，相逢成了历险。我们在夏日的核心交轨，难以掩饰辨认出同类的、汗淋淋的喜悦。我对她的专业和她随手画来的复杂公式一无所知——向来羡慕文理兼达的大脑，而她瘦小的身体里似乎装着无穷的能量，随时准备向任何一片未知的海域扬帆。她送我巴塞罗那古董店淘来的圣甲虫符和塔罗，恰是我一直在寻找的一副牌；我没有告诉她，被她用作豆瓣签名档的薇依《重负与神恩》中的话也是我最喜欢的；我们在昏暗的咖啡馆里分享了对于鲸鱼这种动物的共同激情。

  站在少女时代的尾巴上，因为一两个秘密接头暗号而产生共振似乎是容易的事，然而彼时我在她身上看见的希望和风暴，剂量庞大，又在乖巧的外表下藏匿完好，我想，这会是个一生都携带六分仪出门航海的女孩。

  "冰凉的雪片如同吗哪般进入他的嘴唇。下雪是在地球上经历宇宙中的日子。""我们会在你的心脏上放上冰块，以便你有足够的时间和上帝交谈。""无论怎样恢复罗马废墟和庞贝，我们也无法恢复居住其中的人们的生活及其情感，无法恢复多年前的夏日，一个人特殊的凝视的眼神。""黑暗的鲸腹中有一座真正的哥特式教堂。"甄妮的语感本来是属诗的，但她又是个身染叙事癖的不幸者／幸运儿，如何写好一个属诗而又不为语言所困的故事，成了她的难题和契机。在我的任性理解中，《诗人和鲸鱼》是一个关于心灵的废墟、以及废墟中飘出的神秘音乐的故事，这样一个隐幽的主题需要时间展开，全书的阅读快感也在三分之一篇幅后指数增长。无论是谢霖也好，秋熙也好，青也好，我想，有些晦暗是不需要他人原谅的。那摧毁别人心房的人也擅长摧毁自己，所有人都是轮回里的废墟制造者，最终区分我们的，是新生的可能性。

譬如秋熙站在幻灭的终点，选择了另一种相信：

在宇宙的中心，在一个神秘的居所，在上帝的灵魂和头脑之中，所有的人类的回忆都集中在那里，历史中的每一个时刻都不会被轻看，没有一秒钟会被忘记，皇帝，大臣，小丑被一同对待，孩子的涂鸦或是天才的画作，在那个永恒、冷漠的上帝的目光下都是一致的……在那个神秘地扩张和收缩的宇宙的心脏之中，即便是火山爆发，泥石流，地震，就算是全部的人类集体灭亡，都无法触动那个核心的存在。那个核心仍然像是它第一天存在时那样完整，纯洁，晶莹剔透。

这样的一个核心，也是甄妮写作的初心吧。我们的起点未必决定我们的终点，却决定我们在这短暂尘世浪游的方式。六年后第二次见到她，我惊讶于时光几乎没有在她身上留下可见的印记，即使她已从钟爱的巴塞罗那搬去卢森堡做经济学研究，辗转于欧洲各地美术馆和音乐节的同时学会了加泰罗尼亚语，并且仍在一个个昏暗的咖啡馆继续修改这部小说。我想执著——唯一配得上为才华加冕的执著——确实有消弭时光的魔力。"他们说，现在最新的旅行方式，是依靠巨鲸的嘴巴。只要你有勇气跳下去——"甄妮做到了，起码迄今为止。我相信她会走得更远。她是这样一种写作者：诉说一个秘密，但秘密还是秘密，一如那些隐藏于章节标题中的星座名字。

祝福她，愿她终能成为一个比约拿更坚韧也更轻盈的鲸腹旅行者，从塔尔苏斯到尼尼微，从庞贝的废墟到宇宙的内核，到文字所能为我们开辟的每一处幽明参差的异境。

2016/6/24

Acamar

　　她推了推鼻梁上的黑框眼镜，肩膀紧紧缩在披肩下面。这是一条从土耳其大巴扎买来的花披肩，满是烟味，甚至在去布鲁塞尔的火车里被烟头烧了一个洞。她在门口伸着脖子看了一会儿，拉着行李箱走进这家布置得十分雅致的旅馆，墙上挂着宫廷画和静物画，暗红色的厚地毯和暗红色的墙纸，一份份菜单用金漆绘在门口的墙壁上，这些菜单可能二十年都没有变过。

　　一个年迈佝偻的女人在擦拭一个玻璃杯，她优雅的发髻高高盘起，穿一件有繁冗的领子花饰的白色衬衣，简洁的黑裙子。年迈的女人轻轻地看了她一眼。

　　"我能帮你做点什么，小姐？"

　　她是个缄默的人，不喜欢谈论自己或者自己的需求，两片薄

薄的嘴唇像那两片镇静的眼皮一样谨慎。她缓慢打量四周,两只手垂下互相握着,没有什么人相信她能做出一番这样的事情。

"我想预订一个房间。"

"几个晚上?单人间?"

"对,单人间。三个晚上。"

年迈的女人在纸上写下她的名字,并不问她"您来这个海滨小镇度假吧"。看上去她是旅馆的店主。

两个十五六岁的女孩坐在破旧的深红色长沙发上,正在小声地讨论什么,互相迅速交换了一个眼神。

"您稍等,我去拿钥匙。"

她把帽子摘了下来,挂在行李杆上,露出稚气的微笑。她其实已经不再年轻了,但是有这样一类女人,无论年纪多大,微笑起来也羞怯青涩。坐在沙发上的女孩们捂着嘴轻声交谈着什么,有一个笑声稍微大了点,目光落在她身上。

过了一会儿,年迈的女人回来了。

"这是五楼的钥匙,一间阁楼,开了天窗,您会喜欢的。"

"我喜欢阁楼。晚上睡觉的时候可以看到月亮。"她的声音轻得像猫,看上去是个情绪平静的人,很难想象她兴奋或者愤怒。

"不包括早饭,6号那天您得在12点之前退房。"

"好的。没问题。"

"电梯在这儿。我陪您上去。您的行李别靠在墙上。"

她们钻进没有轿厢的老式电梯,地板缓缓上升,漆面脱落的墙面顺着井道缓缓下滑。

"我能问您一个问题吗?"

"您请说。"

她张了张嘴,双眸露出严肃认真的灰色光芒。"这个旅馆,为

什么叫巴塔哥尼亚旅馆。"

"噢。"女店主发出拖长声调的笑声,"我哥哥取的,天知道为什么,他从来没有去过阿根廷。"

女店主把房间门打开,床头挂着一幅仿制油画,仍然是深红色地毯和深红色壁纸。一个大天窗正开在床铺上头。

"挺好,这儿能听到海鸥叫。"

这个海滨城市干净,怀旧,空荡得像个表演结束后的舞台。到处都是古董店和纪念品店,卖贝壳,陶器,战船模型和狂欢节的怪诞面具。还有一些奇怪的、发绿的鱼类标本,嘴巴鼓鼓的带刺的河豚,一条干枯怪丑、牙齿畸形的深海尖牙鱼。一条蝙蝠鱼肚子塞满泥质婴儿雕像。那些婴儿层层叠叠,互相攀援着。各种色彩斑斓的螃蟹,龙虾和贝壳,几只浅红和浅绿色的贝壳被摆在画框里,像一幅莫兰迪的静物作品。

她坐在海边长椅上,牡蛎酱抹在面包上夹着吃,吸引来一群海鸥,从空中盘旋而过,一个俯冲下来想要从她手里夺取食物。三五成群的海鸥停留在海边小屋的屋檐上,虎视眈眈地看着她,迈着小心的步子接近。她习惯性地用右手遮住嘴。

迎着风飞翔的海鸥,翅膀好像在空中静止不动似的。

一个孩子掉落了三明治,漫天呼啸的海鸥似乎从海的另一侧也赶来了,尖啸着,彼此大声叫唤,飞落在街道上抢食。那个三明治很快就消失了,几只没有抢到食物的海鸥悻悻地用喙捡拾着沙子和牡蛎壳。

大西洋就在她面前。一个摄影师固定好摄影架,在狭长的黑色岩石上拍摄一群浮游的海鸥。

她攀爬到舌状的黑色岩石尽头,抱住肩膀在披肩里收藏一丝海风。海风刮得脸生疼,浪花溅到她的膝盖上,她盯着那重复往

返的浪潮，想象着一个人平静地在其尽头消失的情景。

黄色浮标和红色浮标留在沙滩上，和天空一角不引人注意的月亮形成鲜明对比。海水将沙滩分成一小块一小块不规则的图形，亮晶晶的。浪涛一浪压着一浪，像在竞赛和嬉戏。绿色苔藓覆盖了那条狭长的黑色礁石群，海水呈现出不同的颜色，浅绿色，松石绿色，灰蓝色，波浪相接的地方呈现出浅绿色，天上低垂的灰色云层饱含水汽，像一块干布浸泡在溶液里。

她沿着海边走了一个小时，越走越荒凉。小山坡上长满半人高的茅草，风吹动下形成草浪，茅草尖挑动着温柔的蓝色，一条不知道通向什么地方的铜管道，像一条龙骨横贯半个海滩，她在沙滩上捡到了一个碎裂的海鸥头骨，小心翼翼地用手帕包好，连同一些色彩斑斓的石头和贝壳（同一种贝类，从浅蓝色到浅红色），干了的螃蟹壳，细腻的沙子一起放进玻璃瓶里。

晚上她回来，女店主仍然在擦玻璃杯，看上去和早上的那个玻璃杯一模一样。

"哦，您等一下。"她放下玻璃杯，慢悠悠地说，脸上带着闲适的旧欧洲的笑容，像一个忘记带雨伞的人走到楼梯口突然想起来。

"因为鲸鱼。"

"鲸鱼？"

"我故去的哥哥说，巴塔哥尼亚是一个能看到鲸鱼的地方。"

Achernar

烟城处于地图东南角的山地丘陵地带，是个有两百万人口的

地级市。这里名不副实，总是阳光明媚，典型的海洋性亚热带季风气候。秋熙并不知道这个名字从何而来，但是"Smoke City"正好契合了她喜欢的那种阴郁诡秘的音乐风格。像是每一个害怕在时尚上落伍的城市，你可以在街道上看到突兀的、魔幻现实主义的广告牌：

"尼采婚姻介绍所：萌妹子，小鲜肉0元随便约！"

"未来科技城爱伦坡125方洋房，12月12日三期高层火爆开盘！"

博雅书店在烟城大学附近的一条文化街上，这里遍地新兴的西式酒吧和咖啡馆，拐角的街区挤满五十年代归国华侨建的老别墅。博雅书店内外两间房，橘红色的木书柜放满文艺和哲学书籍。门口挂着金丝雀鸟笼，两盆黄水仙从隆起的翻开的书页里长出来。店主说用欧里庇得斯的悲剧种出的水仙最好，席勒和歌德的书其次，萨特的书最糟糕。几把铺着舒服软垫的椅子，内屋放置一个小型电影投影仪。墙壁上贴着书籍使用指南：

可以做的事情：给书画上胡子；读书；把插画撕下来贴在墙上；裹pizza。

不可以做的事情：当助燃剂；婴儿用品；如厕后而非如厕时使用。

书店老板戴着黑框眼镜，经常坐在里间和朋友喝茶，使用文绉绉的语句，谈一些深奥玄虚的东西。

秋熙紧张地转过头，转动的电风扇吹着她汗湿的后颈。秋熙涂了睫毛膏，头上戴一个白色眼罩，她气质清甜，发丝飘扬，从这个角度看有一点红棕色，像一丛漂亮的红色水藻，正在绿水里

随透明的水波漂荡；也像是珍贵鸟类的羽毛，柔顺，光滑，闪烁着光泽，让人想抓在手心里。她圆润的双肩十分迷人，画上两个f孔就能成为斯特拉迪瓦里制作的小提琴。秋熙转头迅速看一眼，那个高个子的男人在那里，他像上次那样穿了一件黑色外套，正在看一本麦尔维尔的《白鲸》。他身材瘦长，面庞轮廓分明，短短的头发，额头饱满高挺，两道黝黑的拱形眉毛，鼻翼高挺，两只眼睛露出和善的目光，抿起的嘴角边有两道浅浅的笑纹，这是一张人道主义者的轮廓分明的脸。

秋熙和他没有讲过话。对一个陌生人能了解多少？他不微笑的时候，看上去有点生气和傲慢，当他微笑的时候，就散发出一种毫无进攻性的、温暖的气质，像冬天的深色调的壁纸。那一双温润的双眼十分慰藉人心。秋熙看到他走到收银台，用鼻子嗅了嗅书的封面，他付了钱，在门口迟疑了一下，走出去了。秋熙慢慢走到窗户边，在窗户上画了一个圆圈。她就在这圆圈中看着他越来越小。

从第一次遇到这个男人，秋熙做了一个他的购书目录。

二月十五号： 康拉德《黑暗之心》
二月十七号： 马歇尔·伯曼《一切坚固的都烟消云散了》
三月二号： 波德里亚《消费社会》
三月十号： 马尔库塞《单向度的人》

她相信他是一个好人，温和，总是面带微笑，从来不和人起争执，他和店老板说话的时候声音很轻，总是用"您"来称呼。上次秋熙看到他帮一个妇女把婴儿车抬了进来。他每次进门都扶着书店的玻璃门，防止玻璃门啪地一下打在后面顾客的脸上。如

果出门的时候有人进来,他就走到一边,扶着门,很绅士地做一个"请"的姿势。

最好的男人敢于暴露懦弱,这个男人的目光中有某种令人感到心碎的力量。每天都有奇怪的事情发生,她是什么时候注意到他的?或许因为在那些爱读书的人群里,他多望了她几眼,但是他很快地将目光移开,女性的直觉让她们对这一类事情尤其敏感。有一次,秋熙穿了一条白底黑点的短裙。他的目光停留在她身上,脸微微红了,目光从上到下,停留了那么几秒钟,又马上移开。

上一个星期,秋熙和书店的男生谈论福楼拜,讨论得非常热情。这个男人走过来,看上去想要加入他们,却转过身去取了一杯水,站在离他们不远的地方。他并不看她,直直望着那个和她聊天的男生,用一种探究的目光上下打量了他几遍,似乎在掂量这个人的有趣程度。他始终没有走过来。有时候目光交汇,他习惯性地把目光移开,然后又偷偷瞄过来看她,有一次她终于捕捉到了他的微笑,一个十分羞涩的微笑,那么虚弱,就好像苍白的月影浮现在水面上,几乎有点悲哀,好像一个男孩看到了自己心爱的玩具被人抢去,却并不想办法要回来。

那天他买了一本皮埃尔·卡巴纳的《杜尚访谈录》,他走到门外的那棵玉兰树下都没想起来付钱。店主把他叫了回来,他拿出钱包付款,不住地小声道歉。秋熙竖起耳朵听他毫不激动、甚至有点单调的声音,他往秋熙这个方向看了一眼。

他为什么不上来和她搭讪呢?他们明显有很多共同兴趣爱好。而且,他们都很孤独。一个孤独的人能嗅出另一个孤独的人,就像两只陌生的狗互相闻闻屁股。时间是一个心理事件。她用英语写日记,用半吊子的盖尔语唱爱尔兰民谣。晚上她抱着印

有维特根斯坦肖像的枕头入睡,并且对他说晚安,说不清楚有几次,她甚至对维特根斯坦做睡前祷告。更换喷墨打印机墨盒和拼出 LV 全称这样的事情完全在秋熙的知识系统之外。

五个未接电话,手机里存着那些未读短信——耻辱,惧怕,懦弱。逃避并不一定是个糟糕的方式。秋熙给林惠可打电话,听听她兴高采烈的声音,她是个谐星。

"哦,你有没有看巨蟒剧团之飞翔的马戏团的那部电影?我说得太快了?打子弹?哈哈哈,万世魔星。我现在就要给你唱这首歌,十字架上的那首歌。"

"拜托,现在晚上几点了?你这么闹下去我要失眠了。"我们的神经衰弱小姐竖起手指准备好捂耳朵。上次,林惠可为她唱了一首"每一个精子都是神圣的",找到了巨蟒剧团之飞翔的马戏团就是找到了家。最近,林惠可开始自学以巨蟒剧团命名的 Python 软件编程。她开始动情地唱起来:

don't grumble, give a whistle.
and this'll help things turn out for the best.
always look on the bright side of life.

话筒那头传来口哨声。世界上没有能难倒林惠可的事情。初中二年级,惠可做镁热铜实验差点把家里的厨房炸掉。三年级的时候她偷了化学老师的钠扔进了池塘里,第二天半个池塘的鱼都翻了白肚皮,在全校引起轰动。她制氯气和硝化甘油,自学 C 语言,玩需要用螺丝刀的拼装玩具,她也喜欢下棋,加入了少年棋社。高中的时候,她尝试在窗台上种植靛蓝乳菇,收集靛蓝色的乳汁。惠可能说出积云,层积云,积雨云和高积云的不同。另

外，惠可是秋熙认识的唯一采用二进制来数数的人，她伸出中指代表4，伸出食指和无名指代表10。她数数的时候像是手指木偶戏表演。

现在，惠可在电话那头咕哝着她的啤酒酿造计划，只需要买点大麦，放在大茶袋里，浸泡在66摄氏度热水里三十分钟，加点麦芽提取物煮开，然后快速冷却到27摄氏度。

"冷凝器！冷凝器最重要，我打算做一个，12米的铜管，一头接自来水。"

那天晚上秋熙拿出一个崭新的日记本，衬页上端端正正地写下编号26：

大学生活的单调贫乏，注定选择与书本为伴。太阳是孤独的，月亮是孤独的，它们无须魔鬼的刺激也天天放射光明。我的精神的园地封闭着又敞开，孤立又漂泊。

想要得到什么，就要先得到它的反面。我像一个奴隶在睡梦中享受着虚构的自由。

生活是一个牢笼，充满虚空。

Acrux

早上谢霖睁开眼睛，阳光从百叶窗里涌泻出来，他拉开百叶窗，穿上裤子，楼下的旧书店已经开门了。这个书店不卖书，只是提供借书和现场阅读服务。老板戴着小圆镜片，头发分缝向后梳理齐整，穿着熨帖的竖灰条纹小马夹，一边接着电话，一边用

钢笔在草稿纸上涂涂画画，把一个圆形涂满线条。谢霖找到了一本聂鲁达的情诗，小开本的，可以放进口袋里。

他住在巴塞罗那哥特区的一幢老房子里，和两个英国厨子住在一起。他的房间真乱，东西太多了，没法保持干净。浴室就是用塑料帘子隔出的一平方米的小格子，一切都很潮湿，一切都在发霉，他的装满书籍的纸箱子，塞在床底下的油画，很久没洗的床单，枕套，肮脏的窗帘，已经看不出颜色的地板，满是灰尘和油腻的灶台，玻璃器皿和洗漱用具。他拧亮了一个发黄的灯泡，躺在高架床上看书，他坐起来，脑袋就会碰到天花板。在那里，他随手写了一句里尔克的诗"橙色在跳舞"，好像这样就省了油漆钱。他养了一盆手掌那么大的植物，没事的时候就把它移到阳光能照射到的地方。养植物像是交了一个不会说话的女朋友。

洗手间在楼梯拐角的地方，冬天的时候，他得半夜披着羽绒服去小便。洗手间是个不到两平方米的小格子，地板上有用水泥浇铸的凸起的踏板，人们就踩在那上面如厕。等拉了水箱，他得迅速地跳出厕所来，水流太凶猛了，洪水一样完全冲到了厕所外面，能溅湿半个鞋子。

这些都没什么可抱怨的，远远谈不上糟糕。一切都可以比现在更坏一些。

谢霖推开窗户，窗外光线明媚，亮晃晃的，到处都闪烁着金子。光线是金黄，柔软的。阳光是一种奇特的、发亮的金属，它流溢和包裹它所接触的事物，它改变一个城市的形态，一个阳光灿烂的城市，和它阴云密布的时候是两个不同的城市。

谢霖腋下夹着一本书，去了楼下一个叫做"司炉"的酒吧。鲍伯正站在门口抽烟。他胖乎乎的，个子不高，穿一件重金属乐队"梦想剧院"的黑色T恤，下巴上粘着一点芥末和胡椒，突出

的淡蓝色眼球总是使他处于微微震惊的状态。他的鼻子上戴一个刺穿,下巴上也有一个。他说不好看,美讲究的是规律是对称,他起码得再穿上两个,在舌头和裤裆那里也弄一个。除了做饭,他另外的兴趣是制作手摇式充电器。他甚至想制造一款手机电池,最终实验阶段,手机和电池闪出猛烈火花,手机报废了,他只能把火葬了一半的手机收在盒子里作纪念。但是鲍勃的手摇式电池很成功。只是功率不高,让一只手电筒亮起来也要摇一两个小时。现在他把烟头在地上踩灭,走进厨房,从窗口向谢霖招手,偷偷塞给他一根香蕉,把蓝色窗帘放下来。

谢霖要了一杯加冰的可乐。那个瓦伦西亚来的女人玛丽亚坐在他旁边,她褐色头发,身材矮小,时不时地蹦出一个脏字,头发也看上去脏兮兮的,好像总是粘成一缕缕的。她其实总穿着整洁的男士格子衬衫,蓝方格或者红方格。她的语速很快,谢霖有时候听不懂她在说什么。玛丽亚自己写歌,经常抱着吉他在酒吧里演出。她的歌总是关于两个陌生人如何一见钟情的故事。

六月的巴塞罗那,空气里有甜丝丝的味道,混合着街头的尿臊味。好像夏天不会结束。

玛丽亚开始谈论她的那只叫做"腰果"的母猫,"腰果"有点身份认同危机,一直把自己当成一只狗,只吃骨头和狗粮。它也从来不会喵喵叫,只会发出犬类的低沉咆哮。它时常和狗狗们成群结队去和一帮恶狗们厮杀。它的另一个嗜好是在人多的地方拉大便,人越多它越兴奋,它用拉大便的方式完成了对人类热爱的仪式。

"最近要满月了。"玛丽亚说,"我心情不好。"

"和满月有什么关系?"

"你不知道?"玛丽亚摇摇头,摸摸左手腕上的青蛇文身,

"人体百分之七十是水,有潮汐变化。"玛丽亚发出低沉沙哑的笑声,像个在庄稼地里干活的男人那样面孔焦红。

"天气多好!这阳光,简直要让人发情。"她推了一杯啤酒给谢霖,用夹着烟头的手指了指,蹙起鼻子,"我在柏林的哥哥,准备在这墙上画画。这一整面墙都画上春宫图。"

"挺好的想法。"

"春宫图,印度的《爱经》。你知道《爱经》吗?印度人有文化。"玛丽亚转过头来,"我认识一个印度男孩,你知道他妈妈怎么对他说的?'你要是吃猪肉,孩子,你就会闻上去和猪一样。'

"有一次我去了沙滩,看到一个姑娘,长得很漂亮,我总是回头看她,她也老是往我这个方向看。我想走上去认识她。可是我没敢。她太漂亮了。后来有一天我接到一个电话,是她哥哥打来的,他哥哥问我,还记得他妹妹吗?他拿到我的电话号码,因为她把我画了下来,有一次她哥哥偶尔在街上看到一个人长得像画里的人,正往垃圾桶里扔一张揉成团的简历。"她搂了搂谢霖的肩膀。

她的女朋友来了,身材高挑,一头火红的头发,眉毛细长优雅,漂亮得像一只火烈鸟。她从阿姆斯特丹来,学习酒店管理的。玛丽亚把袖子挽了挽,两只手交叉在一块,想给女朋友变一个戏法,把点燃的烟头变没,却差点把袖子烧着。

人们开始喝得醉醺醺的,一群吵闹的英国女人涌进来,站在酒吧台阶上和戴着黑色圆礼帽的骷髅拍照。她们大声尖叫着和骷髅亲吻,轮流走上二楼,风情万种地扭着屁股走下楼梯。

谢霖离开了,他走过两条街,去他常去的那家小咖啡厅。他沿着加泰罗尼亚大道一直往南走,目光越过高迪的波浪形的玄武岩立面,走过圣家堂。每次他走过这里,都会想着高迪怎样从圣

家堂走到市中心的教堂，被一辆电车撞倒，送进肮脏的圣十字医院。现在街上满是打腰鼓的人。小酒吧前竖起了黑色防水布的舞台，有人在炭烧炉上烤一只章鱼，DJ放着节奏强烈的电子乐，人们在大街上跳舞。上周是国际舞蹈节，过两天又要开国际诗歌节。巴塞罗那总是在过节。路边两个衣衫褴褛的乞丐悠闲地下国际象棋。再往前走，一群人在露天茶座唱生日歌，酒吧里的人都拥了出来，跟着唱生日歌，喝啤酒和香槟，和陌生人拥抱庆祝。

古董店把黑胶唱片，各种瓷器和旧家具摆了出来。纸箱里排满了一块钱一本的旧书。上了年纪的女人聚在卖蕾丝花边的铺子边，在阳光下展开一张白色床单检查勾花的式样，一头银发也在阳光下闪烁着。仔细瞧瞧，有卖各种油画的，鸟笼子，枝形吊灯，描着植物图案的瓷器，精美的茶杯和茶托，香水瓶子，一套套银餐具，铜壶，鹿角，植物标本，各种各样的硬币收集。谢霖上个星期日买了个鸟笼子。他并不养鸟，但是他觉得这个鸟笼子好看，涂着淡蓝色的油漆。他把鸟笼子挂在墙上，里面放了一小幅塞尚的作品。

谢霖路过一个画廊，停留在玻璃窗前，犹豫了一下，走了进去。

"您需要点什么？"

谢霖用左手摩挲着右腮帮，"我随便看看。"

谢霖的西班牙语不好，说的声音又轻，带着一种秘密的神情，让人轻蔑。谢霖不住地摇头，小声地嘀咕着："颜色不对！太俗艳了。"画廊里的人认识他了，下次他再来的时候，没有人上来搭理他，冷着面孔，尖起嘴巴，有时候彼此交头接耳：

"那个奇怪的中国人又来了。"

其实谢霖想问一下他们会不会对自己的作品感兴趣，但是他

不知道怎么开始。他耻于谈论自己的作品。让他说上一通，简直比开枪射杀一头公鹿还难。

他慢慢地走出画廊，回头轻声说再见，有人冷冷瞥了他一眼。谢霖去了音乐宫，走过音乐宫前面迷人的露天咖啡馆和花丛。他走进售票处，看着墙上一幅索科洛夫弹奏的海报，有点入迷了。身后有人问道："先生，您是在排队吗？"他把手伸进口袋里，踌躇地走上前，询问晚上的演出和价格。

"斯柯里亚宾和巴赫。巴赫，这样……"他喃喃自语着，"多少钱？"

"三十五欧。最便宜了？"他喃喃自语着，手摸了摸裤子口袋，摸摸胸脯前的口袋。

"我忘带钱包了。真抱歉。"

后面那个戴眼镜的家伙盯着他的裤子口袋，那里有一个硬邦邦的东西。

谢霖想，如果他晚上过来，会不会在露天咖啡馆里听到音乐厅传来的音乐？这样的音乐是丰富的，在四度音程堆叠的和弦中，他会听到孩子们的尖叫，鸽子翅膀的扑棱声，夏夜热烘烘的嘈杂惬意的背景，还有远处传来的若有若无的空荡的波涛声，他坐在台阶上，一只手握着啤酒，另一只手跟随着旋律飞舞，想象让这一切更富于韵味。

谢霖走出音乐宫，在公交车站的椅子上坐下来，拿出笔和纸，开始随便画一些什么。画鸟儿和植物，高迪的建筑，脑子里的旋律线。橡皮擦不小心滚到了地上，一个眼睛漆黑的小女孩跑过来，帮他把橡皮擦捡了起来，笑嘻嘻地跑开了。她一头棕色的头发，一缕长刘海荡在眼前，穿着红色小礼服和黑裙子，于是他也画了这个小女孩漆黑的眼睛。

Adara

"你这么愁眉苦脸有什么用?"林惠可从吸管里发出响亮的吸可乐声,"要不要我和你爸去聊一聊?"

"千万不要!"

"那你当初为什么要选这个专业?"

秋熙捂着腮帮,一副牙疼的样子。她低下头,像被人痛骂了一顿。

林惠可头发非常短,几乎是个平头,有时候留长头顶的那簇扎一个朝天辫,身材瘦而硬挺,穿一件大号黄色T恤,上面印着"I Cry When Ugly People Hold Me"(丑陋的人拥抱我时我就哭了)。

"你的 GRE 考试准备怎么样了?"

"应该没问题吧。我们先谈谈你。你要不然和我一起出国算了。"惠可像个战士那样眉目坚毅,袖口散发出一股佛手柑的清新味道,那是秋熙买给她的 20 岁生日礼物——Mont Blanc 淡香水,她强调说,不用香水的女人是没有前途的。

"你不会开罐头,不会修理抽水马桶,你知道自己穿多大号的裤子吗?"

"3.0 尺?"秋熙抬起头。

"算了算了。去修一门商务谈判技巧课程吧。"

秋熙把啤酒圆形纸质杯垫撕成雪片似的,堆成一小堆。

惠可吸吸鼻子。"那你有谈判盟友吗?"

"没有。小桔才二十出头。傻瓜一个。她上次问我,卫生巾

护垫怎么一回事？女性用品专柜怎么会有男人？这样，他们不是知道了女性的秘密吗？"

"小桔，没听过。这是你们家第几个保姆？"

"二十三个？可能。我又不会像做报表那样把名字都记下来。"

"我可以送她一件工作服。"

秋熙伸胳膊打她，她知道惠可说的是那件蓝色T恤，上面印着"Caution! Contents Under Pressure"（小心！内容物处在压力下）。

很难说清楚林惠可怎么成了秋熙的好朋友。在新生动员大会上，秋熙第一次见到林惠可，她的平头立刻抓住了秋熙的注意力。林惠可目不转睛地看着这个陌生人：

"你八卦不？"

秋熙正盯着大礼堂穹顶，想象坐姿端正的领导们演出一幕歌剧。

"八卦是什么意思？"

惠可大笑起来，笑声震碎了离她们最近的那扇玻璃窗。秋熙看着她，不知道怎么也加入了大笑的行列，前排的同学转过头来看着她们，附近的一些人也开始大笑了起来，这笑声好像是一种疾病，一种烈火，迅速地蔓延着，地上爬满了捂着肚子笑着打滚的人。人们都不知道为什么这么高兴，常常是一个人问身边的人，"你怎么了？"问题还没有问完，他自己就先笑了起来，鼻涕和眼泪一起挤出来，放声大笑，蜷成一团躺在地上，和笑声战斗。有人因为大笑晕厥了过去。台上的领导们慌了，他们打电话叫来了救护车，后勤管理叫来了玻璃安装工。

惠可可谓天赋异禀。

"要和我去看老鼠吗？你一直想去看看它们的。"

她指的是在生物实验室饲养的两只大白鼠。它们的体积已经不能用 mignon（娇小可爱）来形容。两层豪华的仓鼠笼带连接管道和跑轮。两只白老鼠尾巴细长，眼睛发红，非常温顺怕羞，秋熙努力克服生理上的厌恶，隔着笼子给它们喂了截胡萝卜。

"正弦和余弦。"惠可像是在介绍两个大人物，"没了生育功能，差点被处理掉。作为人，整体上还是幸运的。"

"我还不至于和两只老鼠比。"

"上个春天我参观农场的时候，农场主告诉我他们有一头反社会的小母牛，总是低头喝光自己产下的奶，于是他们只好在它脖子上戴上棘环。我猜它是一头觉醒的牛。"

惠可把手指头伸进笼子去，噘起嘴发出咝咝声，老鼠凑近了嗅嗅，并不咬她。

"奥威尔的书里有类似的故事。"

"它们真的能给你带来快乐。梅子告诉我，她写论文的第 676 天，余弦突然勃起了，它那天心情很好。我们都很高兴在一所世界一流的大学学习。"

秋熙笑得直不起腰来。"因为天气吗？"

"可能。"惠可瞄了一眼天空，讲起 SAD 季节性情绪失调症，声音洪亮，语速极快，像一阵热带雨林的风暴那样噼里啪啦的，秋熙带着崇敬看着她，没有意识到话题已经转换到了野鹅和穴鸟的爱情生活。

"这些一辈子只结一次婚的鸟儿，成亲前要订立婚约的。不管它们一起生活多少年，公穴鸟对它的妻子始终一样体贴。在第一个春天订婚时什么样，以后就一直是什么样。喂，你在听吗？"一块揉皱的抹布扔了过来。

秋熙接住拿到鼻子下闻了闻。

"你什么时候考 GRE？"

"下周五。你的谈判？"

"下周三。"

惠可双目炯炯放光，右手食指指向天空，"看来，你要好好向维特根斯坦祷告了。"

Al Na'ir

公交车开来了一辆，又开走了一辆。K打头的公交车让人想起莫扎特的作品。一位公交车司机端着肩膀，伸开胳膊，开车的表情和姿势像在弹钢琴。说不准他过去真的是弹钢琴的。一个残疾人准备下车的时候，司机跳出车门，走到后面把滑梯放下，把残疾人推了下来。

谢霖把纸叠了叠，夹在书里。电线杆上贴着一个奇怪的告示："连续7个小时弹奏贝多芬奏鸣曲，来 facebook 上点击我喜欢。"

不远处有一个巧克力店，一个姑娘出来搭了摊子，她穿着碎花裙子，身材高挑，脖子细长，发髻盘成环状，缀在那个小巧的脑袋上，她有一个可爱的鼻头，古怪和调皮的神情，发辫松松散散的，好像能闻到她的芳香。姑娘开始分发免费热巧克力和胡萝卜面包。不久就排起长长的队伍。谢霖于是也站在队伍里，从微笑甜美的金发姑娘手里接过一杯热巧克力：

"这个给您，别烫着了，祝您度过愉快的一天。"她调皮地笑着。

谢霖看着她，好像有点入迷了。"我能……"他也不知道自己要说点什么，姑娘的微笑和巴塞罗那的阳光一样灿烂，给了他勇气。他被身后不耐烦的手臂推开了，他手里握着那一杯巧克力，真想回去再排一次队伍。

他想说什么呢，他想说很多东西，她不一定听得懂，但是没有关系，只要她愿意听就行了。他愿意对她说。他觉得他有责任了解天下的一切事物，并且对一切进行严肃的思考。他并不反对从观念出发来进行创作，他不能做一个蹩脚的、对事物形态进行刻板临摹的人。他要望进事物的本质，那些残酷的、现实、浪漫和哀伤的秘密。

"我们得从现代性出发。"他开始自言自语道，"本质是把一切都量化了，一切都和金钱挂钩了，被货币衡量了。那些斤斤计较的理智，对，就是计算，斤斤计较。可是会有一种力量让人们远离这些，那是感受到美的时刻。"

一个女人走了过来，她穿着一条浅色裙子，一件深色上装，套着紫色的裤袜，把自己的身子分成三截，这样还不够，她蹬着一双高跟鞋，这双高跟鞋这么高，简直和踩了个高跷似的。她看到谢霖正在自言自语，脸上露出惊恐的神色，连忙避开。谢霖想到这个城市里也有许许多多的疯子。比如有一次，他从一个人面前经过，隔着几米都能闻到散发出来的气味。他的眼睛看上去红红的，眉毛稀疏，头发和眼珠子的颜色淡得几乎像退了色。他的嘴唇翕动着，听不清楚在讲什么。

"说话是和这个世界交往的主要方式！"谢霖回过头，对那个女人大声嚷了一句。她惊慌失措，可能高跟鞋太高的缘故，竟然崴了一下脚，一瘸一拐地逃走了。

谢霖路过巴基斯坦人的超市，就到了小咖啡馆。这个小咖啡

馆人不多，十分静谧，店主经常放 Blonde Redhead（金发红发乐队）。歌手用诡异颤动的声线唱着 Misery Is a Butterfly（《蝴蝶心》）。推开门，谢霖闻到咖啡的浓郁香气，一杯牛奶咖啡只要一欧二十分。他靠着玻璃窗和深紫色墙壁坐下来，享受一个小圆桌的乐趣。洗手间前面放着一台旧打字机，探出半张纸打着里尔克的诗句：

噢，玫瑰，你这令人讨厌的东西，
但愿你，
不会在如此沉重的眼皮下，
成为人们的催眠剂。

老板是个温厚的男人，养了一只年迈的灰色暹罗猫。最近它不幸得了溃疡性结膜炎，需要每三个小时滴一次眼药水，否则就会失明。为了这个他没法出远门，复活节和新年也如此。他的女友刚刚离开了他。他三十多岁，头发有点灰白，少了一颗门牙。

有人敲了敲窗玻璃。

谢霖抬起头来，是李玮，李玮做了个手势，示意自己进来。

李玮的形象大变样，他最近剪短头发，换上黑框眼镜，表情紧绷绷的，像个操劳过度的重要人物，穿一套笔挺的灰色西服，他表情严肃，又止不住地透露出一股子兴高采烈。他拉开椅子坐下来，喝了一口谢霖的咖啡。

"您要喝点什么？"老板走了过来。

"不用了，谢谢！"李玮摆了摆手，前倾身子，"我路过这里。刚去了一个 seminar（研讨会），认识了不少人。"

李玮在桌上放下一张会议宣传海报，上面列着参加会议的人

员名字,他指着其中一个叫做何塞的。

"我今天刚认识了这个家伙。他跟我说我画得很不错。你知道吗?人家的头衔可是 Prof. 和 Dr.。还有这个秦璐宁,你认识不?实在不怎么样啊,竟然也认识何塞。"

"你不在里面。"

"我受到了邀请。"李玮向后仰去,左腿伸得老长,把西服领子理了理,伸出了右手,右手掌对着谢霖,像宣誓似的。

"你干吗?"

"这不是一般的手,这只手和何塞握过了。"

"行了吧。"

"哦,你有没有看何塞的简历,真是令人印象非常深刻啊。他只有四十多岁,就有那样的成就了,连他老婆都是教授。"

李玮带着诡秘的笑容,突然坐得端正起来,自言自语,"我得在学校找一个教职,是时候了。"

"为什么找教职?"

"先进入学术界,这是一条路。"他匆匆忙忙地又喝了一口谢霖的咖啡,站了起来,把那张会议宣传海报叠了叠,放进西服口袋。

"不和你说了,今天下午我要去见一个名人,回去准备准备。"

"祝你好运。"

"你在这里看什么?"李玮把谢霖的书倒过来。

"齐美尔的货币哲学?"

李玮摇了摇头,哼了一声,"你就老整些没用的。"

下午工作完,谢霖去了海边。港湾里有很多桅船,黄昏的时候,夕阳在大海的尽头沉下去,拼尽力气发出最后一轮金灿灿的

光芒。海水好像燃烧了起来，流溢着金色的水银，填充了晃动的桅杆和船帆的缝隙。

谢霖在海边坐了两个小时。他看到很多穿裤衩、露着光溜溜的脊背的男孩在甲板上嬉戏，他们爬上护桅索，吊在帆索上的橡皮筏上，当成秋千那样晃来晃去。听说那些船上住着一些人，在那里出生，在那里长大，他们就住在上面，在船上讨生活，不再过陆地上的日子。

餐厅前的霓虹灯已经闪烁了起来，大锅的海鲜饭已经摆在今日菜谱的小圆桌上。沿着海岸一直往西走，从一个沙滩走到另一个。路过一个防波堤，好像走到了世界的尽头，海水几乎单调地从远处拍打而来，形成一线，再将自己摔碎在防波堤上。那些矗立在大海中的荒凉的礁石触目惊心。

他从 Ciutadella① 一直走到了小巴塞罗那。一群戴着红鼻头的小丑在邮政大楼前表演，一个穿着红木屐、脸上涂着白灰的小丑，给过往的行人分发传单，其实是白纸一张。坐在木栅栏酒吧池座里的人正在喝香槟酒，吃海鲜饭。再往上就是哥特区了，到处都是酒吧，红色蓝色的霓虹灯不断闪烁，深色皮肤的人在兜售啤酒，一块钱一瓶。那些阿拉伯人在警察突击检查时把啤酒藏在街道几块活动的砖头下面。人们在地铁口不远处簇拥着，聚在一起尖叫，喝酒，寻衅滋事。石子道路总是湿漉漉，脏兮兮的，一个阿拉伯人把啤酒举到谢霖面前，大叫着：

"Chino！"②

谢霖走到一个叫"工厂"的俱乐部前面，上面的招贴画是两个女孩正在亲热。每个星期三，工厂里面总是有特别的 party，肥

---

① 巴塞罗那一处靠海的地铁站。
② 西班牙语，意指"中国男人"。直呼时有一点歧视或不礼貌的意味。

皂泡party，女人们穿着性感比基尼，把肥皂泡抹在男人的下巴和肚脐上。美混杂着肮脏和罪恶。

谢霖沿着兰布拉大道往北走，青站在街灯不远处，穿黑色长丝袜，短裙，涂着深紫色眼影，她第一眼看上去十分安静，正在蒙蒙细雨里抽烟。

他们俩打了个招呼，青淡淡地笑。

"这周末有空没？"

"星期天吧。"

"下午三点，老地方。怎么样？"

"好的。"

谢霖的脸红起来，他并不害羞，女孩子和他说几句话，他掉头就走了。女孩子们总是自作多情地以为他喜欢上了她们，其实并不是，只是他天生就有种腼腆、羞涩的神情，十分容易令人误解。

谢霖回到那个小小的斗室。两个英国厨子正在厨房喝酒，好像永远没有完结的时候。谢霖躺在床上，黑暗中听到了楼下的喧闹声，人们在热情地大喊大叫，有人奏起了手风琴，重复着皮亚佐拉的自由探戈。这样的喧闹声会一直持续到天明破晓，人们才散了，留下一地的烟头，空酒瓶和用完的避孕套，等橘红色的垃圾卡车过来清扫现场。

黑暗中，有什么透过鼓膜敲打着他的脑袋。他昨天去了水族馆。原来鲸鱼是这样一种动物，只要停止游动就会淹死自己。他看到了一具鲸鱼骨架，不过那看上去更像是个电影里的道具。

他躺在那里，想象躺在大海的睡床上，伸开双臂，悬浮在海水中，深蓝色的光圈随着波涛一轮轮地转动着，扩大和缩小，好像一个蔚蓝的眩目的瞳孔。鱼群在他身边环绕，组成坚固的、色

彩鲜艳的堡垒，风暴和史诗。那闪亮的、水银般的气泡，好像有毒一样。在这轮回中出现了一个女人，一种遥远和热切的爱，她穿着夏日的黑色纱裙，微微起伏的纱裙之下，可以数出她的肋骨。她短发，露出颀长的脖颈。她在哼着什么，在一个遥远的夏日汗湿的午后，混杂着操场传来的孩童的吵闹，午休时的漫长铃声以及跳动着奔跑的彩色背影，她哼着一支曲调，站在栏杆扶手后，天边挂着一片灰色的饱含水汽的云层，树木在围墙尽头摇晃，她抱着肩膀，散漫，漠不关心。她把烟放在嘴唇边，高高扬着头，缓慢，小心翼翼地冲天空吐出烟圈，好像能把那个烟圈吐成一种云的图案。然后她抱着肩膀，一言不发地朝相反的方向走去了。

Alcor

上完国际金融课，秋熙去食堂吃饭，她远远看到一个人坐在食堂二楼房顶，胳膊安然地靠在膝盖上，一条腿蜷缩着，侧影在黄昏的风里十分清晰，一动不动。离得那么远她也认出了他。

秋熙有一年没有和许裴深说话了，她等在食堂下面。许裴深从食堂二楼走下来，耳朵里塞着耳机，不知道在听什么音乐，他脚步缓慢，眼神坦荡，楼梯拐角的地方他停了两秒钟，他在看远处的一棵橄榄树。脸上带着柔和的气息，嘴角带着微笑。他遥远的目光里是高山，森林，大海，那里有遥远和令人敬畏的东西。因为这个，秋熙感觉这个人感觉到了什么别人没感觉到的东西，可是她没法问他，你感觉到了吗？

秋熙扭头推车离开了。

无论是欣喜也好，忧伤也好，感叹也好，叹气已经成为许裴深表达感情的唯一符号。

"阿加西，你为什么总是叹气？"

"习惯了，就像呼吸一样自然。"

两年前暗淡的街灯下，他患了感冒的低沉的声音传过来。

秋熙想，每次给他宿舍打电话，怎么总是他接电话呢？他睡2号床，电话应该离得最远才对。

长音不过嘟嘟两声，就听到他亲切的声音，"喂"，声调上扬，以收缩的双元音结束，能听出他欣喜的微笑。他的声音像兔子，大概因为兔子是沉默，温柔，羞怯的。

"你再不讲话，我也什么都不说了。"

"喂，喂，喂。"

"阿加西，你今天说了五句话，好棒噢，下次努力争取突破十句。"

许裴深帅得惊天动地，每天至少收到两封情书。传说他比刘德华和梁朝伟长得都帅。他眼仁大而黑，这给人一种无辜和沉静的感觉，双眼皮，鼻子周正，嘴唇像女性一样柔和。身材修长，皮肤晒成健康的小麦色。他走起路来总是沿着墙角，低着头，或者看着远处的风景，脚步缓慢。偶尔一两个骑自行车的女生从他身边一晃而过：

"那就是管理学院的许裴深！"

"真的好像梁朝伟哦！"

那个时候，秋熙对相貌出众的男生都嗤之以鼻。许裴深一直没有女朋友，追他的人很多。这成了一个谜。

"一个离群索居的帅哥。"秋熙心想。

大一下学期，秋熙和惠可一起报了游泳课。阳光穿透室内游泳池的玻璃屋顶，一个肥胖的男子正在一号泳道仰泳。教练胸前戴着哨子，开始教自由泳的姿势要法。

"打腿练习是自由泳的关键，要打得有力量，放松，做鞭状打腿。"

惠可从更衣室小跑到池边，高抬胳膊，纵身跃入泳池，溅起半米高的水花，姿势轻盈地游了起来。

集体大笑，教练鼓着腮帮吹响口哨——

"上来！谁叫你直接下去了？"

"不是游泳课吗？岸上废话干吗？"

"许裴深，你下去跟大家示范一下。"

女生尖叫起来，男生们互相挤挤眼睛。许裴深在一排排注视的目光中走向游泳池，他走起路稍微蜷起身子，像一个感觉到寒冷的人。他跳了下去，没有搞笑，没有摆酷的造型，只激起一层平淡的水花。

女生们鼓起嘴巴，露出失望的神情，男生们已经在拍掌大笑了。

惠可不请自来地自我介绍道，"大家好！我的名字叫天使……你们也可以叫我美人鱼……"

许裴深的特长是让人失望。只有秋熙盯着他微蜷的脊背和安静的表情。大家解散了。惠可迫不及待跳入游泳池。教练在教学生蛙泳，女学生趴在一张长椅上，双手合一向前划动，伸开两腿往两边蹬去。教练把手按在身材苗条、穿亮蓝色比基尼的女生背部。

"腿张得再开一点！"

"许裴深！我昨天在校报上看到你了，你的英语四级考了系

里第一唉！你学习英语有什么秘诀吗？"

一个马尾辫高个子女生和矮个女生把许裴深围住。她们刚才站在秋熙前面，数她们笑声最响。

远处的男生们发出哄笑。

"我的四级考了六百多！你来问问我啊！我给你传授秘诀。"

许裴深摸了摸脑袋，站在漂亮姑娘一米远的位置，声音低得几乎听不清楚——大概是说他没什么秘诀。秋熙看清楚了，不是羞怯，那双清澈的双眸里除了坦荡什么也没有。

许裴深和几个男生玩水球去了。他跳出水来，接球的样子既灵敏又有力，水珠在健美的肱二头肌上滚动。那个马尾辫高个子女生正从池边走过，皱着眉头挽着矮个子同伴的胳膊："许裴深这人真奇怪。"

"哦，就是长得好看，loser（失败者）一个，听说家境也不好。"

"听说他有女朋友的，长得特别难看，还是个平头。"

"变态。"

许裴深穿着蓝色泳裤，肩上搭着毛巾走了过来，单腿跪立，和惠可说了一阵子话。惠可往他的身上泼水。许裴深好脾气地笑了，站起来挠了挠头，算是说再见。他温润的眼神总让她想到土屋仁应雕刻的那些细腻哀伤的小动物。

"你认识许裴深？"

"大叔哦，当然啦。我们是一个高中的。"

"为什么管他叫大叔？"

"哈哈，你有没有看过那部韩剧《对不起，我爱你》？"

秋熙露出了鄙夷，还没反应过来，就被惠可从跳水台上推了下去。

进入水底的那一刻很安静，全世界都是水。安全，温暖，可以听到清晰的水泡破裂的声音。水池壁上的探照灯发出阴森、清冷的光芒，几个抓栏整齐地排列在池壁上，她听不到岸上的声音了，看不到那两个女生花容失色的惊恐表情，水底流动着呼吸声，是她自己的，还有那种沉闷的、咕噜咕噜的音乐。

秋熙张开双臂想要潜得更深，她像不被池水接纳般的，被浮力抛了出来。

惠可跪在池边笑眯眯的像一尊活佛：

"我介绍你们认识吧。"

Aldebaran

巴塞罗那的夏天。谢霖在画画，青躺在床上，白色的被子一角搭在肚子上，露出浑圆小巧的乳房，她把胳膊伸开，露出没剃干净的腋毛，她说有些客人喜欢这个。青像一个停留在口欲期的婴儿。她充满好奇心，喜欢各式各样的男人。一个牙齿畸形、满口脏话的扫大街的阿拉伯人，青也能从他身上看到迷人的地方，她会称赞他的腋窝十分性感。

青可以一动不动地躺在那里，无所事事，处在一种不清不明的挑逗情绪里，咬着指甲，对自己的美貌浑然不觉。她饿了就起来，光着脚，光着身子跑到厨房，翻冰箱里的食物，被两个英国厨子看到，也并不觉得不好意思。有一次，她回来晚了，喝醉了，钻到厨子的房间里睡了一夜，那之后，她经常去厨子的房间

里过夜,她分不清两个厨子的名字,伊安和鲍伯对她来说都一样。

两个英国人很爱她,觉得她有一种原始而迷人的异国情调。谢霖觉得他们把她当成了塔希提的妇女。她没有羞耻之心,这让她的放荡带着纯然的小女孩的天真。她只懂得一种关系,那就是引诱和被引诱的关系。星期五夜晚,鲍伯在露台上弹吉他,大家脚底下放着几瓶啤酒,红色的烟头在黑暗里一亮一亮。远处传来狗的吠声,人们跳舞的尖叫,司炉酒吧的音乐震天响。青穿着一件丝织裙子,乳房在透亮的裙子下若隐若现。她仰卧在一张扶手椅上讲故事,叙事总是支离破碎。她说小时候她和一大家子人住在一起,家里浴室没有插销,十二岁开始,她总是赤身裸体从卧室穿过走廊,去尽头的浴室洗澡。洗澡过程总有人进来,比如哥哥进来拿自己的剃须刀,母亲冲洗马桶,她的记忆里,好像没有不受打扰地洗过一次澡。一家人对彼此的裸体坦然相待。

"这个故事你讲了三遍了!"

"那可真奇怪。我没见过这样的家庭。"伊安说。

"很多家庭都这样。"鲍伯即兴弹了一个和弦,唱出来。

青去上厕所,小便的时候虚掩着门,阳台上的人都能听到小便哗啦啦的声音,像一阵没完没了的热带瀑布。伊安面色阴沉地跟了出去。他们过了很久都没有回来。鲍伯看着谢霖,有点像在嘲笑他:

"你知道,猪的高潮有半个小时。"

"青把每个男人都变成了猪!"

"她是自由的。"谢霖吐出烟圈,拿过鲍伯的吉他。

伊安看样子喜欢上她了。他像个刚陷入爱情的小男孩,患得患失,一会儿用哀求的可怜口吻求她离开谢霖,搬出去和他一起

住。一会儿颐指气使:"你这个婊子!"伊安浑身颤抖,无家可归的疯狗样让人怜悯。可是谢霖尊重青,他尊重一个叫花子就像尊重一个大学教授。

"谢霖是天才。"青喜欢在所有人面前宣布世界末日那样,宣布这个事实,或者在喝醉以后,当大家讨论奥威尔和西班牙独立战争,最近的罢工和福利削减时,青带着醉意的神经质的笑容,把酒杯放在嘴唇边,讲述一个秘密那样确定:

"你们知道吗?谢霖是天才。"

所有的讨论都戛然停止了,这是一个令人尴尬的暗语。大家各怀心事,露出不耐烦、看笑话或者愤世嫉俗的笑容。这是青的信仰。

"天才?他连画展都没办过。"伊安轻蔑地回击。

"他超前于时代。你读过贡布里希吗?《尤利西斯》?没有文化!"青气得面色青紫,肩膀颤抖。

青崇拜有文化的人。她的崇拜带着无知的天真。青的身体丰满苗条,乳房高耸,结实翘挺的屁股扭动起来像一头发情期的母鹿。她喜欢在夏天穿着短连衣裙和高跟鞋,从坐在停车场前、刚打完网球的年轻男人面前走过,他们一致地摆动脑袋,目光追随着她的屁股,他们渴望的目光让她陶醉。她享受年轻女性的虚荣。

青在身体方面很随便,这背后有一种神秘、天真的哲学。七月最热的那天,对面那幢楼住进来一个十几岁的男孩。有一天,青发现他在偷看她洗澡。每天黄昏时分,青把热水龙头打开,在一阵哗啦啦的水声中穿着黑色紧身内衣缓慢走过大厅和厨房,把一头茂密的头发拨开,露出芳香的、白皙的脖颈。然后在厨房中间,把内衣慢慢脱掉。她的动作有脱衣舞女的缓慢,也有芭蕾舞

蹈演员的优雅。她从来不往对面看一眼。她知道他在那儿。那个漂亮的男孩有方正的脸庞,蜷曲柔软的金发,身材高大修长,眼睛像宝石般碧绿,荡漾着无尽的地中海波涛,男孩和女孩都会爱上他。

这形成了一种默契,一种心照不宣的日常仪式。青去阳台晾衣服,享受他沉默而热切的目光的抚摸。他的目光像一头凶狠的鹰,寻找着地上的猎物。他不站在阳台上光明正大地看着她,他不问她的电话号码,不和她打招呼。他缓慢地花着心思观察她,他好像有足够多的时间来了解她。他像一只捉了老鼠的猫,并不心急把老鼠弄死。那双神秘的绿色眼睛在窗帘后窥视,像豹子隐藏在灌木后面。

夏日阳光像一种柔软剂,让每个人都柔顺了下来。谢霖偶尔挽着青的手,像一对正常的情侣那样走过梧桐树围绕的加泰罗尼亚大道,走进那些昂贵、时髦的衣帽店挑选一双高跟鞋。温暖湿润的地中海气候,让街景看上去像一张潮热、泛着昏黄色调的明信片。明丽的大街两旁长满高大的棕榈树和梧桐树,现代主义建筑,遍地的咖啡厅、酒馆,画廊和博物馆让一切沉浸在迷人和优雅的氛围。巴塞罗那永远是热闹的,婴儿啼哭的声音,摩托车的突突声,磨刀人吹响的口哨,街头流浪者的手风琴声,狗吠声,熙熙攘攘的游人的尖叫。街道上飘满了新鲜出炉的面包香气,市场里摆好了一堆堆新鲜的鸡蛋,人行道上的狗粪,黄水仙和1983年的咖啡香气,混杂着药店浮士德牌子的草药味道,海产品市场的鱼腥味,加泰罗尼亚大道上的香水味。从来没有一个城市这样浓烈鲜艳,调动起人的五官,对其发起日常的挑战。声音,色调和气味全部复杂深沉和热烈。

城市公园摆满了各个协会的摊位,聚集了前来野餐的人

群。有人在草坪上卖工艺品，有人现场制作面包，一个炒海鲜饭的大锅，直径几乎有足足一米，吊在铁链子下面，烤着熊熊烈火。手相算命，气功和推拿按摩的摊位前面已经排起了队伍。踢踏舞协会和探戈协会正在招纳新会员。尼泊尔印度的手工艺品色彩鲜艳，琳琅满目，青买了两条能带来好运气的尼泊尔手链。一条可怜兮兮的柯基犬钻到她裙子下面，它少了一条腿，靠着一个机械装置行走，项圈上挂着"请领养我吧"的小牌子。它很快被一个连鬓胡子的大个子收养了，那个大个子教它如何听口令坐下。

草坪旁边有一个卖仙人掌的摊位，可爱的手工布料仙人掌上插着"禁止浇水"的小牌子，这引起了孩子们的阵阵欢笑。不远处有几个穿着中世纪衣服玩杂耍的人，像是刚排练结束。其中一个把僧帽脱下来，坐在一丛地中海荚蒾前，开始吹一支古老的笛子。

"那个男孩叫什么名字？"

喧闹中，鲍勃和青被一群孩子冲散了。

"听不见！听不见！约翰？对，他叫约翰。"

青躺在草坪上喃喃自语。"约翰他为什么从来不和我说话？因为害羞，还是孤独？"

"孤独。"她重复这个词，像个刚开始学说话的孩子。谢霖正和一个跳完夏威夷草裙舞的棕色皮肤的女孩说笑。草坪上到处都是音乐，有人在树下弹唱一首 Joagin Sabina 的情歌。垃圾箱边满是啤酒瓶玻璃碴和肮脏的餐巾纸，粘在男人的皮鞋底下。一个身穿黑红两色廉价礼服的女人站在路边，唱普契尼的歌剧。青跑过去，咬着小拇指目不转睛地看她，一曲结束后就兴奋地鼓掌。她唱的是《波希米亚人》的选段。

是！人们叫我咪咪，其实我的名字是露琪娅。

我的身世很简单，无论在家里还是在外头，我都是靠刺绣维持生活……

我的生活平静愉快，整天从自己绣的百合花和玫瑰花中得到安慰，

我喜欢这些花朵，它们以魔法般的魅力，

向我表白爱情和春天，向我讲述那奇妙的仙境和梦幻

它们都有自己诗情画意的名字……

你听明白了吗？

人人都叫我咪咪，为什么这样叫，我都不清楚，

我单身生活，晚饭时自己一人用餐。

我虽然一向不去教堂做弥撒，但我却经常向上帝祷告。

我始终就一个人生活着

住在那白色的小屋，抬头就可以望见屋顶和天空，

……

从露台上可以看到约翰家烛光暧昧，烟雾缭绕的房间，他们总开通宵party，几个穿耳洞、浑身刺青的男孩露着脊背坐在风扇前吸大麻。一个梳着马尾辫、面色苍白冷淡的女孩来了，十五六岁，提着一个摇篮，里面躺一个熟睡的婴儿。她把摇篮放在阳台的散尾葵树下，好像一个埋在那里的恐龙蛋。那个夏夜，无论楼下如何传来女人的尖叫声，啤酒瓶摔碎的声音，呼啸而过的奥迪车里的电子乐声，婴儿都安安静静的，整个晚上一声不吭。

大家都说这个漂亮的年轻人浪费光阴，肺部像一块熏肉。他有不少崇拜者，手下的那些小混混们常常在街上偷鸡摸狗，拦截行人要点小钱，偷一个手机或者mp3，算不上大的犯罪。

深夜的时候约翰去阳台抽烟。一连抽上一包。那一次,唯一一次,青假装去阳台上取点什么。青对他说了"Hi"。他假装没看到她,唇边一块肌肉抽搐,他什么都没说。

他们一起无言地站着,两个阳台间不过五米的距离,楼下的吵闹声替代了他们的对白。司炉酒吧的两个年轻人发生了口角,扭打起来,一直打到马路上。约翰嘿嘿笑两下,饶有兴趣地看着,从阳台上扔下一条扫把让他们争抢着做武器。他们就这样看了一个小时。

"嘿,你冷吗?"他突然说,他说得很慢,好像怕她听不懂西班牙文,"¿Tienes frío?①"一字一顿。

"嗯。"她抱住肩膀,热烈地点头。

"接住。"他把夹克衫脱下来,从阳台那边扔了过来。

青穿上他的夹克衫,使劲嗅着上面的烟味,他用余光瞥她,抽搐一下嘴角。

Al Hawar

惠可请秋熙和许裴深吃了顿便饭,过了两个星期,许裴深邀请(在惠可的淫威之下)秋熙参加系里组织的毅行队伍。早上九点,她远远看到他在农行前等待的背影,他总是第一个到。秋熙穿得像去高档酒吧听爵士乐现场,扎一个高高的丸子头,穿一件时髦灰色方格大衣,裹群青色围巾,是圣母像里常用的蓝色。那

---

① 西班牙语,意为"你冷吗?"。

条围巾飘动着裹住她的脖子。

路上许裴深一直走在她旁边,害怕她落单。

"你家以前养动物吗?"秋熙没话找话。

"什么都养,蟑螂、老鼠、蚊子、跳蚤……"

"我还养过蚂蚁!"

"我家附近有很多流浪的人。"

"是吗,那你为什么不收留他们?你家地板不应该浪费资源啊。一块地板可以躺很多人。"

"唉唉。"他叹气。

"你有没有看到第七人民医院。外面戒备好森严噢。你知道七院是什么地方吗?"

"就是你这种人该待的地方啊。"

"阿加西。"秋熙转头看他。

"嗯?"他标志性的迷惑神情。

"五一节什么安排?"

"没安排。"

"我做了好几手准备,不过有点想住法乾寺几天。不过害怕到时候一时想不开出家当尼姑,那身后要留下多少破碎的心和眼泪啊……"

许裴深无动于衷,沉默了几秒钟,"我可能去成都几天。"

他给她讲他后院的椰子树、枇杷树和香蕉树。他没有讲更多自己。

回忆里许裴深是个出色的听众,秋熙对他说了些莫名其妙的话。

"自动钢琴演奏其实不是那么一回事的,人们总以为是机械原理让钢琴进行演奏,其实是因为里面住了一个厌世的钢

琴家。"

　　"我昨天做了一个这样的梦……梦到躲进了一家人的院子，发现里面竟然……密密麻麻啊，他们像晾衣服一样晾了一排耗子，细细的尾巴夹在晾衣夹里，还痉挛地抽动着，我正要尖叫，就有一个没夹稳的掉到地上，跳到我脚面来了……"

　　她记得他在山路上根据风的湿度来判断雨的来势。他们争辩他的队友名字是"烟嘴"还是"阎瑞"。他们在湖边喂鱼，许裴深把面包放在贴近水面的地方，看鱼会不会跳起来吃。秋熙提议下次用学校纱窗做一个捞鱼的渔网。后来他们在湖边吃干粮，她把花雕酒弄碎了，一地褐色的液体，他说摔碎的那瓶算是他的，回头给她买了瓶新的。他也在大家的要求下开了一次现场歌友会，虽然只是不断清嗓子和经典曲目《两只老虎》。

　　后来，他们向交警亭里的警察问路，得知他们是大学生，警察莫名其妙邀请他们一起审问犯人。秋熙学的那点心理学完全派不上用场。一个关在 IC 电话亭里瘦矮半秃的男人，眼神鬼鬼祟祟。回程在新桥门她走上去推搡许裴深的肩膀，因为她想今天无论如何要碰一下他。

Alnilam

　　鲍勃知道了一家叫 moog 的舞厅。青常去那里喝酒，和有八块腹肌、长得像米其林商标的门卫混熟了，可以免费跳舞。青喝醉了就在大街上唱歌，他们就像这个城市的所有欢乐的一分子那样。这个城市永远处于躁动的青春期。这是一种迷人的法术，

让所有居住其中的人们，也过着那样一种昏昏沉沉的青春期的生活，永远不会衰老，也不会更年轻，所有年龄的人都受到了蛊惑，以为他们可以停留在那样一种滞着的无时间的状态。这个注满了沸腾的海水，红酒，蝴蝶翅膀和梦幻尘埃的玻璃器皿，升起虚无的泡沫，又在无法醒来的睡梦中碎裂。

谢霖认识了很多人。他们的名字已经记不清楚了，他没法真正记得那些人的名字，没时间去真正了解他们中的任何一个，对一张脸的记忆是通过另外一张相似的脸。博物馆之夜，游行，通宵 party，沙滩排球，裸体浴场和夏日音乐节。有时候他一连三天处在狂欢之中。一颗持续快乐的心变得麻木。酒精让他昏昏沉沉，头痛欲裂。他似乎失去了思考能力。他觉得纵欲可以让一个人通向自己的本质。毕竟说到底，为什么要压抑欲望呢，这不诚实，是对本性的不坦诚。他不觉得可以通过压抑自我成为一个更好的人。酒精，地中海阳光，海水洁净和涤荡着他的血液，沉淀了他才华中的那些不纯的物质。

谢霖忙着体验生活，顾不上其他一些事情。银行存款只有三位数了。拖欠水电费和房租成了常事，伊安最近又丢了工作，事实上他们有三个月没交电费了，已经做好了停电的准备。有人建议从楼下的电线杆上接根电线出来偷电。为了省钱，谢霖常常不买地铁票，步行到目的地。他们只去便宜超市买食物，挑阿拉伯商店里的便宜的牌子。谢霖开始变成一个素食主义者，因为他吃不起肉和海鲜。但是没有人在乎钱。

有一天，谢霖买了一个羊角面包当午餐，他上了地铁，打算去看看米罗博物馆。到了西班牙广场这一站，一男一女突然挤到他身边来，那个女人有一个很大的鹰钩鼻子。男人戴着一顶平绒帽。

"这个门怎么开啊。"

那个男人突然嚷嚷了起来，转动着车把。

谢霖靠过去，演示给他们看。

"你应该向左边旋转。"

一双硬邦邦的手碰到臀部，谢霖一转头，钱包就不见了。

"喂。"

谢霖跟着他们跳下了地铁，那两个人竟然不慌不忙地往前走，谢霖一把揪住了男人的衣领。女人神色慌张地跑掉了。

"求求你！别告诉警察！"男人央求道。

"钱包还给我，里面没有钱。只有两枚硬币了。"

他不相信谢霖的话，把钱包拿出来，在手上翻来覆去倒了倒。

"连信用卡也没有？"男人挑起一根眉毛。

"没有信用卡。"

"竟然比我们还穷。"

男人突然笑了起来，怜悯地把钱包递还给谢霖，跑出去不远，又鬼鬼祟祟地走了回来，手插在裤兜里，吸着鼻子掏出一张十欧钞票，塞进了谢霖手里。

"你自求多福吧！"

小偷和画家这两个职业有共同之处。谢霖常说："如果在大街上，有人留意打量你的一举一动，他不是个小偷，就是个画家。"

谢霖每周末去博物馆和画廊，加泰罗尼亚国家艺术博物馆，毕加索博物馆，塔皮埃斯博物馆，或者是圣家堂的展览。他一直在工作，旁人很难理解这一点，他总是在观察，在构思。有时候他会半夜从睡梦中醒来，穿着睡衣，开始画画。他说一个艺术家

的工作主要是在脑子里面完成的。艺术家看上去游手好闲，其实不是，他收集素材，目光像鹰一样锐利，周围的一切都逃不过他的眼睛。

他从事的是发现美和创造美的事业，有时候他宁愿去画自然里的树木，研究光线和黄昏温柔的湖水，也不愿意研究身边的人。或许他偶尔会画一扇窗户，并且象征性地在窗户后面画一个女人，他赋予她想象的温柔，敏感和坚强，他愿意用最大的理智去理解她，愿意她是最最聪明的，善于交流，可以谈论各种各样的高深话题，却也用最大的偏见来限制她。他总是和人们保持距离，就好像他们是一个激起兴奋感的猎物，只有在奔跑和追逐中才能够给他最大的快感。他宁愿和一个陌生人写很长的信，和她彻夜交谈，或者在梦里将她的身影回忆了一遍又一遍，也不愿意在现实中亲吻那张渴望的嘴唇，触摸那双温暖的手。

这个时候，李玮越来越出名。他的名字开始在日报上出现，有一天，谢霖在路上遇到了李玮，他可能正陪一群重要人物参观，这从他们的西装，Omega 手表，擦得一尘不染的皮鞋上可以看出来。李玮没有把谢霖介绍给他们。

突然变天下了几滴雨。"撑着伞撑着伞。"他对谢霖嚷嚷道，"多好的皮鞋，两百欧一双呢，就这么糟蹋了！"

"你往哪个方向走？"

谢霖用手指了指。

"顺路，再走一个街口吧！"

谢霖顺从地撑着伞。

"靠紧点！那个，你小子文笔好，帮我写个赵无极的艺术评论吧！"

谢霖沉默地听着。

"哎呀，忙死我了！跟汇报似的，得去比利时，去巴黎，去好几个美术馆做演讲，还有画展开幕酒会。"

"你还有时间创作吗？"

"真没时间！要命！"

李玮眯缝着眼睛，连声音都比平时听上去正经：

"我说的都是金玉良言。看在我们多年交情的分上。你还是先学习拓展人脉吧。你得先把自己变得 marketable（有销路的）。现在是资本市场。艺术界也不例外。"

李玮忙着去和重要人物说话了。他谈笑风生，眉飞色舞，他和这些人讲话时的语气突然变了，变得像个带知识分子气息的脱口秀喜剧演员，那股调侃一切的聪明劲真让人喜欢。听说李玮上了一个演讲训练班，第一节课的内容是：如何让别人认为你的讲话是重要的。看来这几千块的演讲训练班十分奏效。无论他谈论什么，外商直接投资，人民币升值，英国雌马三冠大赛和美国大选，他手势起伏，那副滔滔不绝的镇静气势让你觉得他是这个领域的专家。他语速极慢，每个字的发音都让人觉得那个字十分重要，不敢漏听一点内容。他不喜形于色，脸庞消瘦，看上去是个劳累过度的人，也像个重要人物那样爱抱怨。

谢霖没和他说再见，下个路口拐弯时走了。

Alshain

开始得好不一定结束得好。她记得在惠可家的那次聚餐。许裴深来早了帮惠可做饭。秋熙问许裴深喜欢什么摇滚乐队，他低

头玩弄桌上一个易拉罐拉环:"不记得了。"

"怎么会不记得?"

"听了就忘了。"他愉快地露出一口整齐的牙齿。

"惠可说你也喜欢看小众电影,有什么喜欢的导演吗?"

他想了一会儿,吐出几个字:"金基德不错。"

墙壁上贴着一张发黄的埃舍尔的《相对性》。还有一张墨点画,采用罗夏墨迹测验法,惠可说这是对波拉克的一种模仿。还有一张她画的曼陀罗,花花绿绿的。

惠可对于烹饪的兴趣像是做实验,她用曲颈瓶装橄榄油,用锥形量杯、量筒来装调料。但不得不说,她有丰富的调料收藏,她特别喜欢味道浓烈的香料,像是藏红花、马拉盖塔椒、鼠尾草和桉树叶。

"许裴深,你把海盐拿过来!"

"在哪儿?"许裴深看上去如释重负。

"在客厅靠墙角的一堆瓶瓶罐罐里。"

"哦,不,这个瓶子是装氟化氢铵的。"

惠可把他领到那些瓶瓶罐罐前面,"浓硫酸、乙醚。这个是液溴,哦海盐在这儿。"一个一模一样的棕色瓶子。

后来阎瑞和其他几个朋友也来了。鲜榨果蔬汁倒在高脚玻璃杯里,许裴深系着粉色围裙,在一阵惊叹和哄笑中端出了香辣烤鱼、水煮牛肉和蛋黄南瓜。还有一些奇怪的食物,好像是胡萝卜、洋葱和各类蔬菜磨成了粉末,一点靛蓝色,一点土黄色,用长柄壶加一点水进去,放在颜料盘一样的餐盘上,在温水的调配下混合物一会儿成蓝色,一会儿成棕色,最后稳定下来,成了天蓝色。

"为什么要吃胡萝卜粉末啊……"

"你把胡萝卜切开,看上去像一个人的眼珠。所以对眼睛有好处。"惠可解释道。

阎瑞搂起许裴深的肩膀大惊小怪:"许裴深你真的是 gay 啊!"他抓住许裴深的手指示众,左右手的小拇指和无名指涂了指甲油,庞贝红、帝国绿和龙胆紫。

"是惠可涂的啦!她欺负许裴深脾气好。"

"照相啦!照相啦!什么时候发明一种自拍机器就好啦!唉,秋熙你往旁边躲什么躲!"

"我不喜欢照相。我给你们拍吧。"女生们尖叫大笑着,做着各种鬼脸。阎瑞搂住许裴深的脖子,做出亲嘴的姿势。胡美智和苏尹程翻着超市的折扣小册子,因为资生堂的打折消息激动地搂在一起。

秋熙在卧室里一个人待着,惠可说,秋熙总是努力与众不同,对也不对。她打量玻璃柜里的矿石收藏。树枝石上的纹路看上去像日本画那样淡雅、幽静。氯铜矿上满是冰霜状的结晶,晶质铀矿的黑色致密块状,钙铬榴石上像长满了绿色苔藓,石英石里面伸出了很多黑色的手指。水纤菱镁矿上覆盖着霉斑样的花纹,重晶石玫瑰散发出坚固、干燥的气味。紫磷铁锰矿闪烁着神秘的紫色微光,好像可以在纸上画出柔软的紫色。钙锂电气石里满是三角形的沉淀。碱式碳酸铜的切面呈涣散的同心圆状,蓝铜矿上有蓝紫色的小簇花朵,金红石里凝结着毛发般的纤维。还有一小块八面体陨铁,惠可曾说这上面的花纹叫做魏德曼花纹。

大家直闹到凌晨一点。几个精疲力竭的人躺在地毯上,脸上贴着白色小纸条。阎瑞脑门子上都贴满了,一呼气小纸条就全都飘了起来。

厨房传来了水龙头的流水声。

"许裴深呢?"

惠可扔掉抱枕,走进厨房,用命令的口吻说道:"许裴深你不用洗碗啦。"

"没事了,一会儿就好了。"许裴深戴着橡胶手套开始刷一个铁锅。

"不用啦,快点,快点来。"惠可把许裴深推出厨房。

"我把垃圾倒一下。"

"那个也不用啦。你,你,你,负责护送秋熙回家。"

趁着惠可不注意,他还是把那袋垃圾带了下去。

许裴深打算打车送她回家,秋熙坚持要步行。许裴深一直在叹气。天上一轮皎洁明月,照亮了路旁光秃秃的白桦树和常青藤,叶子在风中颤动着。稀薄的云朵都被月光照得发亮,像绣片似的。

"你五一节还要去成都吗?"

"去的。"

"那你带上我吧,我正好想出去转转。"秋熙双目灼灼地看他。

Alsuhail

一年一度的圣胡安节到了。大家来到沙滩上,有很多朋克打扮的人,手臂,脖子和背部满是文身,戴着耳钉和刺穿,头发染成紫色红色。到处都是大麻的味道。海浪轻柔地呢喃,沙滩上的音乐声震耳欲聋,那些烟火在天空里绽放,好像金色和蓝紫色海

葵不断地涌上来，化成一片星星的粉末，在空中慢慢沉淀。

青涂了蓝紫色的眼影，她把头发高高盘起来，露出了天鹅似的脖颈，她匀称高挑的身材，气质出众。一个意大利人过来问她是不是模特。青拉着他的手走到谢霖前面，骄傲地问道："你看我像模特吗？"

后来那个意大利男生拉着她的手去跳舞了，青不断旋转着，从一个男人的手里到另一个男人的手里，她举起手臂，提着裙子跳舞，有人蹲下去亲吻她沾满了沙子的紧绷绷的小腿，她穿着艳红色裙子，大笑着，她的肩带掉了下来，露出肩部文的一只燕子。她始终没有把肩带拉上去。她跳累了就去喝酒，总是对卖酒的爽朗的西班牙小伙子说： 来一杯 sangria con intelligencia（带智力的桑格莉亚酒）。她从人群这边跳到人群那边，她经过的地方就好像人群起了旋涡。直到突然有一个人跑了过来，上来就不由分说地搂住了青，捂住了她左半边乳房，青转过身，狠狠地给了他一个嘴巴，那个人骂骂咧咧着，讲着英语，气势汹汹地走了。

"嘿，你看到了吗？青今天真是迷人极啦。"鲍勃走过来对谢霖说。谢霖无动于衷地听着。不远处，一些年轻的恋人们在海浪的按摩中享受着爱的舞蹈。灰蓝色的海水，像有质感的肌肤一样闪烁着，它的远处迷蒙一片，似乎能带人进入旷远。满天空的烟火，似乎宇宙在面前缓缓展开，行星诞生，爆炸和灭亡，整个生命过程如此壮观瑰丽。

到了半夜三四点的时候，大海的力量震慑人心，一团黑色的不详，令人恐惧和迷狂。大海温柔的时候喃喃低语，好像一匹巨兽突然垂首，露出人性的深情和依恋。海面被月光照亮了，那一束月光平静神秘，仿若一座光亮的丝织的桥梁，可以走在上面，一直走到月亮上去。

天快亮了，谢霖坐在离浪花很近的地方喝酒。跳舞的人群散去，DJ突然放了一首舒缓的钢琴曲，伊安、鲍勃、玛丽亚和她的女朋友在不远的地方和别人交谈，青跑过来，吻了吻谢霖的嘴唇，在他耳边小声说：

"我要你！现在！"

玛丽亚给他们抓拍了一张照片，那妖冶的蓝色天空好像一个虚假的布景。青拉着谢霖的手，要他下水。她连衣服都没脱，裙子全部都湿了，海水刺骨寒冷。谢霖勉勉强强，穿着衣服走进冰冷的海水里去，搂着她，湿漉漉的舌头伸进她的嘴巴里。这一切都非常不真实。谢霖像一个旁观者，只记着浪花的声音包围着他，看着那波涛慢慢退去，又慢慢袭来。毫无疑问，出于偶然，他们都可以是两个不同的人，身份完全不同的人。她可以真的是一个模特，而他是一个成功的画家。现在，他们就像一个画家和一个模特那样接着吻。

这个世界上一切都靠运气。他们都是偶然的波涛里无生命的弄潮儿。

那天回来之后，青蒙在枕头底下哭泣，她的哭声那么大，把隔壁都吵醒了。鲍勃和伊安好像忘记了她在舞会上有多么迷人，他们敲了敲薄薄的墙壁：

"婊子！别哭了！"

谢霖那个晚上梦见了一条鲸鱼，在海底深处，像一艘战舰那样游过，谢霖悬浮在下方，透过蓝色的扩大和缩小的光环，他阅读着鲸鱼腹部由贝壳、海洋苔藓写就的史诗。它遮住了太阳，巨大的身体在海底投下了压迫的、庄严的阴影。它的出现让他的内心涌起一阵可怖的敬畏。

醒来时音乐在谢霖的脑袋里轰鸣，好像居住在他脑沟深缝

中。谢霖头发凌乱,坐起来靠在枕头上,神色疲惫地小声地哼起来。

"你说这是哪一部作品。我觉得是贝多芬的。"

"我哪儿知道啊。"

青翻了个身,又沉沉睡着了。

谢霖爬下高架床的梯子,翻找贝多芬的奏鸣曲,他小声哼着旋律,刚才十分清晰的曲调现在突然中断了。他瘫坐在椅子上,好像忘记了要干什么。他想起了那个短发的女人,腋下夹着教学备案,一个瘦削的背影,慢慢走出他的视野,走出他的生活。

Angetenar

国际示威游行日过得实在太快。中午十二点半,秋熙坐在咖啡厅里喝一杯冰啤酒。电话里听许裴深若无其事地说:"我正骑向烟城,估计还有110公里,下午五点左右能到。"他说得很轻松,就好像绍兴在烟城隔壁似的。她没法想象他背着巨大的登山包在省道上疲于奔命,满脸灰尘,只为了一个简单的承诺。许裴深是个言而有信的人。

晚上六点,他们已经坐在火车上看着飞驰后退的树木和田野,桌子上两瓶冰冻统一绿茶,座位上七倒八歪着疲劳嗜睡的男人和女人,无休止的哐当哐当的铁轨碰撞声。

秋熙谢谢他帮她挤上火车,撇撇嘴开始抱怨那些人有什么好挤的。许裴深为那些农民兄弟设身处地地着想,辩解说他们挤是有他们的理由的。

火车驶过一条蜿蜒曲折、水光溢动的河流。许裴深并不拍照，他正默默把糖分发给周围疲惫的人。秋熙搂着肩膀，他问道，"你冷吗？要不要我脱衣服给你。"

"呵，你只剩下一件短袖了还脱什么。"

他们没有预订房间，到达成都才在街头小巷临时找了间旅馆。当猥琐的店主上下打量秋熙，把他们领到一间放置特大号双人床的双人间时，秋熙永远记得许裴深一览无余的纯净目光，像高原的天空。

"我们要两张单人床。"

合住的第一个晚上，他在阳台看星星，他指着夜空东南角的那颗星，"那是天蝎座。"他的眼神里有星光闪耀，是啊，他是一个天蝎座的男人呢。临睡前他心神不安，突然问她要关灯睡觉吗。

"废话，不关灯怎么睡觉。"她嗤嗤笑出来。

后来他们一起去了草堂，都江堰，青羊宫，望江楼和武侯祠。一个星期的旅行，他们在饭间和大巴上解决了路线问题。他们甚至在九寨沟里住了一晚上，在路上遇到一个藏人，许裴深问他是否能在他那里借宿一晚，就这样成了。一切都没有安排。夜晚这样寂静，静得似乎连心里的秘密都可以听到。他们一起在黑夜中看到了萤火虫，沿着黑暗的海子散步。她一定对他说了很多莫名其妙的话。

"你看那些洞穴，就好像藏着很多佛像。

"你觉得你什么时候是个好人？我听摇滚的时候是个有点糟糕和邋遢的人，听舒伯特的时候我可以变成一只白鸟，但是听巴赫的时候，我是个最好的人。

"小时候我住在屠宰场的旁边，有时候半夜能听到那些动物的哀嚎，我的床靠墙，我总以为有一匹马，或者一头猪被封在了

那面墙里。"

"我做了这样一个梦,人们生活在黑暗里,像耗子一样。我听到一个奇怪的声音。我站在没有光的楼梯口,那个声音是从楼梯口下传出来的,我犹豫又好奇,走向那个狭窄的楼梯,灯光很暗,似乎走廊灯怎么也拧不亮,那声音又一次地传了出来,撞击着我的脑袋。我几乎跑下了楼梯。似乎有无数的黑影在我身上跟着我,想要撕扯我。

"最终我来到了那扇门前,好像驾驶舱的密封门,我使了很大的劲,转动着密封门上的旋钮,砰的一声,门突然跳开了,我吓了一大跳,朝后躲了几步,那里什么都没有,一股刺骨的冷气扑面而来,我走了进去,一个长方形游泳池,就像眼前这个游泳池一样,水池里的梯子锈得十分厉害。池水看上去很深。冬天的白色雾气在游泳池上方缭绕着,我不能很快地看清一切。

"绿色的池水开始晃动,晃动得非常厉害,好像发生了地震,水都溅到池台上了。一个黑色的物体在深渊里,像一艘沉没的古老船只,同时伴随一种奇特的声音。

"然后我看到了它,形状模糊,一片巨大的阴影,一块深色的礁石。散发着令人毛骨悚然的恐惧,绿色的池水像流动的翡翠一样在它身上翻滚,池水看上去更深了。"

许裴深的声音听上去十分干涩:"你的想法很奇怪。"

她抓拍了一张他站在圆木上回望的照片,他拘谨、羞涩的笑容,她似乎嗅到了他内心的秘密。或者他本来就没有秘密。他始终是那么一种——发呆的人。黎明或者黄昏,趴在屋顶,或者躺在湖边,散着碎银的夜空下,听青蛙鸣叫。

秋熙记得那些有趣的街道名:春熙路、红照壁、红牌楼、抚琴路、纱帽街、牛王庙、梨花街和浆洗街。四川人实在会吃,大

街小巷的招牌上写着"火爆，麻辣，五香"。秋熙开玩笑说，到最后满街都没有人了，全是一张张喊着要吃饭的嘴。

许裴深不喜欢人多，去都江堰挤车的时候，他说那我们等下一辆车，等了一辆又一辆，终于上车了，秋熙肚子已经饿了。

"要吃玉米吗？"他关切地问道。她点头，他飞快地下车，回来时怀里抱着两个热乎乎的玉米。

他们坐在最后一排，那凹凸的路面颠得心肺都要晃出来了。两个人却很快活，像两个坐轿子的新嫁娘那般开心。你看后面的路！你看那边的山！你看两个司机还隔着玻璃窗打招呼！

那个时候秋熙说："不过和你同住一屋，还真是安全哪。阿加西，你看，我对其他男生都不会这么信任。"

许裴深沉默。

"不过阿加西对女生好像还真没什么兴趣。阿加西，你功能障碍吗？"

许裴深脸红，搔头，左顾右盼。

"哦，果真如传言那般，你是同性恋？"

许裴深摇头，摇头。

"哦，我明白了！原来你一直是女人！"

返程照样是三十多个小时的硬座火车。她已经了解他更多，有时候人们着急让别人理解自己。只是一些不会相互吸引的心注定远离。

她从沉寂黑暗的窗外看到许裴深坐在床边，沉默不语地擦拭一把刚买的心爱的藏刀，他坐在那里擦拭了有一个小时了吧？那雕像般的身姿，他在想什么呢？他偶尔在喝多了之后讲一点点自己的事情，一点点，口香糖么么少，于是她知道了他挣钱付学费，生活费和旅行费用。每次新学期开始，家里只给很少的钱，一个月就用

完了。有时候他没钱吃饭了，于是勤工助学拿奖学金。大一上学期，他被人骗了六千多块钱，再悲观失望，他撑着没有告诉家人和任何朋友。她记得许裴深转过头看她的眼神，似乎有些后悔，"你不要把这件事告诉惠可，知道不？告诉她会让他担心的。"

他们在浅绿色的小方桌上算账，许裴深花了三千多，秋熙只花了一千。秋熙坚持要补回差价，那一定是他坚持买的车票和博物馆门票，在餐厅趁秋熙上厕所时偷偷埋的单，多付旅馆账单的某个零头。

许裴深摇头，"谁的钱不是钱啊。"

责任心。一个令人厌烦的圣人，无可指摘，无法离去。许裴深对秋熙拍拍腿逞强，"你要是累了，可以躺在我的腿上睡觉。"

夜里冷了，秋熙躺在他的腿上，搂着肩膀，或许没有多想，许裴深抱住了她。

她感到了他紧绷僵直的胳膊，无生命般的搭在她的肩膀上，像一个沉重的器具无法移动。他焦虑不安地四下张望。

时间一秒钟一秒钟过去，他站起来离开了。

回来的时候，秋熙注视着窗玻璃上的倒影，咬着手指。

"我们是好朋友，对吗？"

他低着头，缓慢斟酌用词，带着点鼻塞音："你是个不一般的好朋友。"

Ankaa

夏天结束了，经济上越来越拮据。谢霖开始集中看电影。他

成了电影档案馆的常客。他借了一张学生证,学生票只要两欧。他把胡子剃掉,竟然没有人怀疑他。于是大家看到他剃了胡子,就知道他又要去看电影了。那个时候,他集中地看了安东尼奥尼,法斯宾德和伯格曼。

一排排红色丝绒座椅沉睡在黑暗之中,红色窗幔垂在暖气片上,巨幅电影海报已经开始泛黄。大屏幕下方的角落立着一架黑色三角钢琴,他曾经在电影档案馆看弗里茨·朗的《月里嫦娥》,由一个钢琴师现场配乐。墙壁上挂着五十年代的电影海报。《茶和同情》,谢霖一直记得这个电影的名字。电影院是现代的公共浴室,人们在精神上呈现裸体状态。谢霖在夜色中走出电影档案馆,站在玻璃大门外抽烟,电影档案馆处在拉威尔区,阿拉伯人的孩子在沙地上玩耍,人们停下来交谈,狗在远处打闹着。谢霖享受着一个人在夜色中抽烟的宁静,偷偷打量那些从电影档案馆出来的人,那些同样对阿兰雷奈和伯格曼抱有热情的人,默默记住他们的样子和声音。他们汇向四面八方,上了公交车或者地铁,再也找不到。

青就在电影档案馆前面的那条狭窄肮脏的街上抽烟,等待。谢霖出来后,总是往那条街上和她去打个招呼,坐在有暧昧的红色灯光的肮脏小咖啡馆里请她喝一杯茶,一杯土耳其茶,装在肮脏的茶杯里,可以看到没洗干净的黄色茶渍,谢霖总是开玩笑说这才是灯光昏暗的原因。有一次谢霖看到墙脚爬过一只蟑螂,于是说起了他在自然博物馆看到的一个小玻璃匣里,养了几百只的蟑螂,密密麻麻安静地排列在一起,好像是二维碳原子晶体。青刚喝下茶去,又一口吐了出来,吐在了蕾丝领口的黑裙子上。

"太苦了吗?要不要加点糖?"

"谢霖,我们结婚吧。"青抬起头说,那双黑色的眸子闪着

泪光。

"你怎么了？"

"我不想再过这种日子了。"

"现在不行。"

"那什么时候行？再过十年？二十年？"

"我得画画。"

谢霖简明扼要地说。

谢霖又买了很多画册。他更加频繁地去画廊，美术馆和博物馆。有一段时间，谢霖试图用火焰作画。老式油灯的火舌在纸张上舔出美丽的图案，他逐渐沉迷于这一个过程。这种特别的介质，可以将他的主观意志和客观无情的自然意志合一。

火焰在纸张上产生了灰色的、虚幻的阴影，那种效果好似水印的效果。有时候，它排山倒海，好像一层层包裹人的海浪。有时候，从海浪中产生了一个美丽的女人，比任何他在现实中见到的女人都要美丽，或许由于这样的女人只存在于火焰之中，她所能让人觊觎的只是其茂密如海藻的头发，一个深邃的背影和纤细的脚趾。可是有时候，那产生的却是一个男人和女人的混合体，有两个人的脑袋，彼此憎恨和爱。互相嵌入的身体和分离的手臂。作画越来越成为一种深入和火焰交谈的过程，他在这个过程中开始学会那种倾听寂静的艺术。

他喜欢看火焰燃烧的过程，薄脆的、浅黄色的纸张在通红的火里产生黑色的美丽的边缘，然后像一只蝴蝶那样，投入一阵火红的、焦灼的热情当中。有人从火焰中看到未来，也有人在火焰中看到过去。尼采说：所有的欲乐都渴望永恒。

然后，那之后发生了一件事情。有一天，谢霖过分沉迷于这个过程，不小心点燃了一张画作，烧焦了床单，差点让整个房间

起火,让整幢楼毁于一旦。那之后,房东就严令禁止谢霖在房间里用火焰作画了。

他开始研究那些事物模糊不清的界限,人的彷徨和事物交接时的困惑,飞驰的汽车,一个人站在海边,田野,过马路的人,森林和废墟,巨大工厂的令人害怕的灰色影子。他开始贴近德国表现主义画派,他用那些晃动的色彩,画没有脸的人,月琴形的道路,升起的马状树木,乳房和肚脐发了霉,增生似的,乳房肿瘤般的。他向一切可能的渠道学习。甚至从电影里,从瑞典的自然主义风格,法国新浪潮和捷克实验电影里学习。

他知道自己很贴近了。他也不知道自己贴近了什么。或许贴近了马勒的交响曲?或许他缩短了寒冷冬夜和一个晴朗的夜空间的距离?他觉得他还能为这个世界带来一些有意义的东西。一些别人无法带来的东西。他只需要一点运气,一点时间,或许还有一点点钱,这些都是技术性的,都是会被解决的。因为他相信,一个想对这个世界有所作为的人,他的意愿不会被这个世界辜负。

Ara

鸟在窗前鸣叫,又到了夏天,道路旁的栀子树,凌霄和杜英开花了。食堂门口前面的那块空地上放露天电影,刚吃完饭的同学们走出食堂,三三两两地聚在广场上,梧桐树下和花圃旁停满了自行车,拥挤得像一个沙丁鱼罐头。

秋熙站在那里,看着巨大屏幕上的投影,深蓝色的海水变换

着颜色，汹涌澎湃着。雅克的头顶的探照灯在漆黑的海水中开辟出一道光明的道路。深蓝色的音乐无限深邃广阔。

秋熙转头突然看到了许裴深，他穿着蓝色T恤，倚着越野车，站在一棵栀子树下，手安静地放在车把上。他注视着电影屏幕，带着难以测探的表情。

秋熙走过去和他打招呼，他微笑。

"吕克·贝松的。"

许裴深指了指屏幕。

那个时候，秋熙还不知道吕克·贝松是谁。许裴深突然令人难以察觉地叹了一口气，"这是我最喜欢的电影。"

那天的月亮很亮，秋熙觉得她再也没有见过那样的月亮，大得像个铜盘，甚至带着一点点血丝。空气中弥漫着花香，食堂前的那棵树开花了。地上落满了指甲盖大小的粉嫩的花瓣。

秋熙转头看着他在夜空下的侧影，她知道这一刻，或许是她和他在生命里最近的一刻，他们不可能走得更近了。

两个人相对无言。真是奇怪，有时候就是这么古怪，有一些人，出于什么原因你也不知道，但是你就是喜欢他们，或许喜欢他的清冷气质或者安静的表情，但是两个人完全没办法交流，一旦一个人说起话来，就让另一个人觉得无趣。

秋熙突然讲起她最近做的一个梦。她梦到自己是一只爱尔兰精灵，化身为蝴蝶，必要时有人的身体。精灵心智的脆弱和斑斓，有着莫可名状的瑰丽。然后，她和一个凡人相恋了，一个在各个方面堪称"完美"的男孩。那个男孩棕黄色的皮肤，身如雕塑，声如洪钟，目光如刀刃般犀利。故事老套起来，男孩始乱终弃，另觅新欢，并且为了商业动机，出卖了精灵的秘密。森林里有一个破败的神庙，她必须在黄昏时去神像旁的井边汲取源源不

绝的深绿色力量，否则就会委顿。The Tanderagee idol①，厚嘴唇，凸起的腮帮，头盔正好遮盖住了深陷的眼眶，右手抓住左手臂的衣袖。凯尔特神像神秘怪异的笑容，从黑暗的背景中令人宽慰地浮现出来。

为了捕捉到精灵，人们设下天罗地网，神庙的路被封死了，带着枪械的士兵在神像附近守候，还有数不清的便衣穿梭在人群里。几次三番，她差点被人认出来，还好有一个好心人相助，保护她渡过难关。

结果，这个所谓的好心人竟然是一个老鸨，她把精灵押上车，那里像个监狱，有三个妓女在那里，每个人一个炕，房间里污浊不堪，墙皮脱落，她们都四十岁左右，化着浓妆，身材臃肿，开着可怕的玩笑。后来开饭了，有人送来了猪食一样的食物。

房车不知道开向什么地方。她知道自己完了，躺在角落里望着铁窗外面，人群里她看到了那个男孩，背叛让过去掷地有声的誓言非常可笑，她看到那张瘦长的脸，那坚定和略显阴沉的目光，他身边站着一个姑娘，胳膊环着他的脖子，好像是他树上的一个果实。

正在走投无路的时候，车子驶过一片繁茂的、深绿色的原始森林，她闻到了松脂的清凉气味，这绿色给了她幻化的灵感，她的身子轻了起来，变成一只蝴蝶，飞过铁窗栏。黑夜掩映下，她在原始沉默的森林上方飞过无边的古老树木，不齐整的黑色阴影边缘向她伸出沉默的手指。一只蝴蝶是没有眼泪的，她唯一向往的就是在气泡般的阳光下飞荡。精灵来到那个表情怪异的凯尔特

---

① 爱尔兰坦德拉吉（tanderagee）的神秘史前石像，可能是神明 Nuadu。

石像前，从长满绿苔的井里汲取绿色的生命之水。大地在颤动，士兵的脚步声纷至沓来。

"抓住她！抓住她！"

她听到人们尖叫。

可是她已经起飞了。就算一只蝴蝶开始飞行，也没有什么能阻挡她的意志。

她看到了人群中他阴沉的目光，那双黑色的眼睛，短短的坚硬的黑色头发，雕塑般的身影。他的目光像一只鹰，寻找着地上的猎物。他看着她微启双唇，他要请求原谅吗？

那个梦里充满强烈情感和奇特的飞行体验。梦的好处在于，当情感变得不可捉摸时，醒来就行了。她也不知道为什么对他说这个，她不知道为什么总是对他讲一些奇奇怪怪的话。或许对一个陌生人倾诉是一件容易的事情，尤其是他保守秘密就像一条深海的鱼。

放的是吕克·贝松的《碧海蓝天》。这似乎是个象征。很久以后秋熙才发现，电影的主人公和他很像，就连他走路的笨拙姿态都那么像。他们一样沉默，他们的沉默里有一种奇特的坚持。

许裴深后来再也没有用过类似句式："我喜欢……"无论秋熙如何去试探他的喜好，她再也没法了解这个人。

人们都太习惯了所有事情后面有一个目的。而他，是忘了人生有一个目的吗？

许裴深的生命不紧张，他是一个很放松的人，他和惠可一样，他们已经在"那里"了，他们没有要追求的具体事物。他们的人生像是一次郊外远行，始终是一团安静燃烧的蓝色。

过了几天，秋熙骑着自行车经过一家她经常去的奶茶店，奶

茶店正在装修，木梯子上，两个工人正在把牌子换成一个沉重的木牌。

"博雅书店"。

秋熙心里咯噔了一下，她假装不在乎地骑了过去，没有再回头看第二眼。

——潜水痛苦吗？

——很痛苦。

——为什么你还要潜水呢？

——潜水的痛苦在于，当我身处海底时，会找不到让自己浮出水面的理由。

Arrakis

约翰在别人面前伪装得像个无所不能的成年人，可以打劫，说谎，犯罪。可在青面前，他明亮天真的笑容没有那么绝望。

这天，青和谢霖去美术用具店，出门正好在楼下撞见了那个少年，他正提着一个篮球兜，高大，潇洒，英气逼人。他在等什么人。青红着脸从他身边走过，她回头朝他望了一眼，他阴沉狠毒的目光让她没法忘记，背叛！背叛！他被她出卖了。青走过街角再一次回头，他比往常看上去更白皙，似乎病了，像一条放弃攻击的蛇，微蜷着一条腿，靠着超市的铁门，这让他看上去比平常要矮。

青和约翰再也没有说过话。

但是他加了她的"facebook"账号。他很少在线，也从来不更

新状态。偶尔青看到他在线的时候，内心会产生一种异样的甜蜜。他在情人节和春节的时候整天挂在网上，好像在监视她的幸福。青经常在楼下的司炉酒吧看到他，她只能用目光和他调情。他当然注视着她，当他看到她坐在司炉酒吧的高脚椅上，他进入房间那瞬间的神情变了，好像阳光突然从他的脸上跌落。他突然变成一个阴沉可怕的人。他找个能观察她和谢霖的椅子，坐在上面，点一杯啤酒，不和任何人说话，这么沉默地观察着他们，偶尔瞥她一眼。有一次青跑到洗手间，约翰正在洗手。青扶着门框，咬着手指对他微笑，他冰冷漠然的目光绕过她，从她身边走过去，似乎对她毫无兴趣。她猜不透约翰，在她认识的所有男人中。他不想和她说话。他对她的抗拒让人误会他其实讨厌她。

可是他知道她喜欢吃什么口味的冰淇淋，知道她喜欢什么牌子的香水。青总是收到一束大丽菊和一些奇怪的小礼物，没有留名字和地址。她知道那是他送来的。青像模像样地开始读一本《尤利西斯》，有一天，她在他的自行车篮筐里看到了一本《尤利西斯》。

她在他的门前留下了一张小卡片。"约翰，我是青，谢谢你的花。"

毫无疑问地没有回复。

她在街上遇到他，他假装没看到，拐进一家超市买东西。午夜，他在她徘徊的拉威尔区跟踪她。他站在街对面，她站一个整夜，他也站一个整夜。他戴一顶贝雷帽，穿水手衫和吊带裤，肩上披着夹克，两条袖子围着脖子打了一个结，没剃干净的胡子有点发红。夜晚漫长，他反复玩弄一个打火机，燃起又熄灭，这样重复十几次。有时候他和一两个路过的流浪者攀谈，抽着烟，另一只手放在口袋里。那些卖啤酒的阿拉伯人，玩硬核摇滚的朋克

和街头艺人们都是他的朋友。他不时越过对方肩膀，目光似乎无意地落在青身上，他把手伸进口袋，摸索了一阵，戴上一副墨镜。他在保护她，她明白。当她抱着肩膀走到街对面，他却一言不发地走开了，走得远远的，好像永远不会回来。于是青在他站立的路灯下放一瓶啤酒。过了半个小时，他回来了，他看着她把那瓶啤酒打开，他对她微笑。

一辆卡车从他们中间呼啸地开了过去。语言是无用的。

青被带走了。在散发着刺鼻香水味的福特车里，她盯着前后视镜上的那串血滴石挂坠，约翰的绿夹克里可能藏着一把刀，他可能只是想找什么人，随便打一架。

那个一直沉默的中年男人把福特车开进荒野。今晚的星星真亮，草丛间传来了蛐蛐的叫声。青一直在想着约翰，真是奇怪，有一天，约翰会带她来这里吗？她记得第一次看到约翰的时候他穿的那件蓝色衬衫，塞进牛仔裤里。她和约翰会去很多地方。她每天睡觉前想一遍。想象中，她和约翰躺在星空下的草地上，像两只无拘无束的小动物滚来滚去。他们去海边，他们跳舞，他们乘火车去一个所有人都找不到的地方。

中年男人从后备厢里取出一副手铐。

"我们玩点新鲜的。"

Atlas

凌晨四点，谢霖已经睡下了，门突然敲得咚咚响。谢霖只好爬起来开门，外面一团黑暗，谢霖冷得直哆嗦。

"谁？"

谢霖看到人影晃动，走了出去。

"是青吗？"

青靠着墙壁坐在台阶上，披头散发，两只胳膊扭在一块儿。谢霖走近时才看到肿起的嘴角，左眼睛下面的淤青和花掉的口红。她胸脯前的衬衣被人撕烂了，乳房上露出一块半月形的伤痕，像一头在沙漠上筋疲力尽、焦渴倒毙的牲畜。

"你怎么了？"

谢霖把她抱回房间。谢霖去抱她的时候，她条件反射似的推打起来，谢霖费了好大的劲才把她抱住，把她在空中挥舞的两只手臂放在一起。他的脖子和脸被抓伤了。

伊安和鲍勃骂骂咧咧的，出来一看，好像也被人揍了一顿，什么也不敢说。拿来啤酒和棉花给她消毒。

"去洗个澡吧。"谢霖说。

青躺在床上不哭也不说话，不知道她是不是还活着，她睁着眼睛，却已经不是人那样的生命了。她脸朝里躺着，蜷缩起双腿，抱着肩膀缩成很小很小的一团。她身子微微颤抖着。有时候突然撇一撇嘴，往墙上啐了一口唾沫，露出厌恶的神情，小声而快速地咒骂着。谢霖抚着她颤抖的肩膀，她黑色柔顺的长发里面被剪刀剪得乱七八糟，粘着一团团恶心的白色污迹。

谢霖想起青讲的一个关于牡蛎的笑话。有一次她去海鲜市场买回一斤牡蛎，其中一个怎么看也不对劲，牡蛎壳上覆着一层黏稠透明的白色液体，她放到鼻子下面闻了闻，挑起细眉，露出坏笑，顺手扔进了垃圾桶：

"谁这么坏啊！"

那天晚上很冷，谢霖突然发现城市里多了很多救护车。每过

半个小时，就有一辆救护车呼啸而过，旋转着红灯，从城市的一头开往另一头。他有时候坐起来，披上衣服跑到门口，看着夜色中移动的鲜艳和警戒的红色，想象着是哪个陌生人发生了怎样的事情。早上的时候，谢霖迷迷糊糊睡着了。

谢霖一觉睡到了中午。醒来的时候青不见了。谢霖在床边坐了一会儿，头埋在两只手臂里。然后他刷牙，洗脸，到楼下的司炉酒吧要了一杯啤酒，玛丽亚和她的女朋友问青到底怎么了。"她想通了会回来的。"谢霖喝着啤酒，其实他也不确定。

"我们报警吧！"

"不能报警。"谢霖翻看柜台上的报纸 La Vanguardia，翻到文化信息的版面，赫然一张李玮的照片，几个醒目的大标题：

李玮：横空出世的天才与癫狂
中西方现代抽象派的代表！
用绘画阐释存在的自由！

整整一版报道他的创作和展览。谢霖把报纸合上了。

"你知道1999年阿根廷的巴塔哥尼亚，发生了什么吗？"

"能发生什么？"

玛丽亚的女朋友把手握起来，放在嘴唇边，露出感兴趣的神色。

"鲸鱼集体自杀。"

"我不明白你在说什么。"

谢霖又开始翻看报纸，他的眉毛上一条青筋微微跳动着。

Bellatrix

秋熙住在一个"高尚"住宅区。来往的奔驰宝马车里总是一些戴着闪亮的皮草围脖的人。下雨天，垃圾桶里塞满了被风吹坏的雨伞，其实只是伞骨稍微有些偏斜，只要稍微修补就能再用。从窗口能瞭望到时代广场步行街，两边清一色的时髦服装店和珠宝店，高级商品像展出艺术品那样一律放在亮闪闪的玻璃支架上。一张坦桑尼亚的斑马皮，一张带棕色斑点的阿根廷牛皮毯，还带着一对耷拉下来的耳朵，悬挂在橱窗前。过往行人用专注和崇敬的目光注视着那些地毯，高级服装和珠宝，好像它们是价值连城的宝物。这天下午，一个年老的女人站在镶嵌着白色木板的光洁玻璃窗前，抖动着双肩，秋熙以为那个女人在哭泣。为什么不呢？一个没有人回应的高级橱窗，这是展露私人感情的好机会。但是她错了，那个女人可能只是盯着一条价值不菲的项链。

五十米开外的高档泰式潮州菜馆，招牌菜是燕鲍翅。门口聚满了大人物，走路的姿势一致，背着手，挺着啤酒肚，缓慢地踱步，很小的眼睛眯成一条缝，只拿半个眼睛看人。秋熙不想承认，其中有她的父亲。

卧室，客厅和厨房的搁架上摆着一圈照片。照片上，父亲在德国啤酒节上喝啤酒，"爱琴海号"帆船上和龙虾合影，在死海仰泳。父亲西装革履坐在电视直播现场的真皮白沙发上，神情自如，侃侃而谈。他的办公桌上放满了自己的照片，电脑屏幕桌面也不例外。如果被人问起来为什么没有秋熙的相片，她会说她不

喜欢照相。

小桔面色紧张,秋熙觉得她随时要在厨房地板上一屁股坐下,情绪崩溃号啕大哭。厨房碗柜上的粘钩挂了五六张手写的安全须知和烹饪总结,罗列父亲偏爱的口味和清洁程序上的要求。现在她冒冒失失跑过来,给秋熙看一套爱马仕条纹睡衣。

"这是廖先生晚上要穿的睡衣吗?"

"我怎么知道。"

"他说要他最喜欢的那套睡衣。我没敢问。"

秋熙爱莫能助。

"你再仔细想想,想想。"

透过落地窗,秋熙看到父亲正在对泰式潮州菜馆经理训话,似乎能看到额头上层叠不满的横纹。

"我为你做了很大的牺牲,你不能让我失望。"

父亲高大威严,浑身上下小到一个领带夹都是名牌。他的黑皮鞋永远锃亮得让人紧张。父亲在这里的时候,她不能高声说话和大笑("你什么笑声?吓死人,有没点教养?"),她不被允许表达一切个人意见。压抑的愤怒,内疚,焦虑让她染上了长期神经衰弱和焦虑。她记得母亲离开前的那次争吵,他从厨房拿出一把水果刀架在母亲脖子上,事后把她送去看心理医生。"是我付的钱!我付的钱!她这里有毛病需要修理修理。"他指指太阳穴,做了一个螺丝拧紧的动作,"家庭生活都是这样。暴力让孩子们坚强。"

他们那代人被生活磨砺得很粗糙。他总是在忙事业,好像为家庭付出是一种耻辱。半年前他回来过一次,心情愉快,吹着口哨,声音又轻又高,一出轻佻的歌剧。他吹嘘蒸蒸日上的事业,即便是对亲近的人,说话也带一种访谈式的虚假和夸张。现在他老了一些,下巴的胡子茬发白,圣诞节的时候,他不用化妆也能

当圣诞老人。但是没有孩子接近他。他孤独并且傲慢,老人总是带一点傲慢的。他回来了。小桔站在门口恭恭敬敬地给他换拖鞋。父亲的目光掠过客厅,秋熙坐在沙发上没有抬头。

"剪的什么发型,真难看!"

算是打过招呼了。

晚饭时他抱怨头痛,腰疼,天气不好,交通堵塞。秋熙面无表情地接过父亲递过来的糖罐子,轻轻地说"谢谢"。对一个人保持距离,就待他礼貌。父亲读出了一点轻蔑。

"你看我是什么眼神?"

她双手微微颤抖,声调激动。

"正常的眼神。"

"你刚才在看什么书?"

"米歇尔·维勒贝克,《一个岛的可能性》。"

父亲的左胳膊搭在另一张椅子的椅背上,嘴角上翘。

"和你说了多少遍了,不要看乱七八糟的书。"

"他获过龚古尔文学奖。"

"管你是光棍奖还是冰棍奖,屁用!明年来我这儿上班。"

"是龚古尔奖,法国的。"

"不要顶撞我,不要和我辩论。"

他越说越生气,开始不断喘气,捂住胸口,就好像受不了似的。

"我想和你谈一谈,去你那里上班的事情。"

"我有问你意见吗?"

"我喝不完了。"秋熙把汤碗朝小桔推过去。

"喝掉。"他投来责备和不容置疑的目光。

"喝不下就算了,都是我的错。上蔬菜沙拉和水果沙拉吧,我两个都做了。"小桔一紧张就滔滔不绝。

"喝掉。"

"不喝。"

一个茶杯沿着秋熙的太阳穴飞出去,摔在墙上摔得粉碎。她的大脑一片空白。

"看看自己有什么出息?也没有对象,还和一个男的去旅行,住一个房间。要脸吗?"

是啊,她自甘下贱,名声全都糟蹋了。为什么她那么愚蠢透顶,看了一本托尔斯泰日记就感到了坦白的必要?

父亲用牙签扎了一片苹果扔到嘴里,皱了皱眉。

"你这水果洗完后,用开水烫了没?"

小桔连连摇头,又连连点头。

"蔬菜沙拉,醋在微波炉里杀菌过吗?"

小桔抖动着肩膀,已经开始抹眼泪了。

他朝手心吐出一块黄瓜拍在餐桌上。

"你要把我毒死吗!滚只要一个字。"

世界上有两种人,一种人个子矮,努力表现,显得比实际个子高。一种人个子高,害怕被别人看见,努力显得比实际个子矮。厨房里传来小桔断断续续的哭声,秋熙想,这哭声或许真的让父亲高兴。

Chamaeleon

青始终没有回来,司炉酒吧倒是来了一个艺术商,一个叫乔治的家伙,满头白发,阿曼尼的墨镜推到头顶上,穿一件普拉达

的系腰带的浅色风衣，脖子上戴着一条铂金项链。他总是一边说话一边摸着袖扣，举手投足有一点英国风度，动不动就说"请"字。

谁也不知道他为什么会在司炉酒吧这种地方出现。玛丽亚和他聊了起来，听说乔治的身份，马上开始冲他宣传谢霖的作品。乔治表示感兴趣，玛丽亚在楼下喊着谢霖的名字，用小石子砸三楼的百叶窗，谢霖头发蓬乱地出现在窗口。

"赶快下来！机会来了！"玛丽亚在楼下大叫，冲他招手。

乔治上楼看了几幅谢霖的画作，捏着鼻子走过洗手间和厨房，很多油画房间里放不下了，就堆在阳台上。乔治一边皱着眉头，不住地点点头，露出捉摸不透的沉郁神色，好像在给画估价。灰尘弄得他打了一个喷嚏，他从裤子里掏出一块丝绒手帕，擤了擤鼻涕，塞进 HUGO BOSS 的裤子里。

"不好意思，巴塞罗那的天气。这样吧，两个星期后，在我的画廊，为期一个月。"

乔治提了一个条件，所有宣传的费用都要谢霖出。

谢霖简直不相信，不可思议，好运气这么快就来临了。

玛丽亚把窗子打开，冲楼下正在抽烟的鲍勃喊道："成啦！"

"什么？"

"一个月！五五分成！"

这是一个爆炸性的好消息。大家都兴奋了起来，谢霖把乔治送下楼，乔治抽着古巴雪茄，和每个人一一握手。

大家向别人介绍谢霖的时候，也不再说他是一名艺术爱好者，而说他是一名画家，一名真正的艺术工作者。谢霖设计了宣传海报，大家凑了凑钱，用铜版纸印了一百份，贴在大街上。五十份海报被玛丽亚拿给她的那些搞音乐的朋友们分发。有些贴在

大学校园的广告栏里,大街的电线杆,酒吧的铁皮门,夜总会外面那些被小便和呕吐物弄得污秽不堪的外墙上。谢霖把下个月的房租都拿了出来,他只要卖出一幅画,房租就回来了。总不会一幅画也卖不出去吧。

画展前,乔治约谢霖去看看他的画廊。乔治那天穿一件颜色鲜艳的爱玛仕丝绸衬衫,头发用发膏梳到后面去,腰间围一条白色真皮皮带,香气扑鼻。他们路过一个小酒吧,乔治问他要不要进去喝上两杯。八十年代的铜风扇,从浅绿色的天花板上吊下古典的灯罩,木头椅子,大理石小圆桌。墙壁上的木头镶嵌板上有一面面镜子,上面的一圈小灯泡闪闪发亮,窥视,挑逗,浓郁的颓废和个人情绪。

"来一瓶白葡萄酒。你们这儿有什么牌子的?"乔治善于交谈,他说起话来慢条斯理,态度亲切风趣,很容易就让人接受他那些并不客观的观点。例如"我不喜欢法国人,法国人自以为是"。大部分时间乔治在谈论画廊和他的奢侈爱好。他喜欢收藏老爷车,跳伞,赛马和游艇。他大部分的生意在英国,他抱怨了几句英国的天气,他正打算在马略卡岛上买一幢别墅。他笑起来有一点揶揄的感觉,好像对什么都不太重视。不说话的时候,乔治安心地把手交叉,玩弄着手指上造型奇特的铂金戒指,注视着门口进来的顾客。一个女人穿着 Desigual[①] 的色彩斑斓的衬衫和短裤,脚蹬长靴,手里拿一把白色阳伞走了进来。他把食指放在嘴唇上,摇了摇头,眼睛里露出轻蔑。

"坏品位。"乔治摇了摇头,"我受不了别人的坏品位。这里人太不重视穿着了。"

---

① 西班牙服饰品牌。

乔治对谢霖优雅地一笑，注意到谢霖的话不太多。

"你来西班牙多少年了？"

"五年了。"

"有这么久？"乔治在灯光下摇晃着酒杯，"给你一点建议，穿着和说话，这是两个引起别人注意的基本秘密。"

乔治又问了一些关于艺术的问题，"例如，作为一个中国人，这个身份对你的艺术创作有什么影响？""你觉得现在的绘画潮流是什么？"

谢霖并不能很好地回答这些问题。乔治目光轻飘飘地看着他，嘴唇边浮现起一丝隐约的微笑。谢霖感觉到乔治在和一个比自己身份低的人说话，对无知带着宽容大度的态度。

乔治在掂量他作为艺术家的市场潜力，谢霖没法为自己的绘画找一个主义，他缺乏那种让人一见倾倒的领袖的超凡魅力，而这种魅力是判断一个人是否是艺术家的主要标准。显然，一切和艺术有关的事业，最后都和营销密切相关。如果市场不接受你，创作又有什么价值呢？

乔治带着放弃的神色，闲扯了一些关于香水的知识，他又开始了物质主义的布道："你能通过香水了解一个人。就像你能通过穿着来了解一个人。"

谢霖付了账。乔治带谢霖去画廊。画廊坐落在时尚和富裕的格拉西区，展厅铺着锃亮的白色大理石地砖，在日光下闪闪发亮，富丽堂皇，正中央的天花板上吊着一个庞大复杂的水晶枝形吊灯。

"你猜这个吊灯花了我多少钱？"

"不知道。"

谢霖露出老实尴尬的笑容。听到了嗓子里发出干涩、古怪的

声音。

乔治伸出了五根手指。

"专门由英国设计师设计。所以说,品位,还是品位。"

谢霖说要去上厕所,竟然在这个宽敞的银行般的画廊里迷路了。一堵浅色墙壁突然像那些暗藏宝藏的机关那样飞了起来,露出后面宽敞的布局。谢霖只找到了一个单人卫生间,那个卫生间的时髦灰色装饰既舒适又宽敞,两个洁净的泛着光芒的高档马桶,红色的吊绳提醒需要帮助的残疾人可以随时呼求。这里阔气得像一个单人房间。

乔治的办公室几乎有八十平方米,谢霖坐在昂贵的灰色真皮沙发上,落地窗前放着一米高的绿色热带植物,悬挂式超大屏幕下是一套内嵌入墙壁的双声道组合音响系统。乔治脱掉西服外套,坐在舒服的高圈椅上转了两转,按响了音响遥控器,又打开办公桌后面的一道暗墙,露出一个放着双人床的房间,双人床铺着高高的舒适奢华的床上用品,旁边还有一台跑步机和洗衣机,玻璃门后是一个洛可可装饰风格的带自动按摩浴缸的大浴室。

"怎么样?不错吧?中午可以在里面 siesta(午休)。工作累了也可以跑跑步。"

"是的,很不错。"

"我经常在这里听威尔第的歌剧。你过去有和画廊合作的经历吗?"

"没有。"

"威士忌和红酒,你要哪一个?"

"我来点啤酒就行了。"

震天响的音乐传了出来,是《波希米亚人》。乔治展示了一

些稀奇古怪的收藏，猴手状蜡烛，面粉盒，打字机，铜壶，锡片占星盘，各种小沙漏，化石，海绵，蜥蜴标本，鸟笼，捕鼠器，伏特加酒瓶，扣子，橡皮泥捏的河马，核桃小猪，乳房形杯子。谢霖喜欢这些小玩意，最后谢霖竟然赊了五十欧的账从他那里买了一套七星瓢虫的收藏，颜色从深红色到浅红色。

"这些东西现在很流行。"

乔治在皮椅的扶手上打着节拍，跷着二郎腿，皮鞋随着歌剧音调一颤一颤的：

"威尔第，太美了！不是太美了吗？"

他喜气洋洋地说："我手下有一个采购人员，有办法找到便宜货源，比如说吧，二手市场，然后我以三倍到十倍的价格卖出去。"

"我可能要回去了，我还要画画。"谢霖站了起来，左手摩挲着脖颈。

"啊，这样。"乔治微微张着嘴，深深点了一下头，若有所思地向后深深陷到皮椅当中，他把两只手交叉，食指对着食指，中指对着中指，没有半点不悦，眼睛里闪烁着机灵的光。

"你等下，我有礼物送给你。"

乔治进了办公室后面的储藏室，拿出一个土耳其绿的小瓶子递给谢霖，这是一种叫做"佛陀的欣喜"的香精，有松脂和琥珀的味道。

"先从香精用用吧。"

"哦，这个名字有意思。谢谢你。"

在地铁站肮脏的反光镜前，谢霖从兜里拿出小绿瓶子，想扔进垃圾桶里，迟疑了两秒钟，又放了回去。

Chara

秋熙醒来,头痛欲裂,下楼梯的时候差点踏空。凌晨五点半,她在阳台看到了一个UFO。那个神秘的东西,像一小截通红的香烟头,或者一根被截成两半的大拇指,悬浮在天空上。她扶着墙壁,屏息凝视,UFO晃动着,在天上划出光弧,像一只苍蝇那样飞走了。

秋熙已经能够辨认云雀,大山雀和小雨燕。她想发明一种机器,利用风来推动机器的不同木质推杆,通过活塞作用,机器就能模仿各种各样的鸟叫。她给这种乐器起了一个名字,叫它"鸟鸣风琴"。

秋熙去博雅书店买了一本《所罗门王的指环》。她没有看到他。草坪上有两个穿着红衣裙的小女孩,在树下挥动着树枝,互相追逐了起来。草坪上延伸下去两股深深的自行车车痕。一对年轻夫妇正推着婴儿车走过,男人三十多岁,英俊而强壮,他正在和一岁多大的孩子玩捉迷藏的游戏,他躲在一丛灌木后面,装出野兽的叫声,婴儿蹒跚地向他跑去,"爸爸?爸爸!噢,你抓到我了!"

男人一下子把孩子提了起来,扛在肩头,又把她倒转起来,亲吻她的红色小皮鞋,冲着鞋底吹气,好像这个可爱的孩子是一个充气娃娃。秋熙目不转睛地看了他们一会儿。她把书本塞进书包里,默默地从他们身边走了过去。

秋熙去了建筑工地,看一辆辆装沙子的铲车开过来开过去,

起重机车顶上贴着亮闪闪的"H"标志,像一只高傲的螳螂那样忙碌。工人携带的收音机里放崔健的专辑《红旗下的蛋》,蓝色水泥搅拌机发出的轰鸣把音乐声盖了下去,成堆的沙子正在变小,有人用橡皮管往铲车发热的车斗上洒水。不知道从哪里飞来一只苍鹭,突然落在塔式起重机的顶上,纹丝不动。

夜幕降临了,晚上,四周一片寂静,黑暗笼罩了她,只有泛光灯发出孤独的冷光,吸引了一团团的雾气般的蚊虫。

秋熙晚上睡觉不喜欢锁门,以方便朋友们来拜访她。但是从来没有人来拜访她。她时常梦到一个肥胖、一头乱蓬蓬头发的女人关在小屋子里面写诗,一天一个人捧了一堆稿子过来说,这些都发表了。她的第一反应是大哭了起来。

在这个没有人会看到她的地方,她才哭了起来。在任何一个地方哭,她都会为自己感到羞耻。可是在这里不会,她可以说,是因为夜色太美好易逝,生命缓缓流淌。

她抱着膝盖,小声地哭,有一种普遍的悲哀让她内心郁结。她的哭声大了起来,简直有点歇斯底里。是的,她在最美好的年龄,她漂亮、聪明,她做梦的时候总是流泪。她的心是自由的,她想学会一种真正的逃脱术,飞出这钢筋混凝土的围墙。可是人们都不能理解,世界上还有什么东西是她得不到的吗?

她从石堆上跳下来,边抹着眼泪边往前走,她什么也不想。一幢没盖完的房子,防护罩撤了下来,露出没有被水泥封住的隔间,远远看去好像一座盗空的千佛石窟。她踩着临时的木楼梯上了最高层的一个小间,躺在水泥砂浆地上。傍晚的时候突然下了一场大雨,现在天空变得清澈明净,漫天的繁星,刚开始的时候,眼睛甚至不能发现那么多的星星,慢慢地,她看到了更多,那些微弱的、被邻近的星星遮挡了光芒的、黑色大楼上盘旋着白

色和浅黑色的巨大云层，这一切都那么明亮和美。

她隐隐约约听到了滴水的声音，在寂静之中非常清晰，嘀嗒，嘀嗒，或许是有泉水在远处流淌，滴下。秋熙想象自己躺在阿尔塔米拉洞，流血的野牛让她兴奋。她点燃一根火柴，洞顶上那些令人惊叹的绘画仿佛会移动，火焰在地上铺下错落的阴影，月亮在洞口升起来了，在风中颤动的黑色树梢之上。她闭上眼睛，听到千年前的野牛的嚎叫，在山崖和荒野间游荡，篝火在荒原上燃烧着。木炭、赭色和赤铁矿，岩壁上红色和白色的手印像一群群受惊的野鸟扑面而来。白色寂静的风灌满她的身体，把她吹得像个胀满的气球。关于海边的散提亚拿，它撒了三个谎，它不是宗教的神圣地，并非地处平原，它也不靠海。

Columba

画展前是忙碌的几天。鲍勃进了司炉酒吧，一条腿搁在高脚凳上，伸开胳膊闻了闻腋窝，冲谢霖大声嚷嚷。他今天拎着一沓海报和大桶胶水，骑着自行车去大街小巷贴海报。

"谢霖，整个哥特区，包括酒吧厕所，都被我贴遍了！"

谢霖连请他喝了三杯莫吉托。

鲍勃皱了皱眉头："《打开和关闭的房间》。干吗取这个名字？"他伸出一根指头，蹙着眉头，"不吸引人。这是你的第一次画展，名字最重要，为什么不叫作……《2051的太空漫游》？或者《一个女人和三个男人的故事》？"

他双手交叉抱在胸前。露出一个典型的鲍勃式的、略带讽刺

的、自鸣得意的笑容。

谢霖和鲍勃正谈着,玛丽亚走过来,悄声对谢霖说:"青回来了。"

谢霖走上楼,青站在他的房间里,正摩挲着一个相框。青转过身,远远露出笑容,她摘掉白色皮手套,过来给他一个拥抱。她穿着一件昂贵的靛蓝色大衣,小皮靴,戴一顶时髦的软帽子。她的微笑既淡漠又优雅,她现在看上去像个上流社会的女人。

青退后几步,伸过手摩挲着谢霖的大衣衬里,手指轻轻掠过嘴唇。

"你需要一套西装。"

谢霖生平第一次买西装。他们表现得像有钱人,拿出一张快要过期的信用卡,买了套两百欧的西服。谢霖觉得根本不需要西装,但是大家都对他说,买一套吧,好像没有西装生活就没法过下去。总之,这段时间,谢霖花钱大手大脚,像是在为要到来的新生活做准备。

画展前的那个晚上,谢霖忐忑不安,一个晚上都没有睡好觉。他把被子蒙在头上,感觉自己不是要睡着,而是好像要昏死过去。好事情就要临头了!这是一个好的兆头,所有事情只会越来越好。他半夜坐起来,下了床,坐在月光里,感觉月光好像幸福一样流溢进整个心里。

第二天早上,谢霖接到乔治的电话。

"我们需要谈谈,画展有点问题。"乔治说,他可能正走在大街上,车辆鸣笛嘈杂,有一段时间只能听到推土机的轰鸣声,"我没法给你一个月的时间了。"

谢霖慢慢坐下来,手放在膝盖上,颤抖着腿。

"为什么?"

"是这样的。路易斯突然回来了。"

"路易斯是谁?"

"路易斯是 superstar,之前我们和他的交流有了一点问题,他跑了,但是现在又回来了。艺术家嘛,就是这样。"

"回来了?"谢霖嗫嚅地重复着他的话。

"这样吧,我给你一个晚上时间。你看怎么样?太吵了,我先挂了。"

那个电话就在一片漫不经心的嘈杂中结束了。谢霖坐在椅子上,有点没睡醒,当大家过来向谢霖道贺的时候,谢霖正试图用几根牙签搭建一座小房子,脸上带着天真的笑容。

"怎么了?"

谢霖挠了挠头,努力笑出声。

"乔治改主意了,只给一天时间了。"

"什么?就一天时间?你的合同呢?"

"没有。都是口头约定。"谢霖从裤兜里找烟,冷漠又好像是不耐烦地说。一夜的过度的兴奋让他精疲力竭。

"给原因了吗?"

"哦,他说路易斯回来了。"

"路易斯是谁?"

下雨了,谢霖去咖啡厅过了一个下午。他走过一个乞讨的老人,他正把小狗包在毛毯里,吻着小狗的鼻子。当他路过的时候,小狗偏过六十度扭着脑袋,漆黑的小眼睛可怜兮兮地望着他,好像在乞求着:"请给一点零钱吧。"谢霖站住,掏出了几个硬币给了老人。

服务员穿着浅卡其色的制服裙子,白色衬衫,领口上挂着工作牌。台阶被铁皮和红色的塑料纸包了起来,防止人们摔倒。谢

霖坐在咖啡厅里,看着窗外的人来来往往。

后来,咖啡厅里来了一个戴黑框眼镜、样子很严肃的女孩,看样子她从很远的地方来,她哆哆嗦嗦地走进来,跺着脚,肩膀上,围巾上沾满了雨水,头发已经完全打湿了,两颊冻得通红,不住地吸鼻子。她把断了一条腿的眼镜摘下来,用餐巾纸慢慢擦着。她要了一杯卡布奇诺,坐在那里,搅动着勺子。她坐在那里半个小时就离开了,看上去是来旅行的。

谢霖望着那个女人,他搜遍全身,却找不到一张纸片,于是在餐巾纸上画了起来。他很少画她,他只是琢磨着她,像一个小男孩口袋里放着两枚买糖的硬币,却不舍得花掉。她短短的几乎是竖立起来的头发,宽阔的额头,一对连在一起的浓密的眉毛,一双睥睨的犀利的灰色眼睛,只有她的下巴和嘴唇才流露出了柔和。他现在或许正坐在巴塔哥尼亚的某个小咖啡厅里,人们也都围在他四周讲着西班牙语,时间回到了十五年前,她在一个雨天来到了这个小咖啡厅,看样子她从很远的地方来,这里的人们没法在地图上指出中国的位置。人们好奇地多看了她几眼。她哆哆嗦嗦的,跺着脚,肩膀上,围巾上沾满了雨水,头发已经完全打湿了,两颊冻得通红,不住地吸鼻子。她把断了一条腿的眼镜摘下来,用餐巾纸慢慢擦着。她坐了下来,又像是做错了事情一样,把屁股底下的一份报纸拿到桌面上。她笑了笑,要了一杯卡布奇诺,坐在那里,搅动着勺子。有一阵,她蹲了下来,在桌子底下找来找去,她低着头,盯着漆黑的反光的地面。

一个服务生过来,"您在找什么?我能帮助您吗?"

"心灵的安宁。"她站起来,开玩笑地说。

"那您找到了吗?"

那个黑头发的漂亮的服务生把手搭在腰部,弯下腰,优雅地

嬉笑。

她坐在那里半个小时就离开了。她看上去是来旅行的。这一天是新年夜，咖啡厅里装了小彩灯，听说晚上海边有烟花表演，每个人都在互道新年快乐。她托着腮帮，拿出一个小笔记本，在上面写着点什么，表情很温柔。她慢慢搅动着面前那杯咖啡，不时地抓着头发。有时候她的那种想要哭泣的神情，让人以为她陷入了爱情。半个小时候以后，她把笔记本重重地合上了，甚至把锁扣扣上。她微笑地站起身，迅速而利落地付了钱，临走的时候，她抬起目光，轻轻对侍者说了一声："Feliz Nuevo Año.①"

Cygnus

"喂，我心情不是很好。"

"咋啦，吵架了吗？那我现在过来吧。你爸已经走了吧？"

"嗯。晚上十一点了。你不睡觉吗？"

"没关系。"

惠可带秋熙去星期四的夜场摇滚演出。酒吧门前熙熙攘攘的人群中，惠可打开背包翻找。

"你饿不饿，我给你带了好东西吃。看！五香捆蹄！"

"我不饿。"

"那给你买爆米花，加很多糖。"

"我又不是小孩子啦。"

---

① 西班牙语，意为"新年快乐"。

"你就是小孩子。"惠可关切地看着她。

演出在一个闷热的地下室里,灯光猩红,烟味缭绕,墙壁和天花板上沾满了各种姿势的芭比娃娃,她们都裸体且姿势暧昧,有恐怖片里的诡异氛围。一个阴暗的角落贴着标语:"爱不是一个词,而是一种行动。"

男主唱用嘶哑的声音唱了几首有北欧暗黑气质的歌。那个男生穿着黑色高领皮衣,身材修长,戴着墨镜和银手镯。鼓手打鼓的时候总是把长发甩在脸上。

结束的时候,男主唱说这首歌有点私人性质,有一次表演前主办方告诉他们他不够大牌,永远也不会登上大舞台。后来他就写了这首歌,叫 Falling Down。男主唱声嘶力竭的气势让人感动。

表演结束,观众们热烈鼓掌,乐队又表演了一次那首 Falling Down。(后来她们又在现实中看到了他,他看上去是那么普通。)

秋熙和惠可围在地下室吧台前的小圆桌旁:

"你知道 Erdös 这个数学家吗?他管小孩子叫 epsilon,管上帝叫最大的法西斯。他发表的文章太多了,所以有了一个 Erdös 数,用来计算和 Erdös 的合作距离。"惠可眯起眼睛,向后惬意地靠去,手指在圆桌上敲击出鼓点。

"数学家是将咖啡转换成定理的机器。"秋熙大叫起来。

"干杯!"两瓶青岛啤酒对碰一下。惠可掀起袖子,露出胳膊上的两条浅浅的黑线。

"那是什么?"

"哦,我去买桌子,忘带皮尺了。就在胳膊上画了两道,一道长,一道宽。"惠可伸出一只手比了比长和宽。

"后来我妈生了我弟,又开始洗尿布,抱怨养孩子真贵啊。有

一段时间我们买不起新衣服。"她皱起鼻子,皱起眉毛,打算笑了,"然后我就问,这样啊,那是不是卖出去价钱很高啊。"

惠可哈哈大笑了起来,她眯着眼睛,两只眼睛放出光来,手捂着脖子,好像那里一阵阵发冷似的,迸发出一阵健康、爽朗的笑声。说话是一种高空接球的杂技,惠可就有这样的能力让两个球同时保持在空中。

秋熙不知道这有什么好笑的,她觉得这是一个凄惨的故事。

"那现在呢,你和你弟关系好吗?"

"好啊,为什么不好。我打算工作后就把他接到身边来。多一个人热闹嘛。"

"真好。"

"你知道,结婚只有一个好处,在国外结婚你从了丈夫的姓,所以如果你本来姓氏以 Z 开头,婚后名字能在文章发表上排前一点。"

"可我们在国内呢。"

"那结婚就完全没有好处了。"

惠可兀自哈哈大笑起来,她一定想到了一个绝妙的笑话。

"考你一个单词,Serendipity。"

"啥意思?"

"意外发现的美好东西。我一定是背单词背得走火入魔了。"

"不过我突然想起来了!你明天还要考 GRE 呢!"

"没问题!别担心!"

她们多喝了几瓶酒,打算摇摇晃晃走回去。惠可很快被夜风吹清醒了,过马路的时候牵住秋熙的手,看上去快乐而充满生气,"昨天和许裴深躺在草地上看星星,许裴深说一定要等到十颗星星出来,当时只有三颗,结果等到十二点。"

秋熙笑了,"真是典型的阿加西。"

"大叔最喜欢爬山了,这些年他把附近的山都爬遍了,说要找到一块钟爱的石头才能隐居。"

"隐居?"

"对啊,你不知道啊?隐居是他最大的梦想。"

Dabih

到了晚上,谢霖穿着西服,戴一条黑底金色斜纹的领带,打量穿衣镜里的自己,感到有些好笑。这套打扮真让他感到不舒服。他学着李玮的样子,手臂在空中挥动起来,带着自以为是的、上扬的轻飘飘的傲慢口吻,还欠了欠身子:

"欢迎大家今天莅临我的画展……再次向大家表示感谢……"

他笑了起来,他学得如此惟妙惟肖。他是可以做到的。他来到画廊的时候,人们也陆续到了。桌子上已经摆满亮闪闪的香槟酒杯,玻璃杯,一大瓶卡瓦起泡酒,Rioja 红酒,西班牙雪利酒,精致的陶瓷罐子里放着小点心。有人借来了摄像机。

大家都穿得很正式。连鲍勃和伊安也借了套西装,打着领带。

"你把请帖给李玮了吗?"青今天穿了露背装,苗条性感,她脸红扑扑的,已经喝了不少红酒。

"没有。"

"为什么不!他可比你出名。"

谢霖在画廊里徘徊着,心情激动,他的两只手紧紧握在一

起,好像是梦想成真的一刻,他看到这些年的心血,这样集中和突然地摆在自己面前,还是在这样宽敞的、灯光明亮的大厅。哪怕只有一个晚上,他简直不敢相信。

八点半了,该到的人都到了。除了青,鲍勃,玛丽亚,伊安和玛丽亚的几个乐队成员外,再没有其他人来。

乔治露出优雅的微笑,把银发向后拨了拨,几乎有点激动,他用两只手把谢霖的手包在一起,不断抖动着,握了有一分钟。

"我们的大画家!为了谢霖!为了谢霖干杯!"

"为谢霖!"

大家都举杯庆贺,眼睛里流动着真诚热切的闪光。

开始放轻柔的音乐,伊安和玛丽亚拉着手转起圈子来。鲍勃和玛丽亚的女朋友正在热烈讨论晚上的西班牙和荷兰世界杯决赛,玛丽亚的女朋友下了五十欧赌注,赌荷兰一定夺冠。

乔治和青热烈地讨论香水。他说青用的牌子他很喜欢,但是还能更好。他给青推荐了几款香水,青像个勤奋的小学生那样恭恭敬敬地记在小本子上。

"香水是一种符号,也是一张名片。"乔治端着红酒,侃侃而谈,"你用什么牌子的香水,别人和你擦肩而过,立马就能明白你的身价。"

"很多东西都需要学习。你看这瓶红酒三年陈,开瓶后放上十五分钟,酒杯在灯光下这么晃一晃,酒杯边缘应该呈现出橘红色。"

乔治把手指放在嘴唇上,他的眼睛湛蓝得可怕,好像是用蓝玻璃做成的。或许因为营养过剩,露出了小肚子和塌软的胸部。他有时候对青露出亲密的笑容,但是当他不说话的时候,有一种

屈尊纡贵和缺乏兴趣的疏离感。

一群穿着橙色球衫的荷兰球迷正从门口走过,脸上画满红白蓝条纹,还有为数更多的西班牙球迷,眼睛上涂着西班牙国旗,看上去就像戴了一个眼罩。外面熙熙攘攘,有人吹起了喇叭,汽车开始鸣笛。

乔治又过来向谢霖表示祝贺,"很棒!极其出色!看看你的这些画,都是大师之作。我有预感,这一切都会进行得非常顺利。这次画展非常顺利,你很快就会出名,你马上就能顺利找到下一家画廊,进行更长期的合作啦。"

他叫鲍勃过来给谢霖和他拍了一张合影,闪光亮起的时候,谢霖正被闪光灯弄得睁不开眼睛,他笑容窘迫,勉勉强强,看着门外,总有一种想仓皇逃跑的感觉。乔治紧紧抓着谢霖的肩膀,对着镜头展露优雅的笑容。

又过了一个小时,还是没有什么人来。有一对年轻夫妇推门走了进来,推着婴儿车,他们草草往墙上望了一圈,便推门出去了。鲍勃对谢霖眨巴眨巴眼睛,打了个哈欠。他满脸红晕,连脖子都涨红了,他总是对和自己无关的话题毫无兴趣。

"明天还要上班呢,我得早点回去了。"玛丽亚和她的朋友们跑出去买薯片,在小酒吧再灌几瓶啤酒。

突然,外面传来了巨大的喧闹,小酒吧里的人都涌到了街道上,整个城市的街道都沸腾了,到处是鸣笛声,烟花爆竹声,欢呼声。西班牙国旗到处飞扬,疯狂的球迷们爬到了树上。

伊安从外面回来,手里拎着啤酒瓶子,两只手举了起来,喜气洋洋地说:"西班牙对荷兰。一比零!"

玛丽亚的女朋友露出了丧气的神情,好看的嘴唇抿在一块儿。

不一会儿,有几个穿着西班牙球衣的人,脸上贴着国旗,吹着喇叭经过画廊,他们趴在玻璃窗上对谢霖挤眉弄眼,他们手搭着肩膀,唱起了国歌。

"谁叫是今天晚上呢。"青正从吸管里吸着一种叫做"墓地"的鸡尾酒,昂起淡漠而美丽的脸庞,无动于衷。旁边有人发出轻轻的笑声,她盯着他身后的那盆天竺葵,偏过头对鲍勃说:"你应该学会说不,永远都说不,是 Non,而不是 Oui!"

青搂了搂谢霖,她的手从他肩膀上移开了。

伊安过来拍了拍他的肩膀。"真是可惜了!错过了决赛啊!"大家都过来拍了拍他的肩膀,一个个走掉了。最后乔治走到他面前。谢霖抬起头:

"我想一个人待会儿。我能今天晚上睡在画廊里吗?"

乔治点点头,把钥匙递给了他。

"祝你好运。"

乔治拍了拍他的肩膀。

Diphda

太阳白花花地炙烤着道路,走在柏油马路上,好像凉鞋都要被烤得冒起烟来。街角的一个指示牌旁边,水泥搅拌机旁,掉落了一件橘红色的建筑工人的外套,旁边是一小摊水泥,一把铁铲,这个画面给人留下了奇异的印象,好像是这个人突然化成了一摊水,消失在水泥地板下,最后连这摊水都消失了。

秋熙和惠可经过一家理发店,两旁的林荫树映在玻璃窗里

面，那棵梧桐树的虚像看上去如此逼真，就像是从理发店的橱窗后面长了出来，从那些帽子和假发模型中间长了出来。玻璃窗上贴着"画展"两个字，门口竖着一块简陋的木板，上面涂着两个大大的瘦金体字："二楼——画展"。下面有一个副标题："打开和关闭的房间"。

秋熙站住，在门口东张西望了一会儿。

"我们进去看看吧。"

沿着木牌上的箭头指示，她们爬上狭窄的木楼梯，木地板发出咯吱咯吱的声音，扶手上落了一层灰尘。展览前的塑料椅子上坐了一个穿低胸粉色吊带的女人，跷着二郎腿，正在涂红色指甲油，长得挺漂亮。她谨慎地、迅速地瞥了秋熙和惠可一眼，收了十块钱的门票。

昏暗的过道里堆着几个破旧纸箱子，捆着几个人体模特，姿势僵硬，目光机械空洞。被塑料胶带绑在一起，好像它们会到处乱跑似的。展览厅看上去像个仓库，墙壁没有粉刷干净，墙角撒着沙子和白色墙漆，大厅中央放了一个由花花绿绿的破布搭的小帐篷。日光灯管发出了嗡嗡的声音，电线乱糟糟地露在外面。日光灯管让人感觉到寒冷。

秋熙吸了吸鼻子，但她很快就被吸引住了。

一幅名为《舞女》的油画。冷漠的目光落到具体鲜艳的事物上，像冬日的呼吸冰封住一张年轻美丽的面庞，令人心悸的美，混乱。一个下流小酒馆，舞台简陋，满地香烟头，烟雾缭绕，被灯光所染色。女人在跳芭蕾舞，小巧的芭蕾舞鞋轻盈地转动着，透明的舞裙，她一只手臂伸向天空，扭过脸来看画外的人，一个不舒服、缺乏美感的姿势，好像她故意让自己这么不舒服似的。人群里有人伸出手来去拉她的舞裙。她的面容端庄，被她的宁静

所保护着。

秋熙又往旁边走了几步。画面上是一个女人,有一团烟雾般的红色头发,那些头发柔软、飘逸,好像一件熨帖的红色斗篷罩在脑袋上,她的嘴唇涂得很红,裸着上半身,曲线如此细腻,好像以最细腻的泥土塑成,肋骨的微妙阴影,柔软的乳房的形状,大腿根部山谷一样的阴影,好像她的身体是一片绿色的山丘,每一寸肌肤都充满了活力,她抚摸着自己的头发,拨到后面去,以一种平淡的目光欣赏别人观赏自己的美丽身姿,那双眼睛,空洞和疲惫。她的脸看上去充满了渴望,似乎对一切新鲜的事物都能产生好奇,但却有一种疲惫之情让她不能很好地追求,她的平静里带着疏于搏斗的懒散气息。这是一张可以诞生些什么东西、却从未诞生的脸,也可以说那是一张充满可能性的脸。她还未长大便已然老去了,像坐在坟墓上带翅膀的天使雕塑一样长出青苔,阴暗的锈斑,死亡的阴影在午后触摸她。

"这个画家叫什么名字?"

"N.N.。"

惠可递给她一张画展的宣传单,大声念出来。

"不是啦,这个是拉丁文的'无名氏'的缩写,Nomen Nescio。"

"还拉丁文哦。"

剩下的多是一些静物画。名字都美极了,像是诗句一样动听:

《黑夜和白昼交界处抽烟的男人》

《白与灰的庄严弥撒》

《The random walk of constellation[①]》

《关于知更鸟死亡的沉思》

《马赛克记忆和隧道》

　　秋熙注视着那些画布，它们无目的的目光和她相遇了，她感觉自己好像在广阔的、黑暗的海洋中心游荡。这墙壁的灰色调给人以集中营一样的压抑感，只不过关押的是一些远古的、过时的亡灵。

　　房间尽头的那个雕塑，有点模仿罗丹的作品。一只男性的充满力量、线条明晰、青筋暴露的手和一只女性的温柔的、屈服的、含情脉脉的手。暗淡的光线中，那两只彼此贴近的双手，好像正要彼此抚摸，亲吻，嵌入彼此，形成一个整体，他们正在密切絮语着。

　　"真棒。"秋熙拿起手机给雕塑拍了一张照片，"可是，这里怎么没人看着。"

　　"不是什么重要的作品吧。"惠可说。

　　"不怕被偷走吗？真可惜。"秋熙来到一幅作品前，画布上有明显的咖啡渍。

　　"我去上厕所。你等等我。"

　　秋熙拐进一个阴冷的小房间，往里面探了探头，黑洞洞的，一股氨水味道，放着损坏的木架和肮脏的棉被，往里走终于有了光，一个极其简陋的马桶，连洗手池也没有，马桶上污迹斑斑，玻璃窗户上涂满了各种肮脏的字句，没有窗帘或者玻璃贴膜，马路上的行人抬头可以看到厕所。秋熙摇了摇头又走了出来。

[①] 意为"星辰的随机漫步"。随机漫步，一种数学统计模型。

惠可正在看一张爱尔兰麋鹿的照片。爱尔兰麋鹿的角比普通麋鹿大，那个麋鹿脑袋上好像载着一座壮观的森林。惠可指着那张照片：

"爱尔兰麋鹿是体形最大的鹿，生活在更新世晚期，后来在自然选择中淘汰了。据说是因为角太漂亮，超过了实际作用。"

秋熙仔仔细细地看着这张照片，奇异的美丽火焰，那一对大角好像张开的升向天空的翅膀。她想象着将这样的作品放在一起的那个人的灵魂。

"或许爱情就是爱尔兰麋鹿的角。还有诗歌，梦幻，很多其他东西。"

Dorado

谢霖独自喝酒。他走到房间中间，在瓷砖地板上躺下来，他看着四周的画，那一刻美好又静谧，房间被打开了，然而没有人进来，那始终是谢霖一个人的房间。

他的肚子突然饿了。紧绷了这么久，突然放松下来，第一个感觉就是饿。他出门去 24 小时超市买点面包。整个城市灯火通明，热情的球迷们打算庆祝一个通宵。一个中年男子站在收银台附近的糖果架旁，两个孩子，一个男孩一个女孩正眼巴巴地看着：

"爸爸，我想要吃这个。"

"我要吃那个黄色的。"

"不行，这些糖果都是有毒的。吃了就毒死了。"

夜晚袒露了城市的秘密。谢霖走过汽车车站，黑夜的灯光下，一群人站在一面矮墙前面，他们的衣服颜色在光线和距离下都变成了黑色，他们孤独地分开来站在那儿，好像在等待被处决枪毙一样。

虽然他们只是在等车。

为了避开那些热烈庆祝的球迷，谢霖走错了方向。一个公交车站旁边的男人突然对他挤出了微笑，那是一张年老的脸，头发花白，穿着黑色的夹克衫，牛仔裤，围着一条脏兮兮的白围巾，他冲谢霖打着招呼，又喊了他一声，谢霖把头低下，夹紧领子。地面上落满了白色的宣传小卡片，谢霖捡起来一张：

"你想认识耶稣吗？你想拥有长久的平安和喜乐吗？"

谢霖去麦当劳买了三个汉堡，一口气全吃掉了。麦当劳的金属桌子上一层油腻。暗淡的光线从头顶上金属质的圆罩下发散出来，墙上挂着一些粗制滥造的艺术品，白色墙壁脏兮兮的。头顶的喧闹的音乐响个不停，令人讨厌。悬挂式屏幕上不断打着汉堡的广告。女收银员机械地对他说：

"祝您今天过得愉快。"

她并不看他的眼睛，非常快速地说："下一个！"伸出手递给谢霖一张脏兮兮的五块钱和一枚五十分硬币，那张五块钱钞票好像被什么颜料染了色，有点恶心。五十分的硬币背面起了一层霉绿。

一个女人正在指导自己的丈夫如何倒车，她的谩骂声几乎整条街都能听到。谢霖上了公交车，坐在靠窗的位置。

他在一个荒凉的加油站前面下车了。看到吉普赛人的圆顶帐篷，他们点燃篝火，在篝火前唱歌跳舞。肮脏的狗在叫着。还有一个废弃的游乐场所剩下的东西，呼啦啦响的风声，满地的碎纸

屑，果皮，踩扁的糖果，好像马戏团突然就消失了，剩下一个孤零零的摩天轮，被拆了一半，只剩下几个生锈的座舱在风中摇摆着，发出嘎吱嘎吱的声音。

摩天轮的入口处留着一个模仿真理之口的大理石雕刻，人像张着狰狞的大嘴，一张发黄的使用说明上写着"看手相，事业线爱情线生命线，两欧尽显人生奥秘"。

吉普赛人的歌声仍然在荒野里回荡，天气冷了下来，他双手紧握在一起，不断地哈气，在裤兜里翻来倒去，最后在上衣口袋的一张皱巴巴的卫生纸里找到了一枚硬币。他把手伸进那个张着嘴的异教神的石像里。不一会儿，算命结果出来了：

"事业爱情皆美满！恭喜。幸福人生！"

他的命运被不清晰地打印在一张小纸条上，墨迹一边浓一边淡，幸福一词只能勉强辨认出来。

谢霖在加油站前面的荒野里坐下，要是有啤酒就好了。吉普赛人开始拉手风琴，翻来覆去总是那一个调子，让人忧伤。

他踉踉跄跄地回到画廊。夜半，倾盆大雨过后，天空重新布满大团大团的厚重的阴云，云是红色的，整片天空都阴沉沉地露出血红色，好像女人分娩的阴部，黑暗的房间里都被这层红云染亮了。

他把大衣盖在身上，睡在沙发上。深夜里，月光照进门廊里。他看着玻璃门外偶尔走过的人，数着路灯。画廊墙壁上的画好像一群无人认领的孤儿。汽车的前照灯灯光滑过暗黑的天花板，好像在金鱼缸底部。

有点冷，他经过一扇巨大的落地镜，镜子里的他是蓝色的。他抚摸着瘦削的、在月光下发暗的面颊。

"有时候，我真希望能和幽灵说话。"

他那个晚上做了一个美梦,他梦到自己遇到了一个很重要的艺术商,他资助自己创作,他的画挂在画廊里,都卖出去了……每一幅都卖出了高价,高得能买一幢房子。他进了一家餐厅,要了一份最昂贵的菜肴,结果老板给他上了一只皮鞋,还有点脚臭味。

"您确定这是最贵的菜吗?"

"是的,我确定,先生。"

于是,他几乎是毫无办法地,把这只难以下咽的牛皮鞋,蘸着鹅肝酱吃掉了。

他一觉睡到了中午,当他醒来的时候,阳光已经变得刺眼了,周围有两个陌生人,他们正把他的每一幅画都卸了下来,放进大蛇皮袋子里。他们正在换上新的画,一些谢霖觉得粗制滥造、毫无美感的画。俗艳的色彩,做作的现代感,就和小学生的涂鸦一样。这是路易斯的画。

早上,谢霖在刺眼的阳光里走回家。青已经脱下那顶靛蓝色的时髦软帽,成了一个唠唠叨叨的怨妇。"我们欠了一堆债。怎么办?居留就要到期了。"

"为什么不回中国呢?"伊安叼着烟,眯着眼睛,看上去有点洋洋得意。

"找份工作吧。"鲍勃说。

"没有公司会给外国人工作签证的,更别说画家。"

"我们就像老鼠,被人赶来赶去。为什么要过这样的日子?"青抽抽搭搭地哭起来。

谢霖从家里逃了出来。大街上,一个女人懒散地推着婴儿车,身边有两个孩子拽着她的衣角,她身材走样,水桶腰,硕大的胸部茄子般低垂在腰际,她年轻的丈夫还保持着健美身材,她

走到银行大楼那幢丑陋的建筑前,转过身来,男人给他的妻子拍了一张照片。

"再来一张。"男人比了一个手势。

女人笑了,厚厚的脂粉上堆出一个可怕的笑容。男孩们拽着女人下垂的巨大乳房,露出楚楚可怜的神情。

谢霖又去了几家画廊,每个人都说他画得很好,但是没有人愿意展出。他不知道那是不是一种委婉语。他打了几个乔治留给他的电话号码,根本打不通。

"你的风格和我们想要的不一样。"

"你们要什么风格?"

"我们要风景画,或者抽象派风格。现在流行这个,你能画吗?"

第二天吃早餐的时候,谢霖不小心把一杯咖啡打翻在画上。青从胃部深处发出一声尖叫,把拳头塞在嘴里,她跑去厨房拿抹布,可是画已经被玷污了。

谢霖仍然坐在那里,喝着剩下的咖啡。

"壶里还有咖啡吗?"谢霖抬起眉毛。

"你什么都不关心!"青带着哭腔喊道。

"那幅画很糟糕。"谢霖用刀切着煎蛋,他抬高手肘,慢条斯理地吃着,就像一个绅士。

"可是你画了一个月。"

"我已经不喜欢它了。有毛病。"

青什么也没说,她跪在地上,弯着腰,眼泪一直往下滴,虔诚得像给耶稣擦脚的抹大拉的玛丽亚。她换了一条干净抹布,试图把咖啡痕迹清理干净。

"你过来吃饭吧。"谢霖说。

"过来吃饭吧。"谢霖又说,他站了起来,他晃晃悠悠,走到那幅画旁边,用切煎蛋的水果刀直直捅了进去,面无表情地在画布上划了一个十字,他又横着竖着划了好几道。他的面部闪过一道凶狠的表情。

"你为什么要这样对我。"青站起来,满脸泪痕,惊呆了。

"过来吃饭吧。"谢霖把刀放下,回到餐桌旁边。

"你什么都不在乎。全都完了。"青背对着他,平静地说,她不再声嘶力竭了,"我没有钱给你了。"

"无所谓。"

青背着亮闪闪的小皮包,一句话都没有说。门被甩得砰砰响,高跟鞋下楼梯的声音远去了。

鲍勃一直在厨房里洗碗,他擦洗一只玻璃杯,斜着眼睛。

"你从来没有想过去找一份正经工作吗?"

"我一直在工作。"谢霖声调平静地说。

Fomalhaut

她们从画展出来。天气晴朗,那些停滞不动的云好像焚烧的烟雾悬挂在山头。秋熙伸了一个懒腰,双臂垂下抱住后脑勺,转过身来,露出轻松的笑容。

"今天天气很好啊。我们去荷叶坊吃咖喱吧。"

天空是那么夺目,不可思议,瑰丽。一条条羽毛状的红色云层,从天空的一边延伸到另外一边,黛蓝色和红色的条状云层相间,形成层层波浪形褶皱,火山爆发了,天空中布满了流动的熔

岩，一些云朵从天上垂下突状。天空中颜色浅的地方，成了一个光亮的丝织的洞，浮现出一个神秘人的脸庞来。与之相对的，颜色深的地方，一座座黑色的岛屿浮在云层的鸡尾酒盛宴上。天空最上面一层是粉红色，然后是紫红色的，然后是黛蓝色，雾气朦胧了颜色的分界线。云层出现了丰富的明暗层次，像是婴儿处在母腹中的那一片原初的浑沌，大团大团的云朵弥漫翻腾着，一团团胖胖的蓬松的云朵，逐渐变成了一群搁浅的灰色鲸鱼，它们体积庞大的灰色身躯，镶嵌在粉红色的花边上，那层薄纱般的光正在向后逐渐退去，后来退到天边去了，成了一片粉色的汪洋大海，燃烧了起来，只剩那片动态的云彩，那群让人感到敬畏的巨大的鲸鱼群，翘着尾叶，在天空的海滩边快乐地嬉戏。

"你知道吗？我常常做一种飞在城市上空的梦。有时候，我拍拍手臂就上去了，在风里兜着圈子，盘旋而上，可真够惊险刺激的，刚刚起飞的时候很艰难，好像地面上的一切阻力都在阻止你，可是之后，你就能像鸟一样轻盈和迅速了。起飞之后，你会有一种真正的自由和畅快的感觉，就好像生命里不再有任何事情可以阻挡你，束缚你。你获得了真正的自由，自由。你好像乘着风的滑轮，从一条街道滑到下一条街道，一切都那么迅速。你像夜色一样隐蔽在一棵梧桐树的树冠里，注视着那些街道上来来往往的人们，观察人们的生活，观察人们相爱，吵架，再依依不舍地分离，就好像你是一个对人类抱有无限热爱的天使，却只能抱有这样一个可爱的距离观察着他们，爱着他们。

"我飞过城市的上空，山坳里的点点灯光，整个城市好像黑丝绒的底座上镶满了璀璨的宝石，光滑，圆润。"

"有一次，我飞过了你家门口，那时候你像现在这样住在五楼，我在你房间的玻璃窗户上画了一个圆圈。你注意到了吗？我

飞过山谷，飞入高空，天幕是深蓝和深紫色的，夜晚是静止的，好像一个巨大的、闪闪发光的钟表盘，时针和分针停止了。高楼大厦在天幕上留下了黑色的剪影，仿佛静默的山峰和湍急河流的峡谷，但一切都像木刻画一样，又优美，又忧郁。我就这样一直飞在城市上空，一直朝天空最深处飞去，看到一片灰色迷蒙的鲸鱼般的云，好像亨利·霍伦斯坦的黑白摄影作品，我一时分不清是飞在天空还是深海里。直到那片鲸鱼般的云完全吞没了我。"

秋熙抬起头，露出微笑。

"或许天堂不过是上帝的一个小菜园子。里面挤满了吵吵嚷嚷的灵魂。人们上了天堂，不过是成了萝卜，白菜或者洋葱罢了。"

高架桥上亮起了灯光，路灯点燃了树木的顶端。一种感情慢慢撞击着她，好像河水节律着她的心跳。

"你看！一群鲸鱼正从天上飞过！快看！"

公交车开动起来，梧桐树背后的傍晚的钴蓝色天空轻微晃动着。那群扑朔迷离的云朵，已经回归了静谧的大海般的天空。

fornax

一个月后，约翰不见了，听说他用一把锋利的小折刀捅死了什么人。又过了半个月，他满是窟窿的尸体在某个垃圾堆里找到，已经被老鼠吃掉了半张脸。

青什么也没看见，当她回来的时候，警察和救护车都来过了。对面那幢楼的入口被暂时封锁了起来。每一个进去的人都要

接受盘问。青小心翼翼地问鲍勃他杀了什么人，鲍勃不耐烦地耸耸肩。

"你自己去问警察吧！"司炉酒吧的话题围绕着他讨论了两天，然后大家就彻底遗忘了他。大家都说，一个生活糜烂的年轻人放弃了自己。

青比往常忧郁了些，她有时候靠在窗户边发呆，看着对面那扇反射着晚霞的窗户，声音低沉地对谢霖说：

"我今天看到一只鸟，粘在汽车车灯上，被碾得稀烂。"

伊安才二十五岁，还是个孩子，动不动就吹嘘自己，骄傲又虚荣。这一天，伊安走进谢霖的房间，脸上带着神经质的笑容，手在膝盖上拍打起来，欲言又止："你知道吗？我们干那事的时候，她喜欢我做一首诗，她一定要我一句一句做出一首诗来。"

"你能做诗吗？"谢霖的目光一刻也没有偏离画布。

"哦，不……我背了一首里尔克的诗，她以为是我写的。"伊安有点惊慌失措地说。

很快，青就再也不理伊安了。有一天，谢霖路过厨房的时候，伊安正跪在脏兮兮的地板上，扯着青的裙子说："嫁给我。我存点钱，我带你回英格兰的老家。在约克郡的小镇上。我做一名大厨，我们生十个孩子……"

"我要和谢霖回国了。"青扭开脸，毫无怜悯地说。

谢霖从来没有看到伊安那副哆哆嗦嗦的可怜样子，他抱着青的小腿失声痛哭起来。

楼房对面很快搬进了新的房客，一个胖男人，有一个胖乎乎肉感的光脑袋，好像一个鼓起来的气球，必须松开衬衫的第二颗纽扣。一次青在汽车上遇到他，他的屁股同时压在两个人的座位上，斜过身子，瘫软到旁边的座位上。如果有谁敢看着他，他就

偏过脑袋，目光凶狠，伸出一根手指头点点他。

他们仍然像过去那样每周末去城市公园。没有什么特别的事情打破生活的平静。伊安很快有了一个修理自行车的意大利女朋友。他喜欢公开和女朋友做出亲密举动来，目光紧紧盯着青。他提起青就满脸鄙夷，在地上啐一口唾沫："那个婊子。"

秋日下午，谢霖坐在远处的树下画画。他时不时地皱皱眉头。鲍伯玩滑板，伊安和女朋友在草坪上拉着风筝。青躺在草坪上，肚子上放一本乔伊斯的《尤利西斯》。她看着天空上一组雕塑般的云朵，从皮夹里掏出一张照片，她时不时地拿出来看一眼，可是没有人在乎那张照片上的人是谁。

"这是我外婆的照片。"她对鲍勃说。

鲍勃漠不关心地"嗯"了一声，等待和几个年轻小伙子比赛豚跳。

青走到草地上一对正在接吻的恋人身旁，盯着他们，伸出手给那个男孩重新系了系脖子下的第一个纽扣，把丝巾绑出一个蝴蝶结，当那个男孩和女孩窘迫地、稍微愠怒地把头分开时，青把一朵淡紫色的小花别在女孩的鬓角，说："你真漂亮。"没有人能真正对她的那些小把戏生气。

一个杂耍艺人坐在路边，系着领带，没了脑袋，屁股下也没有椅子，这个姿势保持一动不动两三个小时。青跑过去和他搭讪，问他能不能把秘诀教给她。后来他们去了灌木丛，过了半个小时才回来。青因为高兴脸涨得通红，嘴唇发紫："我知道秘诀了！"

隔着远远地，鲍勃打了个呼哨，后脚踩踏推进，向青的方向滑行过来，他停住滑板，擦擦脸上的汗，兴奋地喊道："你记得那个小崽子？那个用小折刀杀人的家伙？噢，被杀的那个人你认

识，你还说你恨他，从来没有人对你做过那样的事。"

鲍勃找到一处台阶尝试脚尖翻板的动作，几次都失败了。最后他张开双臂，转身对青做一个V字形手势。

青从灌木上摘下一个奶臭味的白色小果实，剥开放到舌头上，看能不能毒死自己。她扶着那株矮小的灌木突然大笑起来，笑得浑身颤抖。

"这才像青。无知，快乐。"鲍勃一只脚踩在地上刹住滑板，立起来，夹在腋窝下。伊安站在他旁边。

"我不喜欢她忧郁的样子。"

furud

星期三。下雨，世界换上了灰色的幕布，街道上长出大大小小的蘑菇。

我的邻居早上死掉了。她是个很老的女人。我觉得活到那个岁数已经没有什么遗憾了。我看着她裹着白布被警察从房间里抬出来。她的孩子在很远的地方住着，似乎一年也不见他们回来一次。她很有钱，听说她是躺在一床单的钞票上死掉的。那个场景被渲染得十分离奇。

我站在阳台上看着她被抬出去的时候，内心没有一点震动，她一个人住在大房子里，每天早上都上街买菜，我们在楼下相遇的时候，总是互看一眼，她从来不对我打招呼或者微笑。我觉得她那样的岁数，什么都不在乎了。

期末考后，同学们叫我去吃饭。我坐在角落，被各种声浪推

到了谈话外面。我既不会谈论天气,也不会谈论食物。有时候人们得表现得像一只潜力股。可是我不懂谈话的艺术,我不会谈论明星,流行音乐,环法自行车赛和我的前途。我不知道什么时候该住嘴,什么时候表示认同。我说出去的话像呕吐物,一股脑地喷到了对方的脑袋上,我看到他们露出尴尬的神情,就像是一个演员在戏剧的中途忘记台词。有时候我想,我该放弃和鸟儿交谈的愿望,放弃和墓园的那些植物自言自语,不去观察云朵的形状而是去关心天气预报。

  大家讨论得兴致勃勃,我试图做出感兴趣的样子,我用手托着腮帮,努力插几句话进去。他们很厉害,对任何一个无关紧要的话题都能长篇大论一个小时,任何事情他们都有一套极其重要的看法,(嘘,你一定要认真听)。交谈像是一场夏日的暴风雨,把人们团团围住,每个人都想站在舞台的聚光灯下,有人因为别人比自己健谈而被比了下去,甚至恼怒了起来,用激烈的手势、上扬的声调引人注意,或者干脆敲敲桌子,把头仰了起来。"现在该听我说了!喂!"

  他们一定觉得我很无聊。我总是独来独往。我曾经喜欢过一个男生,他说他爱我,然后有一天,他对我说:"你太过忧郁了"。他离开了我。

  我的心是一个负担。有时候,我像一个充满了自相矛盾的感情的气球,得极力抑制自己不要崩溃和爆炸。别人不放在心上的事情,我会花一整天去想。我总是在想怎样思考一件事才是正确的,怎样做一件事才是正确的,想着我内心的法则。我对人充满好奇心,我想要去理解所有人,甚至是那些十恶不赦的人。我想人都是有感觉的,我想去了解他们的感觉。而了解他们却让我痛苦。

别人看不到的东西，我都看到了。那些轻视的眼神，毫不留情的话，或者一个上扬挑衅的声调，我都注意到了。那些掉落的蕨类植物叶子，一只橘红色嘴巴、跳来跳去的小鸟，我都注意到了。我的心是一个累赘，它给我带来了很多不便和痛苦。我曾经尝试着要融入生活里去，我尽了最大的可能和别人相处，但是结果就是他们和我，我们彼此都不堪忍受。

"忧郁是一种病。"那个男生最后这么说，"你不够健康。"我还记得他走掉时的干脆的背影。或许我快活一些，他会喜欢我久一点。

我讨厌心理医生。在他们那里，你被预先地认为是有问题的。他们是那种对于生活适应得很好的人，游刃有余左右逢源的人，他们看我们，总是有种健康者自居的沾沾自喜和居高临下。

有一天，我看到人行道上留下的一行油漆字迹：I need love，写得歪歪扭扭的。如果我见到写字的人，我愿意给他一个拥抱。

我还是回到我的地洞里去吧。那个孤独无光的地洞，可是我是我自己。我认为巴赫和陀思妥耶夫斯基更像是我现实中的朋友。你可以说我只是在逃避，可是为什么不呢？不是逃避就是被外界所改变。并没有中间的路子可以走。

有人好心和我说话，问我将来的打算。我想了想，说："看完伯格曼的全部电影。"

同学的脸上露出了一种微妙的笑意，揶揄地看了看我，我并不傻，虽然我不通人情世故，但那不代表我不具备观察力。

我还是有长处的，不是吗？我懂得如何用餐巾纸叠出一只孔雀，我会画风信子，会用丝带、羽毛、芦苇、纽扣做出一枝花。我想我有一颗心，我有一个灵魂。有时候我很害怕，这些年，我都努力装作和大家一模一样。

"她想从我们这里获得什么？"有一次我听到一个女生这样提起我。然后我听到了更多关于我的传闻。当他们提到我的名字的时候，我感觉那么陌生，好像在说另外一个人。我有那么可怕吗？像一个从身上的每一个毛孔里流出毒液的怪物。好像我的每一句话后面都有一个目的。有时候，生活成了一个消极的惩罚的过程，或许我们真的是生来就有罪的。

失败者。大家这么想。我也意识到了这一点，他们或许是同情我吗？他们和我告别的时候脸上的笑意那么牵强，甚至有人不愿意和我握一下手，好像我的手上有病菌。

是的，我是个失败者，搞砸了所有事情，我几乎搞砸了和所有人的关系，和爸爸，老师，还有同学。我喜欢的男生离开了我。只有惠可包容我，还有谢霖。

他是所有发生的事情中唯一一件美好的事。

我在纸上写了一句诗的开头，我没法往下写下去：

"诗人的心被这个世界反复伤害。"

Gemma

所有人都注意到了这个现象，青正在迅速地变老，变难看。美人迟暮让人感到伤感，尤其在这么短的时间内，她从一个十八岁的妙龄少女，纯洁得像一朵娇嫩的扶桑花处于绽放的芬芳状态，过了一个夜晚，花瓣突然枯萎了。

那个美人曾经眼目如画，嘴唇朱红，头发如同扇叶般在头后扎起，上下并排扎着两个别致的紫色蝴蝶结，穿一条麻质裙子，

一双藕荷色的皮质女士软底鞋，一双清目如同汩汩清泉，瘦弱清逸如同小鹿。

现在，她脸上的光泽消失了，流露出疲倦的姿态，皱着眉头，挂着两个可怕的青色眼袋，脸上的黄褐斑像霉点那样悄然无声地从梅雨季节的地毯下面迅速长出来。她为人懒得应付，不仅是对他人提不起兴趣，似乎对人生根本疲倦了起来，她目光漠然，无动于衷，嘴角露出敷衍的笑容，她说什么都言不由衷，甚至，一种城府和诡诈似乎从那薄薄的嘴角里透露了出来。她用中年女人那种市侩、尖利的声调说起话来，毫无教养地大笑。有一次在公交车站，她冲一个西装革履的人吐口水，嘴角泛着白沫，说话又快又没有逻辑：

"我是中国人，中国人怎么了，中国人也是人……"

人们不明白她为什么说这些。有人多看了她几眼，被气势汹汹地瞪过去。全世界的人突然成了她的敌人。她像一只受到虐待抛弃的猫，被这个世界的恶意包围了，弓起背，竖起尾巴，时刻准备对付这个世界突如其来的、不知道从哪个方向来的伤害。

一个画展开幕式，画展的管理人员走过来对青说："请您把包提在手上，不要挎在肩上。"

青瞥了一眼周围的人，大多数女士都把包挎在肩上，青大吵大闹了起来，"你为什么不去告诉那些人？那些白人？为什么只对我说？"她赖在地上不走，坐在红地毯上，只等工作人员把她和谢霖请了出去。她一路上又是哭又是笑。后来他们进了超市。青买了一堆薯片，可口可乐和巧克力。结账的时候发现卡上的钱不够了，青慌乱的掏出钱包，涂了红指甲油的手在包里翻找着，硬币掉了一地。中年女收银员不耐烦地敲击着桌子，目光锐利，好像一把匕首刺入她冬季的心。青顺手打了那个女人一耳光，

"你凭什么这样看我。你他妈就是一个收银员,四十多岁了还在干这个!没出息!肮脏货!凭什么这么看我!"

青神经兮兮,和谁也相处不好。

有一天伊安对青说:"你老了,你今年二十九岁了。不会有男人想要你了。"

那个晚上,青鬼鬼祟祟地对谢霖说:"为什么邻居看我的眼神都怪怪的。他们见到我怎么从来都不打招呼?他们怎么只对你说话,从来不和我说话?不问我做什么?上次,那个女的,那个俄罗斯人,住你楼上的,那个女人看了我一眼,好像和我有仇似的。干吗呢?"

"哦,还有。"晚上睡觉前,青又讲了一遍,这个晚上讲的第三遍。她在咖啡厅上完厕所,明明把马桶冲得干干净净,可是身后那个戴着三角纱巾、抹着口红的老怪物,非要把马桶冲上两遍,好像嫌弃她不干净似的。

所有的陌生人,银行出纳,超市收银员,酒吧招待,公交车司机,歌剧院的引座员都一齐商量好了来对付她,就连路上随便走过的一个中产阶级绅士都在说她的坏话,她的牙齿上粘了东西吗?他笑什么?他为什么用这样的眼神看她?她眼看着 K313 汽车进站了,一路小跑过来,车门正好缓缓关上,青拍打车门,按绿色的车门钮,司机隔着车门对她冷笑,耸了耸肩膀,车呜咽一声开走了。

青把高跟鞋脱下来,扔过去,歇斯底里地大叫:"狗娘养的!狗娘养的!"

有路人转过头看她,青把另一只鞋子扔了出去。青已经不怕了,她很刚强,没什么能够再伤害她,再来侮辱她。她放弃去讨这个世界喜欢。她觉得自己是个骁勇的女战士,可以上战场,能

去征服世界。

第二天,仍然是 K313 公交车驶进站,青往车头走,瞄了一眼,不是同一个司机,车尾的门更近,她转身朝后门方向走,公交车司机突然粗暴地按响喇叭,并且迅速关上后门。

青只好走前门,她调整到作战模式。

"请出示公交车卡。"司机用命令的口吻冷淡地说道。他长得很魁梧,四十多岁的样子,光头,留着连鬓胡子,穿着公交车司机的浅色卡其布制服。

青从散乱着口红、试用装香水瓶的小包里翻了半天,终于找到了公交车卡,她愤怒地举到司机面前,双目圆睁。

"谢谢。"

回到家,青大声嚷嚷起来。"烦死了!中国人……中国人吃狗肉吗?中国人的工作时间为什么那么长?中国人没素质,打电话声音太大……我受够了!"

她趴在枕头上,痛哭起来,她被击败了,像一面绷得过紧的鼓面,被孩童无心的一击打破了。

"不管怎么说,每个人都把自己的局限当成世界的局限。"谢霖轻描淡写。

"你滚!脏!真脏!洗浴液也用完了,你为什么不去买?"

他们之间的爱情完了。

Gienah

其实我是个快乐的人,就像是我凝视着从树上掉落的飞旋的

叶子，注视着鸽子在屋檐上窃窃私语，我就很快乐。仰望星空的时候，好像自己是一个长着双翅的小精灵，可以马上在夜色中起飞，站在屋顶的草尖的露水上，内心充满了欣喜。看一看月亮，当我注视着它的时候，它是有感觉的，它知道我在注视着它。

但是我喜欢的男生走了，有一天他身边站着一个光彩夺目的姑娘，这个姑娘热情大方，充满魅力，和谁都能聊上两句。她穿着颜色鲜艳的长裙，不像我总是穿黑色。大家都说他们看上去很般配。

到处都在讴歌爱情。人们准备好餐巾纸，走进电影院为一场爱情电影哭泣，可是当他们走出来，却说爱情不能当饭吃，关键是找一个不讨厌的人结婚。

就像那个上一届的学长，去了耶鲁大学，每天早上吃烤过的吐司面包，喝一杯果汁，有柠檬味的性感的黝黑皮肤，爱用淡雅的香水，每天去健身房锻炼身体。听说他有一个在哈佛肯尼迪学院的女朋友，每年去地中海国家旅行。好像是贴在床头的招贴画里的人物——他的生活是一则广告，对我却没有吸引力。

人们都很害怕。我想他们大概是害怕疼痛。科技发明让人们生活舒适，努力减少麻烦。你不用冒着生命危险作一场朝圣之旅，有直达班机到达麦加。市面上有各种减少痛苦和添加欢乐的产品。止痛剂，麻醉剂，各种药物，酒精，尼古丁，大麻，夜店，舞厅，还有安乐死。你可以花钱享受情人的抚摸，人们都说生活关键在于追求舒适和享乐，避免疼痛。人们拼命赚钱，然后去购物，忘掉一切。满街的宝马车，满街的珠光宝气，高级时装店，金子堆砌起来的摩天大楼龙一般的鳞片，橱窗里时刻变化灯光的宫殿，巨大的玻璃顶棚，鲜花，泉水，饮不尽的香槟和美食，城墙一样高的玻璃幕墙映出了所有人欢乐的虚无的倒影，就

像是倒影在水面上。虽然有时候,我怀疑那些享乐和消费的方式不过是一个个陷阱,一个动听的谎言,就像是圣诞老人和生日礼物,就像是爱情。

下一个世纪,或许会有一项诺贝尔奖发明,将人类无用的情感转化为电能。这样,人类的生活的方方面面都"有用了"。他们就越来越贴近他们致力于达到的那一个目标: 成为一个机器人。

很久以来,我尝试着演练自己,让自己不再爱上任何人。我经常觉得自己已经快要做到了。我快要变得无动于衷。一个可悲的目标,却是完全必要的。我越来越觉得人最终只能孤独地面对自己。一个人被抛弃在茫茫沙漠上,而黑夜就要降临了。人们总是看似在追求健康,追求光明,其实只是在逐渐毁灭。我害怕自己太过心软,还给这荒唐的世界留有余地。

有一天早上醒来的时候,我对镜子里的自己反复说,人们已经不愿意相信真正的东西了,因为人们不愿意受苦,而我也不愿意再受苦了。虽然我明白,只有疯狂才不计代价,只有不计代价,才会创造出真正的东西。人们在乎一件事情的结果,只是因为喜欢得不够罢了。

我是个迟钝的人。大家都说我很笨。有一天,谢霖对我说,真正的智慧都不显露在表面上,显露在表面上的那叫小聪明。我看了他很久,我觉得他有可能理解了我,我甚至有点感激他。他让我觉得,我的存在或许是有意义的,不只是对于自己,也对于别人。

谢霖是个怎样的人?我不知道。或许我永远不会了解他。他是一本落了灰尘的大书,放在天花板很高的图书馆后排书架上,北欧冬日的光线在树林的深黑色树枝间移动着,黄昏准时造访

它。阅读它你需要一个火炉,一个寒冷、漫长的冬夜。它有一种纯粹和古旧的味道,或许他远比一本书,一趟朝圣的旅途更加丰富。

他有时候显得桀骜不驯,他很自由,好像没什么事情能够妨碍到他的自由,他时常快乐,充满激情,就像是有十级台风正要从天空中刮过,整个空气中充满了兴奋的奇妙的预感,空气中架起一张看不见的蹦床。有时候我不知道他的快乐和生命力来自哪里,他显得毫无烦恼,我想那可能来自他所热爱的事物。他虽然已经三十多岁了,但是你可以感觉到他有时候像个圣人那么复杂,像个孩子那么天真,但是凌驾于其上的,是一种愉悦的情绪。

我从来不知道他什么时候是真心的,什么时候在说谎。他似乎只有在开玩笑的时候才懂得显露感情。他严肃起来的样子,反而像演戏。或许感情对于他而言,是一个信号很差的破烂小收音机,从里面传来了遥远的、不清晰的电台歌声。

"人们不能总是听任于感情和欲望。"有一天,他这么不经意地对我说。没有欲望的人才最为自由。我想或许他在等待一个百年不遇的大风天气,站在浪尖上——生或者死,反正他不能平平庸庸地过下去。他什么也不反驳,什么也不争取。他曾经站在悬崖上观看一场红色沙漠上的落日。在他冷静的目光中,一切都没有分别,而一切都具有价值。

其实我们才认识一个月,有时候很疏远,有时候很亲密。我也不知道该怎么说。有时候他在我身边,我像是感觉不到他。或许我太容易迷失在音节和其中跳动的光线,迷失在眼睛中的那一片温柔的波涛,以至于我经常想不起他的样貌,就好像从一开始,我就开始遗忘了,从一开始,他就是一个影子的存在。连他

的名字也是陌生的，我在心里叫着他的名字，像是在叫一部小说主人公的名字，其中有一种被压抑的、遥远的爱。我们俩这么不同，又如此相似。我们在一起很舒服，像是和自己相处那么舒服，或许这才是我感觉不到他的原因。我就像是身处教堂巴赫的管风琴音乐会，时间突然失去了重量。

有一天，我听到他用特殊的低沉的声调对我念何塞·埃米利奥·帕切科的《老友重聚》：

我们已经完全变成
二十岁时我们与之抗争的东西。

Gomeisa

这一天，谢霖看着青，弹出光驱，放进一张巴赫的CD，按下播放键。

他试着在纸上构思，用铅笔慢慢地画着。房间很小，慢慢聚集了烟味。青抠着指甲，百无聊赖地望着窗外，有时候望着谢霖。

"你有没有试一下我买给你的衣服？那件浅色的大衣。"这是他们两个星期以来第一次说话。

"有点磨破了。"

"这么快就磨破了？Zara的牌子！花了我半个月的工钱！"

谢霖的脸阴沉沉的，他集中注意力的时候，看上去就是个不高兴不愉快的人。

他开始把素描移到画布上去。他想拥有一种红颜色，像鲜血那样鲜艳，他曾经尝试着割破了手指，滴了几滴红色进去，又用尿液搅拌了，混合着明矾，画到画布上。

有人在敲门，谢霖起身开门，有人打电话找他，说有紧急的事情，只留下一个号码，要他务必打过去。

谢霖没理这回事，他继续工作。等到晚上，他从超市那里买了两包烟，一包咖啡，一袋意大利面，他出门之后看到了红色的电话亭，这个时候才想到电话这回事。那个电话持续了很久，他看着窗外，意识到夏天结束了，灰色的云层开始在傍晚时分布满天空，并且在第二天还停留在那里，空气中开始刮起了冷风，就是在夜晚的时候，没有关严的窗户里也会透出一丝丝冷风。他开始半夜咳嗽，盖着那层薄薄的上任房客留下来的床单。大街上举行 party 的人早早都散了，寒冷开始将人们赶进了房间。仍然是满地的易拉罐，酒瓶子，香烟头，一阵吹拂的旋风中，一两片枯黄色的叶子不知道从哪里卷了过来，在一堆棕色的啤酒瓶上方旋转着。

没有什么是永恒不变的。幸福，爱情，雕塑，自然界的矿物，甚至连星星都是会熄灭的。在变动中，事物的意义在宇宙中的序列发生了变化。一切事物都在崩坏。

谢霖觉得他曾经经历过很多事情。他好像看到过整个世界，整个世界在他面前像一卷画卷一样缓缓地展开，给他一种模糊的印象，他见识过很多的人，看见过大海，爱过不同的事物，记得片言只语，而如今，人们都远走了，他什么也想不起来。经历像蛛网一样，时间的拂袖一扫，它们就不见了。一切都复归于寂静。他就像是一个失忆症患者，年老的时候面对着重症室的玻璃窗，试图回忆起自己的一生，回忆起自己曾经爱过的女人的面

孔，但是眼前只是一片空白。

谢霖回来继续工作。他买了两瓶酒回来暖暖身子。青躺在床上，她偷偷拿了英国厨子放在餐厅桌子上的一包软糖，吃了一半，剩下的半包攥在手里，睡着了。现在她的脑袋朝下，柔软的黑发纷披在床上，像一摊黑色的凝固了的血液。

青曾经说，他没有一颗心，他的胸膛中间是空的，即使他有一颗心，那也不是人间的心。后来他站在巴塞罗那某个城区的破旧的红色电话亭前面，捂着那个汗渍斑斑的钱包，踌躇了很久，最后他还是离开了。第二天他没有回去。他觉得事情既然已经发生，回去也没有用了。他继续在工作室工作，像往常那样专注，他的可怕的专注力不仅持续，也很难被打破。他简直把这件事情忘记了，工作是最重要的，而且是唯一重要的。好像这个不存在的人仍然在他过去的角落里按照传统生活着，他吃着饭，他走路，他把他的斗笠抬了抬，他微笑了。正午的阳光落在他汗津津的脸上，好像一只会随时飞走的蝴蝶。好像这个对谢霖的生活产生了如此重大影响的人，只是生命里的一个过客，而谢霖已经健步如飞，把他们都远远地抛在后面了。

第二天，谢霖起床，照例出门。窗外阳光明媚，他沿着加泰罗尼亚大道一直往南走，广场那里人群拥挤，好像观光的旅客们从来不知道疲倦。面包店的橱窗里放满了各种诱人的食物，漂亮的蛋糕，巧克力松饼码得整整齐齐，放在圆玻璃罩下面；颜色鲜艳的华夫饼，马卡龙，巧克力堆成塔状；熟食店里挂满香肠和西班牙火腿，戴白帽子系白围裙的肉店老板很热情，随时准备切下一块火腿邀请人们来尝尝；橱窗里的一盘盘意大利千层面，装在锡纸盒里的烤鸡，印度餐厅里飘出咖喱的香味，烤得恰如其分的酥软鸡腿，红油油的一片，还有加了糖的印度酸奶，一切都那么美好。

餐厅门口竖着小木牌写当日的菜单，门口的小圆桌上摆放着一盘诱人的海鲜饭，他闻到藏红花的味道。那只带着粉红色斑点的龙虾和手臂一样粗，谢霖几乎能想象吸吮它滑嫩新鲜的汁水，让它消失在脾胃的一片空虚之中。牡蛎，鲜嫩的三文鱼，一块块放在冰块和啤酒之间。超市里有各种各样的水果，蓝莓和樱桃，尤其是樱桃，深紫红色，表皮透亮得能映出人影来，可以摆在家里当作装饰品。冰箱里有各种各样的肉类，加工好了的，摆出造型，顶上点着芥末和带着各色酱汁的肉类，还有各种各样的寿司，包在海苔里，一个个玲珑精致地，放在漂亮的塑料盒子里卖。

谢霖厌倦了冰冻食物，"等我有钱了，就去超市把它们全买回来。"他总是这样说。饥饿的感觉紧紧缠绕着他。他早上起床后没有吃早餐，他想赶紧去咖啡厅，要一大杯的咖啡加奶，人喝了咖啡以后总是容易饱，并且感觉世界上没有什么自己不能完成的事情。

他进了一家很有情调的咖啡厅，墙壁上挂满了各种相框，里面是有格调的摄影作品，谢霖辨认出了爱德华·史泰钦和他几幅有名的《四海一家》。到处装满了小小的壁灯，华贵的立式灯，桌上点缀着蜡烛和绿色盆栽，狮子头里喷出流水。

谢霖坐下来等待着，一个年轻侍者走过来，从他身边走过去。一个戴昂贵墨镜的中年人推开玻璃门，他穿深蓝色呢料西服，胳膊肘处有两个流行的椭圆形补丁，男人向年轻侍者询问报纸，样子有些傲慢。后来年轻侍者拿来了一份报纸，中年人摇摇头，"我要的是昨天的报纸，不是今天的。"

谢霖百无聊赖地望着他们，他仍然在等待。中年人摘掉了墨镜，悠闲地看起报纸，喝一杯牛奶咖啡。

谢霖仍然坐在那里，烦躁地盯着侍者在他旁边来来去去。谢霖等了半个小时，感到十分愚蠢，他终于忍不住了："伙计，我等了半个小时。"他和气地说。

"这并不是我的错。"侍者像是吓了一跳般身体向后，露出一副吃惊的样子，向后张望，好像后面有一个可以被责怪的人。

那是个年轻人，枯黄的头发，强壮的肩膀，他虽然年轻，但是已经明白先服务那些看上去更为重要的顾客，那些西装革履的、穿着上好衬衫和打领带的人，那些在世界上占着显而易见的位置的人。他还是没有问谢霖要点什么。

谢霖站起来愤而离开了，再也没有去过那家咖啡厅。他已经是个中年人，还像个小孩子，无法忍受别人的愚蠢，他骄傲起来像个罗马皇帝。

谢霖前两天给李玮打了一个电话。现在见李玮难了，还需要预约。他去了李玮的工作室。李玮正忙着，几乎没有和谢霖说话的时间。李玮不像之前那样随随便便穿着T恤，脚上套两只颜色不同的袜子。他现在总是穿着西装，电话旁边有一面镜子，当他在打电话的时候，就龇牙咧嘴地望进镜子里，朝上拨了拨头发，察看自己的唇色，做了一个眼色，好像在抱怨嘴唇发白。有时候他对着镜子里的自己微笑起来，坦然自若，略微傲慢地摸着下巴上的一点没有剃干净的胡须，演练着那些配合语气的表情。一个电话接一个电话，谢霖很奇怪他到底什么时候在真正工作。

李玮一边语气柔软地对话筒那头表示赞同，一边对谢霖抬了抬眉毛："帮我下去买包烟！"

谢霖磨磨蹭蹭地，走到门口才想起来，走了回来。"我出门没带钱。"

"几欧你都没有吗？"李玮从口袋里掏出十欧元，扔在桌子

上,"对,我们不是洽谈出书的事情吗?下个月,打算开一个讲座。关于我这本书的意图……"

李玮做了一个嘘的手势。挂掉电话,李玮解释道:"我下周要去伦敦,得订一张机票。"

"我也不想来打扰你。"谢霖右手掌摩挲着脸,"我的居留证马上到期了。或许你能想点办法。"他的声音干哑起来。

"我真抱歉啊。"李玮的声音非常单调,没有起伏,好像一个连绵不断的阴天。他翻起手腕,看了看表:"现在几点了?哦,还差十五分钟三点,我们是说好三点钟再谈的吧。"

他说起他最近的旅行,上个月他去维也纳参加了一个会议,去了两个星期。还有慕尼黑,波兰,挪威,今年夏天他大概要在法国南部度过。他说这些的时候皱着眉头,抱怨慕尼黑太冷,把他的灵感都赶跑了。意大利太吵,挪威的旅馆床不舒服,食物不好吃。他们竟然给他三星级宾馆!

"他们就是这样对待大师的吗?"李玮耸起双臂,向上高举,这是他最近常做的一个动作。

电话铃又叮铃铃响了,李玮接起来,眉开眼笑,一边点头称是,一边拿出一张白纸,在上面写了起来,可能是一个电话号码,可能是一个住址。他把纸条夹在字典里,合上第一排的抽屉。钥匙伸进锁眼里转了几圈,他把钥匙拔出来挂在腰间。

谢霖盯着墙上镜框里的相片,李玮打完电话了。

"你等一下,我去洗手间。你别站着没事,帮我把这个贴在墙上。"他指了指茶几上的剪报,上面有对李玮近期作品的热烈赞誉,还有报社对他的专访。

谢霖快速浏览了一下那份剪报,折叠一下,放在茶几上。

"你这么忙,就不打扰你了。"

谢霖隔着厕所门对李玮喊,那边传来了冲水的声音。还没等他出来谢霖就离开了。到家后他收到一张房东寄来的明信片。上面是圣方济各和小鸟说话的故事,圣人头上戴着光圈,显得像个现代明星人物。明信片上祝他——节日快乐。其实谢霖并不知道在过什么节日,他心里愧疚。房东是个虔诚的基督徒,不好意思向谢霖开口,其实这是在向他讨要欠了半年的房租。

谢霖开始工作,工作到一半,他用完了所有的群青色。他离开房间去美术用品商店,买了一些昂贵的颜料。刷卡和签名的时候,突然,隐隐约约地,这个已经被淡忘的人,从过去的记忆中像浮雕一样凸现出来,向他摇摇晃晃地走来,说着几句朴实的毫无意思的话。他去洗手间洗手,颜色从手上流了下来。那红颜色是血,那绿色是胆汁,赭色是被埋入泥土的死人干涸的眼窝里流出来的泪水,混合着红褐色的泥土和心痛,从一具曾经活生生的肉体中流了出来。痛苦突然像一个深水炸弹在他的胸膛里爆炸了。不,他抓着胸口,人生不需要这么戏剧化,他不要再体会废物般的感情。他投入了工作,他很快就忘记了。

Homam

下雨了,淅淅沥沥的小雨,书店旁的玉兰树开花了,博雅书店旁新开了一家名叫"宇宙"的 CD 店。

秋熙进去转了一会儿,挑了一张勃拉姆斯的 CD。

付钱的时候她给了店主五十块,店主看上去有点恶狠狠地:"麻烦您快点。"

"我给了你五十块。"

"你哪里给了,快点快点。后面的人还等着付钱呢。"

"我给了。"

"年纪这么小就学会撒谎了,就是三四十块钱的事情,值得吗!"

后面排队的顾客也嚷嚷了起来,"她承认了就算了,谁没个犯错的时候。"

秋熙也自我怀疑了起来,是不是她真的忘记给钱了。于是她又给了五十块。

回到博雅书店,她看见了那个温文尔雅的男人。他在看书,左手摩挲着右侧脸颊,他仍然穿着那件大翻领的黑色羊毛外套,手里拿着一把黑色长柄雨伞,他不喜欢变化,一个月也不换件外套,这让她对他有了更多的好感。

秋熙今天涂了一点香水,她也开始打扮自己了。她为此感觉到有一点羞耻。昨天她第一次画了口红,这是一种神奇的产品,脸上突然笼着一层青春,耀眼的淡红色光芒,那么迷人,就像一朵含苞欲放的花骨朵。她有些不好意思地走出去,迎来了众人目光的检验。她不喜欢成为别人注意力的焦点。今天她在左手腕上喷了一点香水,有松柏的清香,看书的时候闻一下。

他正在看一本莫兰迪画册。"那是个有意思的画家。"她走到他身边。在某个回头的瞬间,秋熙惊讶地发现他盯着书页却脸红了,一直红到脖子根。难以想象这个看上去感情克制的男人会脸红。她一直以为他根本从未注意过自己。

"Hi。"秋熙说。

"Hi,经常在这里看到你。"他转过脸来,瞅了瞅她,表情古怪。

几秒钟尴尬的沉默。他莫名其妙地开始谈论上一次他读的那

本法文书，杜拉斯的《情人》。像一个烂俗爱情片开头那样，秋熙惊呼道："我上次读的那本法语书也是杜拉斯。"

气氛显示出一种特别的兴高采烈，两个人都不知道为什么那么高兴，似乎他们马上就能互相倾诉这些年的秘密。

"你知道莫兰迪？"

他棕灰色的眼睛望着她，点点头。

"他一辈子都住在博洛尼亚。他画的瓶瓶罐罐会发光。"

"你在看什么？洛尔卡的诗？"

他从她手里抽走那本书，微笑时露出一口整齐的白牙，那双白皙好看的手，青筋微微跳动。

Bajo la luna gitana,

las cosas la están mirando

y ella no puede mirarlas.

Verde que te quiero verde.

Grandes estrellas de escarcha,

vienen con el pez de sombra

que abre el camino del alba.①

"可是……上面只有中文啊。"秋熙迷惑地看着他。

经常是这样，人们被一个故事的象征意义所吸引，而非故事本身。在年轻的涉世未深的脑子里，她给这个故事拟好几个不同的版本。这个年纪的姑娘经常被比自己成熟的男性吸引。她甚至幻想

---

① 摘自洛尔卡《梦游人谣》，译文如下：
在吉普赛人的月亮下，一切都望着她，而她却看不见它们。绿啊，我多么爱你这绿色，霜花的繁星和那打开黎明之路的黑暗的鱼一起到来！

他或许有家室，有一个娴静贤惠的妻子和一个夜莺般可爱的小女儿。在两个陌生人的心灵之间瞬间发生的强烈联系的感觉，令人不快又令人着迷。现在他们就愿意这么待着，随便说点什么或者什么也不说，因为那种感受告诉她，就算是在沉默中他们也互相理解。

他问她要不要喝咖啡。他们默契地肩并肩走出门，书店老板从眼镜上朝他们满腹狐疑地瞅了一眼。

天开始放晴，雨后光滑的地面上爬满了蜗牛。那边不知道是不是有人结婚，在空中放了一百个白色氦气球，轻轻沿着天际线飘走了。过了很久，秋熙才说："我昨天梦到了气球。在北极的上空，红色的气球飘在冰面上。"

"哦，我昨天也做了一个梦。"他表情严肃地停下脚步，"我梦见一朵很大的灰色的花，每一片花瓣都是蝴蝶翅膀。我把那朵花摘下来，小心地压平在一本书里。我甚至记得那本书叫什么名字。奇怪的梦。"

秋熙嗓子发紧，不敢说话那样看着他，好几秒后才小心翼翼地转过头。

"忘记自我介绍了。我叫廖秋熙。"

"谢霖。"他伸出手来，握了握秋熙柔软无力、汗湿的小手。

"谢霖，是那个小提琴家的名字吗？还有一个德国哲学家，也叫谢霖。"

"你喜欢听音乐？"

秋熙点点头。谢霖让她听一个叫华金·萨比纳的歌手。他说这个歌手也是个诗人，那张专辑叫《19个白日和500个夜晚》。Este bálsamo no cura cicatrices①，这个唇膏不能治愈哀伤。

---

① 西班牙语，意为"这个唇膏不能治愈哀伤"。

他们沿着马路无目的地走。谢霖将目光移开："我有时候觉得音乐很珍贵，简直离不开它。好像有些人听了音乐都无动于衷？我不懂这些人。不懂他们，怜悯他们，又有些怕他们。是谁说的，不喜欢音乐的人不可信任？好像人类所经历过的事情都可以通过音乐来表达，一切的一切都可以包容在一个音里。"

他们坐在台阶上陷入沉默。他继续说下去："那是一次过生日的时候，朋友们后来看球赛去了，我不想待在家里，我就沿着铁轨一直走。那个时候我刚读完《了不起的盖茨比》，于是我把那个绿光当成我的目标。你听到过河水结冰的声音吗？那个特别冷的晚上，我站在铁桥旁边，听到了河水结冰的声音，那种奇怪的咔啦咔啦的声音，好像一种哭泣。我发现了一个上锁了废弃的小屋子，在周围转了一圈，没法进去。后来我走了很久，听到远处传来佩尔戈莱西的《圣母悼歌》……"

"我也喜欢菲茨杰拉德。All life is just a progression toward, and then a recession from, one phrase.①"她小心翼翼地说。

"在火车铁轨附近，我捡到了一朵纸叠的花，非常复杂，外面是八边形，我非常想研究那朵花是怎么叠成的。于是我把它拆开了，却怎么也叠不回去了。"

他们毫无疑问认识很久了。秋熙的脸发热，她发呆似的看着他。公交车正在他们身边缓缓行进，天空北侧的两组云的雕塑，好像万神殿里逃脱的两个女神，正挽起裙裾，衣袖轻盈地在天空中飞翔。天空中出现了一群更小的云朵，那群淡积云好像一群温驯的野兽正在辽阔的天空进行季节性迁徙。

"你的 mp3 里怎么有青蛙叫的声音。"

---

① 原文意为"生活便是不断朝'我爱你'这个字眼靠近的过程，然后又不断退却。"秋熙在引用的时候，故意省略了"我爱你"这个词。

"哦,路过一个池塘的时候就录了一点。在 2 分 45 秒到 3 分的时候,一只离我很近的青蛙叫得十分哀伤。"

他们又克制了下来,她低头跟在谢霖身后。有几个沉默的瞬间沉重得透不过气来。他们在狭窄的街道上慢走,像一部路易·马勒的电影。她害怕他会转过头来,用那种熠熠发光的目光看她。路上行人已经不多了,路面上均匀排列着一圈圈黄色路灯光圈,仿佛鱼到水面上呼吸。他们来到一个咖啡厅前面,咖啡厅有很大的落地窗,门外精致镂空的铁椅子被细链条锁了起来。咖啡厅关门了。一只蝴蝶飞了过来,停在他们俩之间的栏杆上,那只蝴蝶的黑色蝶翅上有漂亮的红色斑点,闭上的时候却像是一片枯叶。

"要不然去我家吧,我家有咖啡。"他谨慎而端默地看了她一眼。

Horologium

这天晚上,谢霖梦见小叔憨厚地笑着,伸出一双粗糙的大手来抚摸他的脑袋。

"你已经死了。不要再来烦我了。"

那个幻影消失了。

谢霖又开始做这样的梦,这次是一个女人,谢霖像个无助的少年,站在玻璃窗前望进重症监护室。过道里聚集着污浊的气味,还有消毒水的刺鼻气味。人们姿势难看地躺在长椅上,蹲在角落里。医院里的人们突然都变成了一具具肉体,由于身体的残

缺而被分配到各个科室去。

谢霖的目光落在一个女人干瘦的身躯上。除了更瘦了一点，她看上去没有多大变化。她裹了一层单薄的白色被单，好像一尊大理石雕塑，不会被唤醒。

"她醒的时候就织毛衣，好像心急送给谁。"

"会是送给谁呢？"

"不知道。"谢霖并不想谈论这个问题。

谢霖和青一起去打热水。他的目光恋恋不舍地移开了女人的病床。一起往楼下走的时候，迎面遇上了一名口袋里塞着听诊器的女医生。

"谢霖，你们住院费还没交上吧。不能再拖了，否则你们得把床位让出来。"

"我们没有钱。钱都被谢霖用光啦！"青大吵大闹起来，让人讨厌。

等待，残忍的结局。等待成了世界上唯一可做的事情。在等待中，人们的心灵逐渐丧失活力，魔法和青春一起丧失。时钟越走越快，好像时间已经从钟表罩中跳了出来，指针狂乱地跳动着，一天像一个小时那样短，而行星们不再遵从轨道。一切都乱套了。女人越来越瘦。她已经不能坐起来，两颊完全塌陷进去，大把大把地掉头发，气若游丝，她皮肤松弛，身上的蓝白条纹的病号服变得宽大，偶尔起来走路的时候，步态显得老而蹒跚。昨天，她看上去像三十岁，今天看上去，却变成五十岁。女人好像以光速奔向了衰老，流逝的每一刻她都离终点更近。

有一天，谢霖站在女人的床前给她念圣经。已经进入盛夏了，那是大自然生命力最为繁茂的时候，到处都郁郁葱葱，梧桐树的树枝伸到了窗口，他听到了窗外鸟儿的啾鸣。一片梧桐树叶

飘进了病房。女人的脸上显出恬静和与世无争，她对待任何事情都这样。两个星期前，她跟他讲约伯的例子，说明他如何经受住了试炼并且毫无怨恨。谢霖过去对这一类的故事毫无耐心，但是那天他认真听着，他认真地盯着她的脸，害怕错过她说的任何一个字。

"我赤身出于母胎，也必赤身归回。赏赐的是耶和华，收取的也是耶和华。耶和华的名是应当称颂的。在这一切的事上约伯并不犯罪，也不妄评神。"

"你们所遇见的试探，无非是人所能受的。神是信实的，必不叫你们受试探过于所能受的。在受试探的时候，总要给你们开一条出路，叫你们能忍受得住。"

她的眼睛仍然熠熠闪光，像两眼清泉，流出希望和信心的光芒。现在她躺在那里，目光直呆呆的，泉水干涸了，变成了两潭沼泽，泛着白光的眼球也很少转动一下。

谢霖并没有歇斯底里，他还是一个清醒的、保持着健全理智的男人。他只是想明白这些事情背后的逻辑，他觉得那是可以理解的，可以找到的，生活背后存在某种类似于自然界中的逻辑，它是可以被理解和追求的。现在他一个人，在病床前点燃了一根烟，倚着墙壁抽了起来，一个平静的五月的早上，这个曾经和他明显相关的人，毫无知觉地躺在那里，面容平静，她已经自由地摆脱了这一切，只剩下谢霖一个人，陷入了惊恐和忧惧。

不。他扭头看着窗外，现在他冷静了下来，能够置之度外了，他几乎是带着一种愉悦的安宁，微笑地说："我看书上说，在现代，上帝也是存在着，以一种不在场的方式存在。他唯一的表现方式，是空荡荡的……您信的那种东西已经过时了。过去我并不愿意告诉你这些，您是在逃避。"

他把圣经扔出了窗口。

谢霖坐在椅子上看这一期的《国家地理》杂志。他往后翻了翻，看到了一些哈勃望远镜拍摄的星空照片，黑洞旁边的盘状物，瑰丽的猫眼星云，旋涡星云，火星上的蓝色沙丘和木星极地地区发出的淡紫色的绚丽光辉。他想起了宇宙，想到了恒星的死亡，宇宙的诞生，想到人在其中的微不足道的坐标，想着地球的演化史，地球在整个宇宙中是个多么偶然的存在，而人类在整个进化过程中多么偶然，他在人类的历史上又是多么渺小，前面的滔滔历史将他吞没了，而以后无限的时间又像是黑洞一样吞噬着此刻的意义。他是什么呢？他是一条延伸至无限的直线上的一个无足轻重的点。可就是这样渺小的一个点，当面对着宇宙的壮阔和魅力的时候，他还是忍不住心潮澎湃，简直忘记了自身存在的微不足道，好像也分享和参与了这样一种无垠和永恒的、令人窒息的美，也想以有限的生命追随无限的意义。

一朵蒲公英突然从窗外飘到了他的书页上，他伸出手，把蒲公英捉住，在阳光中注视着它白色蓬松的小圆球。谢霖在光线中看了一会儿，抬起头来，女人还是老样子，光线照在她的脸上，她的胳膊露在被单外面，皮肤紧紧绷在骨头上，她闭着眼睛，好像一朵闭合了花瓣的花，面庞呈现出一种特别的安静，稍微呈现出铅白色，嘴唇有点透明，他闻到女人那股特殊的香气，那缕香气似乎变得若有若无了。风拂动着她额前的柔软的头发，在五月天气里像一尊沉静的石膏头像。

他扭过头去，心电监护仪上的图像成了一条直线，发出了滴滴声。怎么回事？护士和医生突然蜂拥进狭小的房间，空间被挤得变了形，他们身体巨大，双臂下垂，默默在她床前排成一排，医生抬起头，傲慢地看着谢霖。护士没有好气地说："都什么时候

了,还看书。"他没有注意到女人安详的面容有什么异样,是的,她睡着了,陷入了永恒的泥土的梦。

谢霖几乎是机械地跟随在医院护士身后跌跌撞撞地往下走,很多人一起往下走,甚至有点兴高采烈,像是去赶集,或者准备要去看热闹。他听到楼上传来一声刺耳的哭声,他没有哭,他的眼睛里是干的,昏昏沉沉中,他突然冒出一个想法,终于能好好睡上一觉了。他下意识地迈动着脚步,好像一个局外人,不知道自己在干什么,只是被人群推动着向前走,甚至记不起来到底是谁躺在那层薄薄的白色床单下面,一切都陌生得可怕。后来他来到楼下,火葬场的车子已经到了,医生在人群里大喊着:"家属!家属呢?"过了很久,谢霖才从人群中走出去,他的腿已经完全麻木,跟跟跄跄地跟在担架后面,他的脸呆滞麻木,他忘记了如何哭,忘记了如何协调手脚。他上了火葬场的车子,坐在副驾驶的位置上。车子发出一阵凄厉的尖叫,开始播放一种可怕的、叫人肝肠寸断的音乐。

不对的。这个时候谢霖才好像醒了过来。

"你们不能放这样的音乐。她对音乐很敏感的。"

他像个疯子似的对司机重复着,司机长得像个屠夫,神情淡漠,只管开车,下巴上的一根粗粗的黑毛一颤一颤的。这是要到哪里去呢?下了车,追悼会开始了,有几个人在那里,灵堂里人稀稀落落的,一个戴眼镜的穿黑衣的男人上去念了一段悼词,谢霖在下面听着,心想,他们说的是她吗?她是这样被描述的吗?如果世界上有一种东西直接诬蔑了一个人的存在,如果有一种东西将生活像一坨粪便一样砸在活人的脸上,那就是悼词,荒唐,可笑,残忍。几个句子,概括了人的一辈子,那么多日日夜夜,那么多个小时,那么多的不安,惆怅,向往。那些回忆,和陌生

人站在山谷边仰头数星星的时刻，第一次接吻，夏日的微风吹在脸上的感受，新年夜里广场上的红色焰火，还有推开窗户，让清晨的阳光进来，听到鸟儿的第一声啾鸣的时刻，和恋人在花香下挽手任清风吹拂的时刻。那些下雪的日子。痛哭的日子。坐在火炉旁数豌豆的日子，捧着诗篇朗读的日子。人的一辈子就是这么十几个句子吗？它甚至不是一首诗，不是一部贝多芬的交响乐，一本书，一个炎热的多情的季节，它只是这么几个句子，甚至连这么几个句子也要被人永久地遗忘。

谢霖突然自言自语起来，这种自言自语很快变成了大声的咆哮："你们到底在放什么音乐？她告诉我要用莫扎特的《安魂曲》！或者是肖邦的《葬礼进行曲》。用莫扎特和肖邦送她下葬！听到没有？你们放的是什么烂音乐，什么烂音乐！她一定不喜欢……"

他开始哭哭啼啼的。人们都惊愕地看着他，好像他扰乱了秩序。一个瘦小的、戴小圆眼镜的男人过来安慰他，他这个时候才搞清楚这个男孩和死者的关系。他递给谢霖一张印刷质量极差的单子，上面写着追悼会的节目安排。

"安静一点。"他说，"快要结束了。"他的语气好像小学校长，而大礼堂的会议就要结束。

谢霖坐在椅子上，转眼成了一个孤儿。他的两只手都开始变得陌生，好像从来没有属于过他。悲伤苏醒了，悲伤像液体一样从眼睛，耳朵，指甲里流了出来。这个时候，那个戴小圆眼镜的男人走过来交给他一个黑匣子，里面装着这个女人的一切，三百克的白色磷酸钙粉末。他暗示道：一切已经结束了。

Einmal ist keinmal[①]，如果人生只有一次，就像是随口哼出的一

---

① 德文谚语，意为"只发生过一次的事就像没有发生过"。

个正在远离的即兴曲调的最后一个音符,像是写毛笔字时的一个突然的颤抖。这个世界在混乱中诞生,也在混乱中结束。宁静只是对于永恒的偶然一瞥。

"不要恨。谢霖,爱是这个世界上唯一重大的事情。"女人的声音在他耳边轻声重复着,逐渐地,女人的脸变成了小叔的脸,声音也变粗了,小叔沉默而慈祥地看着他,又变回一个女人的脸,却不是先前那一个,带着特有的冷漠而悲悯的神情。生活是一场骗局。现在,他的灵魂已经变得比一朵蒲公英更轻,在阳光下旋转着,一场恋恋不舍的演出,最后消失在光柱中移动的尘埃里。

"幸福是去爱另一个人。"

谢霖冲着逐渐离去的背影大喊大叫道。"你会受苦的!会受苦一辈子!"

"傻!愚不可及!"

愚不可及,就是一个爱着世界的人全部的生存方式。

做完这个梦,谢霖突然惊醒,还是半夜三点钟,寂静得仿若能听到动物间的交谈。谢霖出了一身冷汗,连身子下面的床单都湿透了,他把灯拧亮,坐起来。青翻过身子,双手遮在眼睛上:"你干吗啊,大半夜的。"

谢霖坐起来,两条腿放在地上,害怕自己不记得怎么走路。他把行李箱上臭烘烘的脏T恤扔到地上,这个黑色行李箱贴满了各个城市的机场托运标签,苏黎世,柏林,罗马,巴塞罗那,一层贴着一层,好像是行李箱的保护包膜。谢霖把箱子里所有的东西都倒出来,物品撒了一地。

"你到底在干吗?你疯了!"青一把抓住谢霖的胳膊。

"我回去。我要回去了。"谢霖愣住了,喃喃自语道。

"回哪儿去?"

"回国。"

第二天，谢霖就买了机票。他问青要不要跟着他回去，青说留在这里也没什么意思了。又过了三个月，谢霖在这个新的城市找到了一家名叫博雅书店的地方，这让他想到了其他什么地方。

Indus

两个小时前，他们还是陌生人，现在他们相遇了。

"上个星期看你埋头写东西，在写什么？"

"哦。"秋熙的心扑通通跳，好像是一个纵火犯被人逮了个正着。

"我写诗。"

"念给我听听。"谢霖把手掌放在左脸颊上，小心翼翼地看着她，掩饰着目光的热切。

"哎呀，太不好意思了。我想想看：

巴赫前的寂静
心灵颤动于不朽的火焰
这水晶岩石铸成的小小的墓穴
将我们埋葬于奥陶纪的波涛
星尘，磷火，图像
在爱和叹息都没有说出之时。

"不错，我喜欢。"

"我把它放树洞里了。"秋熙面露绯红,"附近有一个教堂,有一棵樱桃树,我把它放树洞里了。"

写一首小诗
放在教堂前的树洞里
啄木鸟读过
上帝不一定读过

秋熙脸更红了,她的笑声很特别,声音一波一波的,你总以为她已经笑完了,她却又出其不意地继续大笑下去,那笑声像是用硬底牛皮鞋用力踩在一片碎钻石上,发出晶莹剔透的碾碎的声音。

"我也喜欢你的诗。"她充满感激地看了他一眼。

"想了多久?"

"哦,没多久。大概就是这么一下子写成的。"秋熙伸出两只手,在空中比划了一下,好像时间可以用距离来丈量。

"挺好,我就没有这种一蹴而就的才华。"

秋熙仰起头来:"你想做什么呢?有时候我觉得人生太短了,短到不能把每一种生活都过一遍。我想学古大提琴,学希腊语,意第绪语,沃拉卜克语。研究昆虫,收集蝴蝶标本,认认真真读一遍希罗多德的《历史》,列维-施特劳斯和马克斯·韦伯全集。其实这一切不是不可能完成的。人生像是在做梦。我说不清自己半梦半醒哪个状态更多。我想成为世界公民,收集各国天空的颜色,这会是我真正的护照。我要钻研人类的各种学问,社会学,哲学,人类学,艺术史。拥有一幢大房子,很多间书房,在每间书房里追随着阳光的顺序工作。我想去莫桑比克,巴布亚新几内

亚，瓜达尔卡纳尔岛。找一个印第安男人生一个有那伐鹤血液的孩子。和土著人一起生活，写一本类似于《忧郁的热带》的书。钱总是可以够用。如果有多余的钞票，我就把它们贴在墙壁上，头像换成斯克里亚宾。我想有一条船，给它取名 Nostalgia，或许有一天我会去大洋洲。总之生活不该是贫乏的，现有的生活是应该被超越的。你不这样想吗？"

秋熙两只手交叉捂住了嘴："今天话太多了。不好意思。"

他好像有点生气，激动了起来。"你干吗道歉？你没做错什么，不要跟我道歉。"

一种欢快、愉悦的气氛在他们之间交换着，像是一个接龙游戏。光线慢慢暗淡下来。他们沿着炉渣小路往下走。蛐蛐的叫声传了过来，远处有一盏灯泛着苍白的灯光，在沙石地上投下一圈湖泊般的光晕，几棵孤零零的树木垂头丧气的，朦朦胧胧的一团鬼影，在地上铺下毛发般的影子，影子在轻微地晃动着。

修车铺的小屋外墙满是油腻和熏黑，从不远处一幢简陋的砖楼窗户里传出了狗叫声。两边的景色变得荒凉了，有些被铁丝网隔离开的野地，远远地传来了狗叫声。路边有一片野草地，长着些杂乱的草，远方的稀树一棵一棵的，好像一只只鸵鸟，浅绿色的草，在灯光的映射下呈现出了淡黄色，一圈浅绿色，一圈淡黄色，四周很安静，或许太安静了，简直让人忘记了竟然会有这么安静的地方。再往上走有一个低矮的小丘，四周是些树木和低矮的植物，可以看到一圈木头栅栏，谢霖说那上面有点黑，他们就待在下面，模模糊糊听到远方传来的电子乐，那咚咚的节奏声好像来自大地的深处，成了大地铿锵的心跳。不远处是居民区，一幢幢高楼处在阴影里，好像巨大的船舶，停在暗黑的深渊之上，而那阴影移动着，伸缩着，呼吸着。

"你为什么住这里?"

"房价便宜。"他笑了两声,"我有时候来,捡点树枝和小石头。"

秋熙低着头,拔了一朵小花。

"我看书,唱歌,发呆,听音乐,没什么特别的……看书,我说过了吗?……我的数学很好,数数却有问题,如果在我面前放一堆大白菜,涂成不同颜色,我总是记不清楚哪些白菜是数过了。"

"星星真亮。"

"那儿,三颗等距的星星。暗蓝的,金色的,淡红的。你住在哪一颗上?我要比较亮的那一颗。"

"Stella splendens in monte ut solis radium miraculis serrato exaudi populum."

"你在唱什么?"

"星光像日光一样照亮奇迹般的锯齿山脊,俯听你的人民。"

当声波击中的时候,最重要的不是词汇,而是那些词汇在空中撞击时所产生的火焰。

"太美了。"她微微叹息,仰起头,好像星尘会化为有魔力的粉末,落进她张大的瞳孔里。

"你看,鲸鱼座。"谢霖伸出手,随便地朝天空一指。

"骗人,哪有鲸鱼座。"

"天顶偏南的地方,找到飞马座的大四边形,顺着东面向南找。冬天才看得到。"

"你怎么会知道?"

"我小叔是个伐木工人,他教我认星星。"他转过头,"我们今年冬天可以一起看。"

"如果那时候我们还是朋友的话……"秋熙出神地小声嘀咕。

"你说什么?"谢霖的烟头在夜色中一闪一闪的。

"哦,没什么。"

树丛里一只巨大的黑白两色的蜘蛛正在秘密工作,那网像一团白色幽灵垂在树丛上,中间甚至有个厚厚的茧子,看上去像尊圣母像。他们离开了树林,路过一些破败的建筑,街道上一溜按摩浴室和理发店,透出粉红色的灯光,一些穿着超短裙的姑娘在玻璃窗前一闪而过。烧烤铺子已经立了起来,烤鸡翅和烤玉米的香味传了过来。他们来到一个城中村,到处都黑黢黢的,路灯半死不活地亮着。偶尔看到一个人影,走近了,秋熙看到那是一个年老佝偻的男人,大概八十岁了,背上背着一个鼓鼓囊囊的破烂袋子,手里拿着一个捡垃圾的钳子。

谢霖住在顶楼,秋熙在门口迟疑起来。谢霖扭过头看着秋熙,鼻翼缓慢翕动着,眼睛闪烁着灰色的光芒,舔了舔干燥的嘴唇:"这就是我家了。"

谢霖接过秋熙脱掉的大衣。一股呛人的烟味扑面而来。客厅中央铺着深红色波斯地毯,两米长的棕色书柜塞满书和CD,墙壁四面挂满了油画。正对着沙发的那面墙挂着两幅画,一幅是普桑的《阿尔卡迪亚的牧人》,et in Arcadia ego[①],骷髅说,"我也一样,我就在这里,我生存着,甚至在阿尔卡迪亚。"另一幅是个有趣的作品,一个人的情感地图,身体上的各个部分都由一种感情所引导着,嘴唇代表着贪婪,恐惧从右眼里流露出来,左手掌是消极,膝盖骨代表了空虚,同情心在胃部,愤怒在喉咙,虚荣

[①] 拉丁语,意为"我也在阿尔卡迪亚"。

处在心脏的位置，生殖器官上写着购物欲。所有的感情都像是矿藏一样，分门别类地贮藏在身体的某个部位里。

"要喝点什么？我有茶，咖啡和可乐。"

"我来不是为了喝咖啡吗？"两个人都笑了起来。

磨豆机发出一种可怕的咯嗞咯嗞声，磨豆一定是一种可怕的体验，好像一个人正在嚼碎自己的牙齿。谢霖放了一张亨德尔的键盘乐组曲，他有好多明信片，还有他在国外漫游时的摄影作品。他拍摄了好多人，各种各样的人，在广场，海边，露天的咖啡座，街道上，亲吻的人，孤独的人，落魄的街头流浪者，打扮时髦摩登的女人，戴眼镜穿着宽大的挡风衣的老人，啃着棒棒糖的小孩子，肆无忌惮的年轻人，各种各样的姿势和动作，哭和笑，爱情和落寞，可是那些镜头下面没有他自己。谢霖在厨房里忙活。秋熙走到那个庞大的占据了一整面墙的书柜前，瞄了一眼，手指滑过压纹烫金的书脊，轻轻念道："康拉德，马歇尔·伯曼，波德里亚，马尔库塞。"中间一层隔间摆放着工艺品，秋熙弯下腰，拉开玻璃门，看到一个希腊红像式双耳陶瓶，几艘精巧的样式古旧的帆船模型，一小座秘鲁印加雕像，地球仪和花瓶，一幅波斯细密画，上面描绘着春日高耸的松柏树下的花园情侣，还有一支土耳其笛子，如果她记得没错的话，这种叫做 Ney 的笛子必须得斜着吹，并且很难吹响。还有一些其他奇奇怪怪的小装饰品。她把柜门拉上，拐进走廊。

"厕所是在这里吗？"

门微掩着，秋熙握住冰凉的门把手，上面有一片粗糙凸起的图案，门开了一丝缝隙，一片昏暗的烛光，影子在地上抖动着，她看到墙上有一排阴暗、模样吓人的白杨木傩面具，愣在那里，闻到了一种古怪的气味，混合着奇怪的酸味，树叶的味道，潮湿

的水的味道,还有一种腐烂的甜味,一股发酵似的闷热的气息扑面而来。

"你在那儿干什么?"秋熙一转身。谢霖端着两杯咖啡走过来。

"我以为这里是卫生间。"

"卫生间在那儿。"

谢霖指了指相反的方向,把门关上了。他沉默的时候是一座陡峭的、无人征服的雪山。

秋熙是个孤独的人,从小就显示出了一种特别的孤独的能力,并且像一些厌世者那样发展出了对于自然,科学和艺术的喜好。当她还是个孩子的时候,她经常迅速地辨识出对方的动机和情感,看到了他们的面具和想要隐藏的东西。这并不好,这对一个过分敏感的孩子而言是残酷的,不能不说是一种痛苦。但是她也隐隐地感觉到了那些想被隐藏的美好的东西,与其说那是一种理智的判断,不如说那是一种直觉。

"你会摄影呀?"

"这没什么。"

"你说,是不是我们从来不能抓住一个人的实质。就像不能用画框把人套住,从此以后只从一个角度取景?"

"喝咖啡吧,你的咖啡快凉了。"谢霖微笑着说,他从桌上拿过一小罐烟草,用细长的手指卷烟纸。他是一个冷静的人。秋熙没有见过他慌张,似乎他对所有事情都泰然自若,胸有成竹,他灰色的双眸闪烁着一种压抑的热情和成熟的见解,似乎没有什么事情能搅扰他的平静,但是那种冷静倒不一定出于自负,它更像是一种遗忘和冷漠,好像他不喜欢想到他自己。因为这样对自己的冷漠,反而产生了一种奇特的超脱。

这个人，还真是奇特……他想隐藏什么呢？

谢霖说，你不能相信一个人的仪表和作风，不能相信一个人说了什么，不能相信他的微笑和承诺，他的礼物，而要看他没法掩饰的细节，就像是在某次重要场合中一个人突然流露出的倦怠之情，转身之后的瞬间脸上的失望和嘲讽，或者是迈出房门进入走廊上的长长的、孤独的从未被欢声笑语所染色的背影，以及未开口之前的第一个颤抖的眼神。是那些从未说出的话而非说出的话，是那些未曾寄出去的信，那些没有实现的亲吻和没有掉落的雪花。是那些只在头脑中发生的故事，交谈时避开的眼神而非正视的眼神，是谈话中长长的间隔和诗句中的沉默，是窗外刮过的风声，虫鸣，而非图书管理员的修辞和诗歌练习的词汇，是那些没有机会实现的幻想，没有造访的岛屿和没有被诉说的梦。

她总是猜测在他身上发生过什么。他什么也不说，像是一个没有故事的人，但是秋熙知道他不是。时机到的时候，他会把一切都告诉她，他的所有经历，所有回忆。她不能太心急，他们之间还有很多时间。而现在，这个坚强和冷静的男人，她看到他的内心有什么需要被保护的东西。好像它十分脆弱和娇贵，必须由暗黑的波涛和沉默的礁石将它围绕，完全地掩埋，不被所有人看见。

Kaffaljidhma

谢霖回国后，第一件事回小叔所在的老家看了看。猪圈前的那株蜡梅已经枯萎了，不知道什么时候才能长出新枝。他曾经给

那些臭烘烘的小猪们起过名字，搅拌过猪食，现在那些名字却一个都想不起来了。小的时候他总是在附近的造纸厂里转悠，造纸厂生产出一本本复写纸和大堆浅红色、浅绿色的劣质本子，纸页又薄又脆。工人们常常把本子倒在工厂的院子里，堆得像小山一样高。孩子们爬到粉红色或者粉绿色的纸山顶上，再尖叫着滑溜下来。附近也有巨大的水泥搅拌机和一丛丛巨大的水泥管，他和伙伴们在那里捉迷藏。有一天，他发现有人睡在水泥管里，里面铺着席子和破旧的红色床单。

他去了好多户人家，还了不少债。大家都说谢霖发财了，他到西洋世界转了一圈的消息传得到处都是，好多家的孩子都跑过来看他，门外挤得满满的，姑娘们隔着玻璃窗对他笑，还有小伙子脸红着要和他练几句英语。谢霖还是那个老样子，话不多。特别是在人多的地方，人们都在说他的事情，他却表现得像个局外人，到处东张西望。后来他说想自己出去走走，去看那条小时候的河。于是他就从平房里出来，有点忘了怎么走，人的身体却是有记忆的。他很快闻到了水的味道，没有当年那么清新，混合着工厂煤烟颗粒和灰尘的混浊气味，还有过早衰败的青草味道。他从大桥上走过，透过腐烂的、裂开缝隙的木头桥板，看到过去湍急澎湃的河流，现在像个中年人那样温和而平静地流淌着。

水位线下降了，一块块石头裸露在河床上。带裂缝的木板咯吱吱地响着，铁栏杆起了锈，他趴在栏板上看了一会儿，盯着一两个瘪了的红绿色垃圾袋从河面上漂了过去，谢霖总还是记得他小时候在这条河里游泳，在岩石后面发现的甲鱼，浑圆的岩石上长着绿苔，水是那么清冽和碧绿，好像一块会抖动的宝石，河中央漂着一丛丛浓密的绿色水藻，那绿色浓烈得化不开，长得像女

人的头发。

　　而现在，这条河也开始干涸了，阳光在头顶上火辣辣的。他抓着铁扶手，记起了很多事情，他记得有一次和小叔上山，遇到了一座莫名其妙的朱漆青瓦的寺庙，寺庙里面已经空了，但是院落中间有一棵古老的菩提树，长方形的院落周围是一圈僧侣的石像，形态各异，他还记得中间有一尊鱼石像，那条鱼张大嘴巴狰狞的样子很奇怪。他甚至记得远处传来的电视机节目的吵闹声。他找了很久，可是没有在这附近找到人家。

　　他跟在小叔身后，走过田地，摘了一株硕大的向日葵。沟渠里流着清凉的渠水，里面长满了柔软的绿藻。他捉到了一只蜻蜓，举起来在阳光下观察它的网状翅脉，小叔转过身来，那顶硕大的尖斗笠遮住了他的微笑，他眯起眼睛看了看太阳，说了一些很质朴的话。他们走进森林。巨大的山毛榉举起有力的臂膀，雾气在树林间飘荡，阳光很难穿透进来，他走在厚厚的松针和腐朽树叶铺成的织毯上，脚下发出寂静的沙沙声。

　　谢霖从小不爱说话，他那个时候就喜欢画画。有一次，他在沟渠旁的草堆里发现了一只死去的鸟。鸟的脑袋已经不见了，半张开的翅膀羽毛倒竖，落下几片纷乱的灰色羽毛，两只爪子紧紧握着，样子很凄惨。

　　第二天他去的时候，那只死鸟还在那里。谢霖静默了片刻，开始掏出铅笔在小纸头上画了起来。小叔走过来把谢霖揪在怀里，捂住他的眼睛。

　　小叔亲手把那只死鸟掩埋了，用树枝做了个简单的墓碑。他什么也没说。那天下午，他们一起把一个木桩拖到家里，做成一个茶几。

　　后来谢霖上大学，小叔来看过他一次，他坐了三十六个小

时的火车，给他带了一支英雄牌钢笔，一块新买的手表。他说带谢霖去爬山，谢霖说他忙期末考。小叔从裤兜里摸出香烟，"这里不能抽烟。"小叔的脸笑得皱成核桃，不住地抱歉，在他宿舍坐了半个小时，说不打扰谢霖了，又坐了三十六个小时火车回去。

小叔膝下没有儿女。他一路供谢霖读书，大学，再到出国读研究生。他和小叔半年打一次电话，唯一的交流是银行卡上的源源不断的汇款。现在他是个中年男人了，就算眼泪滴进这条河里，也没法让它恢复昔日的湍急。

第二天，谢霖见了几个年轻时的朋友，他们现在都有了正经工作，结婚生子，有的孩子都要上高中了，几个出国的朋友正好回来。胖子要在国际大酒店请哥们吃饭，谢霖说喝喝酒就行了。等谢霖到的时候，他们已经从酒店包厢转移到喜马拉雅的小酒馆，要了一圈淡啤酒。酒柜占据了整整一堵墙，入口上方有一个电视屏幕，正在播放足球比赛，环绕着酒吧四角的喇叭传出了聒噪的音乐。

说是兄弟们聚一聚，还是有几个人带了老婆过来，兴高采烈地比较各自的貂绒大衣，最近做了哪家的美容美甲，或者抱怨老公又买了 LV 和香奈儿，"我根本不喜欢 LV！包多丑啊！说了不要买了偏买！"

几个比谢霖小几届的都读完博士后，已经从助理教授升成了正教授，或者在麦肯锡和高盛平步青云。家里有房有车，正讨论在北京买四合院的事。升到副处级的胖子一脸凶狠地冲着 iphone4 那头的秘书喊，"再紧急，今晚上不要烦我！"刚从德国回来的刘力生，说他上周带领一个女子企业家团队去参加维也纳的国际交流会议，猜怎么着？他遇到一个获诺贝尔奖的，人家那个谦虚，

还求着刘力生把论文发给他。

"去年行情不行,股市投了八百多万,套了,好在年底做基金赚回来点……唉,你们知道 ETF 指数投资?我给你们讲讲……"

"我前女友说我修养不够,我看不懂阿尔莫多瓦的电影。那一个导演,不就是变性和乱伦么。我和她分了,我现在这个女朋友,只看好莱坞大片。"

"现在李大与混得可不错了,他在瑞士信贷工作,工资那叫一个高。"李大与也是他们过去一起画画的。

"什么是硬通货?你以为真是才华?就是长相和钱,家庭背景,还真没别的。"

"董克景人家给《纽约客》写稿子,粉丝多得是。想听一场滨崎步的演唱会,从纽约飞到东京过一个周末。"

"生活就是一个妓女,你得操她才行。"

"你呢?是不是要结婚了?"

"博士后读完了,先找工作再找对象。下一次能给你带一个新的了。"

"谢霖你算是停止漂泊了,这就好。老是在各个国家之间跑来跑去,有什么意思。"

"语言总是学了好几门吧。"

"你和那个女的怎么样啊。"

"人家有名有姓的。"

"你别说,做这行也能有出息呀。你知道钟爱宝拍了一个片,十个小时以内和两百个男人性交!你说惊悚不惊悚?人家后来还给剑桥做过演讲呢。什么时候也叫你家那位去做个演讲。"董克景说。

谢霖说要去上厕所,他站起来,走过挂满傩面具、转经筒和

唐卡的长廊。谢霖停留在一个黑色香樟木面具下，那些喝酒的人抬起目光，好像看怪物那样看着他。

"谢霖你怎么老去上厕所呀，是不是肾不行了。"董克景大声嚷嚷着。

大家爆出一阵笑声。

"这都是让青给折腾坏了。"

"没有，喝啤酒容易上厕所。"谢霖不温不火地说。

胖子拿出一枚黄龙玉的项链坠子，"猜个数？我给我老板买的。"

"不知道，上千了吧。"

胖子伸出五个指头，又伸出三个指头。

"说来说去，就李玮混得最人模狗样。他最近回来搞画展，大家都去凑凑热闹吧。"胖子举起了酒杯。

"人家现在什么都有了吧，欧洲国籍，香车美女。听说还成了跨界奇才？现在拍电影了？"

"那张嘴真是不得了。绝对是一种才能。你记得那个台湾来的美术史教授？人家临走前来给他说再见，区区一个学生，把人家送到楼下的停车场，把教授哄得开心得不得了。"

"要炒作啊！咱们谢霖长得挺帅的，还差点拿了好几个博士不是？这是一个卖点！"

"你做东西，是因为你喜欢，可是让市场接受，那就是business，是另一套东西。"

"运气！也要靠运气！你知道海明威为什么能发表作品？就是那个时候他写短篇，市场需要短篇。"

"我没有什么要争取的东西。"

"这你可不诚实。这个年代的口号怎么说的？有欲望要大声

讲出来！房子车子，爱情，成功，你总不能一样都不要吧？"

"那姑娘我见过一次，别说漂亮，人也挺有文化，你们关系还挺稳定的嘛。"

"看似容易，其实容易吗？谢霖，来！我敬你一杯！你不是一般人，一般的男人不能受这个屈辱。"

"什么时候联系一下李玮，开一个画展。这些年画有没有卖出去一些？"

"我到时候把老黄介绍给你，他对你也是久仰大名了。你住他那儿，看在我的面子上，他不会要你太多房租。他也是个艺术爱好者。"胖子搂着谢霖的脖子，直喷酒气，神神秘秘地把香肠嘴贴过来，"谢霖，我现在和朋友捣鼓高尔夫球杆，卖到美国去，一支球杆能赚80美分。你在欧洲那么久，你说那里卖什么有市场？"

谢霖和这些朋友们，过去在一起真快活。他们喝酒，作诗，听摇滚音乐，替哥们写情书，同穿一条内裤。那个时候，不知道是谁提出来的，这辈子既不买房也不成家，谁先破规矩的要在小酒馆里当众脱裤子。然后，他们一个个破了规矩，都算不清楚是谁先买的房谁先成的家了。要是罚起来，可能会把小酒馆变成澡堂子。

喝完酒，胖子说要去唱卡拉OK，谢霖说就算了。朋友们都很不满，这么久没见面，怎么不尽兴呢。谢霖还是那个性格，不温不火的，让人猜不着他在想什么。胖子从皮尔卡丹的公文包里拿出一个硬皮笔记本，硬要谢霖签名："谁知道呢？说不准下次见你，都是大名人了。"胖子又贴近谢霖耳朵说，"我回去就给老黄打电话，他人好，住他那儿保准没问题。风筝那个主意真不错。就是要文化出口。你在欧洲还有人脉吧？"

Kerhah

秋熙和谢霖约在这个具有异国情调的酒吧见面。秋熙来早了，她点了一杯啤酒，低下头调整着呼吸。吧台橱柜里的一瓶瓶伏特加、威士忌和果酒处在昏暗的光线中，两三个人坐在高高的红色皮椅上，露出周末无处可去的落寞背影。木头镶嵌柱旁边有一个饮料自动贩卖机。天花板上固定的音响里传出八十年代的音乐。

谢霖推开玻璃门走了进来，经过放着报纸的古香古色的巴西木柜，向她挥挥手，他的嘴里叼着一次性水杯，把大衣脱下来，对折一下，放在椅子上。

"来一杯啤酒。"谢霖对女招待说，充满魅力地一笑。

"我给你发的短信，怎么不回？"谢霖凑过来，薄薄的嘴唇和紧促的下巴，笑容狡猾而迷人。

"忘了。"秋熙拨动一个装红糖的六面体玻璃瓶。

"必须要学会的事情……战斗，攀岩，学鸟叫，酿造啤酒，口中喷火……"

谢霖站起来推着秋熙上了二楼。"楼上有一架钢琴。"他快乐地解释着。木台阶脏兮兮的。那架钢琴在一扇笨重的玻璃门后面。"小心脑袋！"谢霖捂住了她的脑门，好像她已经被玻璃门撞傻了。钢琴落满了灰尘，谢霖鞠躬做一个请的动作。秋熙慌忙解释起来："哦，我不会弹琴。"

谢霖掀开钢琴盖，琴声已经不太准了。谢霖试了几个音，叮

叮咚咚弹了一支曲调。

"肖邦的 11 号练习曲。"秋熙咬着手指头，面如死灰，目不转睛地看着他。

谢霖跳下台阶，搂着她的肩膀走出酒吧。地上的影子像小动物一样跑来跑去的。夏日的阳光透过树枝，落在阳伞顶部的光亮的圆斑，清亮得好像一曲圆号五重奏。光线让着装普通的人群看上去色泽丰富。街道上每一处都是迷人的剧院角落。两个人低着头，神情专注，轻柔地交谈着，头靠得很近，不时地会心微笑。她忘记了自己的忧虑。

"我们跑得不够快。"

"背着十字架的人不会跑得快。"

他们坐到草坪上。一些浅色的多姿多彩的小花从草坪里钻了出来，装饰了姑娘的围裙。鸟儿在枝头发出婉转的啾鸣，它们交谈，声调变化，像在讨论莎士比亚，扑簌簌地飞走了，过了一个小时，这些鸟儿又重新讨论起来，开讨论会似的。秋熙盯着那些鸟儿："有一次我去墓园写诗。野狗在远处叫着，一群乌鸦站在墓碑上，每个墓碑上站一只。对了，如果有一天要写墓志铭的话，你会在上面写些什么？"

"Nomen Nescio。"他拿出烟盒，一支烟邋邋地叼在嘴里，头发乱糟糟的。

"无名氏。这倒是有点济慈的味道了。济慈说：Here lies one whose name was written in water[①].再和我说说你在国外的经历？"

"你知道'城市诗歌化'运动？大家把诗贴在你能想象的地方：树干，电线杆，商店橱窗，油腻腻的披萨菜单。"

---

① 可译为，"此地长眠者，声名水上书。"

"那是在哪儿？"

"翡冷翠。还有时间市场。人们不交换商品，人们交换时间。我给你一个小时，在这一个小时里，我可以给你读诗，而你教我如何缝补衣服。"

秋熙听得入神了。

"我以前住的地方楼下有一个免费超市。人们把不用的东西送到那里去，于是你看到一排排亮闪闪的皮鞋，衣服和丝巾，一摞摞的旧书，全是免费的。顾客们推开门，想要什么拿什么，热闹极了。"

"世界上有免费的东西吗？"

"哦，在巴塞罗那当然可能。你去逛书摊，书的扉页上写着，'拥抱十个陌生路人，你将免费获得此书'。或者'给失去联系的五个朋友打电话，读完《尤利西斯》。免费获得此书'。"

"听上去太棒了。"

"有时候冬天很冷。我戴手套出门，一个朋友因为马虎戴了那种露指头的手套，到了下午他去买咖啡，正捧着咖啡纸杯往外走，手指头突然从关节以下，咔嚓一声齐刷刷地断了，听上去就像咬断巧克力棒的声音。"

秋熙想象着一个人的所有手指头像饼干那样碎掉。

"没有暖气吗？"

"在芬兰赫尔辛基。够冷的吧。"

秋熙半坐起来，注视着他，阳光在他的英俊的侧脸上打了一层毛茸茸的金色，一只红色的小蜘蛛不知不觉地在他的头发上结了网，她伸出手为他摘下来。午后慵懒的两三个小时，在时间的深渊之上，这片草坪被遗忘了。

"灵感总是在奇怪的时候到来，有时候事情是循环的。至少

对我来说是这样，或许是波浪状的。不管如何去形容它们，我发现现在对我意义重大的事情，在未来逐渐失去了重要性，可是在神秘的某一个时刻，那件事情又会回来。"

"真希望我能像你这样。你是怎么做到的？"秋熙抱着双腿，望着远处。

"你看，这里，这里一直转着巴赫的旋律，《E 小调前奏曲》。"谢霖指了指自己的太阳穴，做了一个扣动扳机的动作，好像巴赫的音乐是通过一颗子弹进入他的脑袋的。

"我才不信呢。你的职业是撒谎。"

一只鸽子从这个房屋的尖顶飞到了另一个房屋的尖顶，好像在用看不见的丝线为它们搭建一座桥梁。

在日出和日落之间，幸福生出的幻觉不再能以时间来计算。黄昏金光流溢，像金子一样逐渐吞噬了树木，峡谷，人群，黑夜便来临了，像一只翅膀锐利的鹰。

可是那之后，秋熙经常一个人躺在草地上，脑子里重复着巴赫的《E 小调前奏曲》，就好像有一个看不见的钢琴家，在她脑海的某一个黑暗的角落不断演奏着，不知疲倦，不分昼夜。

Kochab

谢霖在路边的椅子上坐下来，大声地擤着鼻涕。离自己不远坐着一个年迈的老人。一些女人在老去的时候仍然保持了优雅，那个女人就是这样，一头银发里夹杂了些许晶莹的雨珠，她

的鼻翼挺直，嘴唇恬淡，柔软的银发在空中飘拂着，发丝中隐隐露出一根典雅的白色发箍，身穿一套水红色的宽松衣服，那丝绸的质地看上去舒服极了，她的球鞋面刷得十分白净，像新买的一样。她轻轻咬着眼镜腿，完全没有流露出年老衰弱的邋遢样子，相反，有一种轻松的怡然自得。当她抬起头的时候，两片眼睑泛出自然的红色，好像两片桃花，又像是天边的两片晚霞。然后她把眼镜戴上，双手放松地握在一起，脸上露出宁静。

谢霖摸了摸西服口袋。他找到了一张窄窄的超市收据和一小截铅笔头。他仔仔细细地盯着她的脸，在背面画了起来。这张脸上有特别生动的东西，或许是柔美的线条，眼角弯曲的弧度，嘴角上扬时的含蓄微笑，安于命运，没有焦虑和疲惫。谢霖又重新感到快活，他还在画画，这就行了。他可以去爱一个陌生人，就像他敬爱母亲一样。

并不存在纯粹高贵的事物，顶多存在各种不同欲望之间的相互制约。

他研究过各种各样的面部表情，也自以为研究了心灵。他仍然在画画。无论发生了什么，他一直在画画。他总是想起他在国外的日子，他每天去公园散步，坐在一棵树下，在素描本上捕捉着人们散淡的神情，推着婴儿车的男人和女人，欢快的小狗，喷泉晶莹的泪珠，阳光闪烁在石板上的样子。他观察那些在广场上晒太阳的人，一个女人走路时最为优雅的姿态，臀部的线条及其颤动。当某任房东把一张账单扔在他的脸上的时候，他思考着一张傲慢的脸的最有力的表现方式。他时刻训练手艺和观察力，像小说家那样观察人的外表，像个气候学家那样注意云朵的变化，他要求自己的眼睛像灵魂的照相机一样保

持事物的真实和深度。他在对光影和色彩的敏感度的追求上孜孜不倦，从中提取出最抽象和最深邃的元素。他在做梦的时候也没有放松过，意象和颜色变换的画布，他任由自己的无意识的画笔在上面驰骋。

没有人理解他，没有人爱他。他不在乎，他也不见得多么爱自己，他要望进事物的本质——那些残酷的、现实、浪漫和哀伤的秘密。有时候他触礁了，他仍然孜孜以求，决不放弃。光线从不同的角度问候这个固执到单纯的人，他处在一种特别的心醉神迷的理智和激情混合的平衡之中，两年中，他曾经坐在同一个位置，风吹日晒，观察着变换不息的人群，他这么专注，没有人可以打搅他，不管是电闪雷鸣，还是一个充满魅力的少女，时间一点点地过去，他的灵魂在绘画的过程中延展，发酵，这个卑微的人好像变得像水一样无色透明，变得像冰雪一样纯净。他观察着这个世界，好像把自己忘了。

很快，他有了一双青筋暴露的手，指节粗糙，几乎神经性地颤抖。他的身上散发出长久不洗澡的味道，那是贫穷的味道。所有接近他的人都皱了皱鼻子。你只需要看他一眼，就能理解发生在这个人身上的事情，贫穷，寒酸，最低程度的自尊，他很久没有剃胡子了，胡子拉碴的，头发长而凌乱，围着一条旧蓝色的带破洞的围巾。他并不为自己的出现感到羞愧，他的习惯仍然是走进车厢，便坐下来，开始给车上的所有人画速写。在这个意义上，时间从来没有打败他。

他不会往后退太多，他还活着，他的心脏在胸膛里有力地跳动着，像一朵挣扎着摆脱黑暗的花的根茎，一种肯定性的力量支撑着他，让他可以放下所有让他感到多余的东西。

Kuma

周一,城市的人们都在上班,谢霖和秋熙却在闲逛。他们去了一个漂亮的公园,到处是橡树和水杉。蜷曲凌乱的树叶装点着树木,好像一树灿烂辉煌的贝多芬的旋律。大自然用色彩装点了一切。一阵风吹过,一片明黄色的叶子从树上盘旋地,缓慢地掉落,似乎能听到树叶割裂空气所发出的尖锐的声音。

"你听到鸟叫了吗?"秋熙竖起食指,脸上露出凝神倾听的神情,"我不知道这是什么鸟,但是它的声音像是打字机。你听——"

"以后我想要一个阳台,种满鲜花,各样植物,像个屏风那样高大,鸟儿们会飞来我的阳台唱歌。你在欧洲的时候,早上醒来的时候能听到教堂钟声吗?抱歉我又在问奇怪的问题了。"

"傻子才从来不问问题。"谢霖笑起来。

迎面而来一个男人和一个女人,女人走在前面,男人跟在后面。女人穿着高领的毛皮大衣,两根指头夹着一张钞票,走过一个垃圾桶,脸上带着淡漠的厌恶。

"那是钱,不能扔。"

男人把那张一百块钱抢了下来。

秋熙目不转睛地望着他们。

"你看,爱情很好,但是和幸福没关系。"谢霖皱着眉头,潇洒地往旁边一摆头,露出一个迷人的笑容。

"你怎么就看出来他们不幸福了?"

他们路过一个小酒吧，谢霖从窗口张望进去，每个小圆桌上低垂下来一个灯罩，昏暗的灯光照亮每一个个体。

"哦，这个酒吧。厕所门上被人乱涂乱画，其中有一个问题是，请用一个电影的名字来形容你的大便！"两个人都大笑了起来。

"你在下面写了什么？"

"我写了《遮蔽的天空》。"

"贝托鲁奇要被你气死了！"

公园不远处的推土机正在休息，一台高大的挖掘机正在捣毁一幢五层大楼，强有力的机械手臂撞击着外墙水泥板，粉尘飞扬，石块飞落在绿色防护网里面。停了五秒钟，机械臂转向朝南的一个窗户，开始捣毁窗户旁的水泥板，像是把巧克力掰成一块块那么容易。到处都是乱七八糟裸露出的钢筋，十几个戴墨镜和草帽的游客们坐在周围，扇着蒲扇，仰着脑袋，无所事事地观看着。

谢霖去超市买包烟，秋熙站在电话亭前阅读一张寻人启事。一个高级餐厅里，男生把脸转向窗外似听非听的，他的父母坐在对面唾沫横飞，或许他们正在谈论股票，公务员考试和舒适的中产阶级生活。一个女孩站在超市旁边，弯着身子呕吐。一群灰色的鸽子蛰伏在屋檐上，灰色的一片，地上到处都是鸟屎。

谢霖回来了，秋熙指着那个连锁酒店广告牌："如果能永远住在旅馆里多好！旅馆每天都在那儿等你，干干净净的，私人淋浴，卫星电视，要是你愿意，每天都能换一个家。我要一个长着青苔的石头阳台，摆着鲜花。我可以播放勃拉姆斯。"

"这都是你的想象。"

"我会把旅馆的窗帘拉下来，开大暖气，把所有衣服都脱掉，

行走于卧室，书房和浴室。在书桌前读书，从阳台的窗帘后面看广场上的行人。裸体让人自由，你不用取悦别人。陌生把一切戒律都取消了。我会用暖气煮一杯咖啡，加热一个披萨，打开音乐，光脚在地板上跳舞。在格子地板上跳舞很方便，你知道，红绿相间的格子地板，我把脚趾从这一格移动到下一格，就像下象棋那样简单。"

"生活得靠观察和判断。"谢霖慢慢说，充满男子气的喉结滚动着。

"告诉我，现在你的脑子里正响着谁的音乐？"

"贝多芬的《第三钢琴奏鸣曲》。"

"你骗人，你一定骗人。"秋熙怨恨地看了他一眼。小声嘀咕着："我也在想着同一首曲子。"

谢霖什么也没说。他们可以坐下来畅谈长夜。有时候，一阵突然的沉默闯入他们的谈话，像一阵无处发泄的扭曲的怨恨，让两个人突然有了彼此抱在一起厮打的愿望。到底为什么？这个人带给她这么多的迷惑和痛苦？

"你很浪漫。"

"这可不好。"

"这有什么不好呢？"

"我太容易……太容易陷入爱情了。然后无法自拔。"

"你就好像是说，人太好反而变坏一样。"

她沉默了。她感觉到难受，无论她怎么暗示，他都像是装作听不明白似的。有时候她一整天都感觉到害羞，却不知道为什么害羞，好像爱着一个不知道姓名的人。她的内心逐渐掏空，她的思想，灵魂，一点点从她的脑子里面飞了出去。她成了一个空心人，好像一个空空的树洞，却没有秘密将她填满。

一个只会呼吸和睡觉的人并不能算是完全具有生命的。他缺了些什么……那是爱情，爱情，被命运突然地扼住了咽喉，生死未卜，是盲人牵着手在悬崖上行走。她的内心充满了一种危险的气体，随时会被一个人一句细微的话引爆。她不知道爱情什么时候到来，又什么时候离开，它本身就像大海一样变幻莫测。因为这样，她爱上了这种过分纤细的事物，它是天使的一缕额发。

晚上，他们坐地铁回去。地铁上突然蹿上来三个打扮很波希米亚的人，两个男人抱着吉他，姑娘是歌手，有些疲惫地坐在角落里翻书，这两个男生虽然看样子卖唱了一整天，身上散发着长久不洗澡的味道，但是高兴得要命，一直拨弄着吉他大声唱着歌，那个戴着粗麻编帽的男生，穿着一件五颜六色的地毯似的披肩，摇头晃脑，躺到地板上去弹吉他，两条腿跷到天花板上去，卖唱一整天挣的硬币就从裤兜里掉了出来，撒得满地都是，站台到了，他们捡了一些硬币，欢乐地跳出车厢。那个男生恋恋不舍地回头望了望地上的一元硬币。

秋熙看着几个卖唱的人，脸微微红起来："我真的喜欢写诗。写诗的时候，我可以成为所有人，可以是空气里的一粒尘埃，树上一片不对称的叶子，可以是河流和云朵的梦，意念和妄想的影子。"

谢霖伸出手摸了摸她的头发，好像在试探她的头发是否被露珠打湿了。

"哦，有一次，我梦到了你。"谢霖带着轻快的口吻说。

"梦到我？"秋熙受宠若惊。

"我走过一个陌生城市的街道，有街头艺术家在演奏，你也在那里。后来你跑过了菜园，和两个人在泥地上摔跤。你偷走了别

人晾在晾衣线上的衣服。你有天分。应该继续写下去。不管别人说什么都写下去。创作像祷告那样,上帝一直都听到了。"

他沉默地盯着她,目光灼热。那是他的目光吗?她的脸颊红起来。自由像鸽子一样扑腾腾飞远了。

晚上,秋熙睡不着觉,她想告诉全世界她感到幸福。她甚至说不出为什么幸福。凌晨三点,她拧亮台灯,在日记本上沙沙地写起诗来:

她困了
她在睡眠中去旅行

一种狂喜将她拥在怀里,她写了一首又一首,又累又困,天已经蒙蒙亮了,她听到了鸟儿在窗前的树枝上鸣叫。她的内心充满了快乐,连衣服都没有脱,抱着枕头沉沉睡去。

睡梦中她的内心好像有一片金光,逐渐温暖起来。

Lesath

那个晚上,谢霖好像回到了巴塞罗那。他想到那里的好天气,那些明亮的树叶,沙滩,喷泉,让人心悸的跳动的海水。他做梦的时候在天空俯视这个城市,好像一个圆锥状的玻璃器皿,其中滚动着无数的永恒的新鲜液体。

城市里起了很大的风,黄色的绿色的树叶都快速地沿着宽阔的马路向下飞去,好像一条汹涌的河流顺着马路冲刷而下,灰色

的汽车就在这样的颜色鲜明的河流里行驶着。人们的衣领被吹了起来,飞扬着头发,帽子被吹走了,每个人同时具有一种向前和向后的姿态,在风里人们都是戏剧演员和英雄。空气中充满魔法,树叶们在看不见的魔杖的指挥下到处飞驰着袭击路人。树叶堆在椅子下面,堆在人们的房门口,堆在阳台上,堆在紧闭的积了灰尘的窗口前。

他像波德莱尔笔下的 Flâneur①,毫无目的地闲逛。地中海的风玩弄着他的头发,他被街头艺人吸引,站在他们旁边久久流连。他喜欢那些古董店,收集的贝壳,各种矿物,墙壁上挂的陶瓷盘子,圆镜画,布谷鸟钟和各种密纹唱片,一尊从窗户后面望出来的天使雕塑,各种奇奇怪怪的、年代久远的小书,还有一幅令人印象深刻的弗吉尼亚·伍尔芙的画像,她在画像里是如此纤弱和美丽,她代表了一种关于美和智力的最高平衡。

有时候他什么也画不出来。他焦虑,茫然,好像一个被抛弃的人,那种曾经让他心驰神往的、陶醉的自然之力突然离他而去,连他的心跳也一并带走了。他渴望上帝来庇护他,他是这样严肃,又如此天真。他还是没能意识到自己就是这样一个普通人,甚至连普通人都算不上。好像一个年轻的女子望进镜子,却看到一张年老衰弱的脸。

他是如此真实地想回到自己的世界里去,待在那里不动。那里是安全的,在那个角落来观察这个世界是清晰的。那里有纯然的自由和希望,有他的使命和命运。只要画画,他就能忘了一

---

① 法语,意为"浪荡子"。这个术语最早被瓦尔特·本雅明用以形容波德莱尔这类人。例如在《文化研究导论》一书中,"Flâneur 这种人物的重要性不仅是种历史现象,也是一种观察姿态的展示。Flâneur 是一个见证现代性新状况的知识分子形象,一个闲逛、懒散、漫不经心、凝视着城市奇观的从容悠闲的混合物。"

切，忘了这辛酸，意志相逢的悔恨，还有纵情欢笑。纵情欢笑的声音如此尖锐，让他敏感的心麻木。

他喜欢寂静，寂静充满了自由。他从有着几何形状建筑的破败街区走过，空阔的拱廊和带阴影的街道，一切就像基里柯的作品。周围都静极了，好像空气已经被抽干，而时间再无任何可能。

那个时刻，他便望着空无一人的街道，驻足在路口抽烟，他的烟头闪烁着，他在世界末日里呼吸着，他的世界里并不存在立体具象的人，没有观众，没有混乱和冲突的情感，没有爱情，有的只是一个个石膏模特，自然的风的吟唱，他并不感到孤独，他就像是一个长期监禁的人呼吸到了郊外清新空气，他忘了身边的一切。他的心是自由和快乐的。云朵在大地肌肤上投下了优雅、繁琐、迷人的倒影。孤寂填充了整个空间，像是一团永恒的柔软填塞物。

一小幅素描顺着口袋掉了出来。谢霖蹲下来捡起来，那是一小幅马克笔素描。他拿着那张画，手有一些颤抖。年岁的增长并没有让他的灵魂得到平衡，有时候他很确定，他已经完全克制住了激情，狂妄的欲望，并且这种理智将由于惯性永远保持下去，但是突然一下子，一切都崩溃了。他一遍遍地听着巴赫的音乐，这平静的音乐暴露了他的矛盾。事实上，他的热情不够年轻，他的平静也不够衰老，他的身体像被不同的线拉扯着，他这样努力地想让生活系统化起来，却跌成了碎片。他为自己给别人带来了烦恼而痛苦。

谢霖一直没能够解决形式和内容之间的问题，他愿意看，也一直在看，孜孜不倦地看。但是那种观察，就像法医检验一具残缺的尸体一样，他能说出他的身上有几处淤伤，几根折断的肋

骨,却说不出这个人生前的感受。说不出他面对一个姑娘心动时剧烈的心跳。他拥有的只是知识,他对他人的感情像是对自己的那样浅尝辄止。

很多事情从记忆中浮现出来。他记得上一个冬天,他住在一个湖的附近,黄昏和夜晚的时候他到湖边散步,躺在草地上,什么也不干,有时候看到一两只天鹅来到树下,就给它们喂卷心菜叶子。湖面被光线分割成了不同的区域,像是灰蓝和翡翠的玻璃根据黄金分割法,用直尺划分和拼贴出来的一样,画面有说不出的匀称的美感。

一个光头的少女坐在树下,穿一件舒适的灰色长毛线衫,在给天鹅喂食,一只长毛拉布拉多狗跑过来嗅她的手指,湖边树下的狗和湖面上怡然自得的天鹅连成一条美妙的分割线。少女在那里坐了很久,姿势始终没有变过,湖面是这样的平静,泛着粼粼波光,好像天鹅绒在光线下呈现出的表面的细小的白色绒毛。

他拿出纸笔,开始画这个女孩。她有时候会戴一顶毛线帽,女孩长得很漂亮,线条硬朗,有种男孩子的英俊。她每次见到谢霖都对他微笑,两个人没有说过话。直到某一天,他听说她死了,癌症晚期。他的内心感受到一个遥远的呼唤,缥缈、失真,毫不可靠,让他无法区分这个意思和其他的意思。

谢霖不知道自己从哪里来,也不知道自己要到哪里去,他对未来没有计划,也没有要达成的目的,或许他根本就没有一个目的,他的目的地是空的,是一个没有写上姓名,长满青草的墓碑,而他的鬼魂已经脱离了躯体,在光和尘埃浮动的黑暗大陆上无目的地晃荡。

Lyra

第二天早上秋熙还在酣睡,门铃突然响了。她顾不上梳头发,穿着皱巴巴的白色睡裙开门。谢霖站在门外,套一件肮脏的皮夹克,手插在口袋里,呼吸里带着消化不良的味道。看上去像个被打败的人。

"怎么是你?"

"哦,我顺便路过,来看看你。"

谢霖垂着脑袋,脚在门毯上蹭了蹭。他脸色暗淡,胡子没有刮干净,脸颊显得更为瘦削了,像用斧子在两颊凿过似的。

热烈,真诚,羞怯,恍惚中热烈的一瞥,然后就消失了。

"你还在睡觉吧,不打扰你了。"

谢霖点点头,转过身去。

"你等等!"秋熙追了出去,他们早就联系在一起了,他们早在彼此出生之前就联系在一起了。还有什么横在他们中间?

秋熙拉住他的胳膊,伸手抚摸他的脸颊。

激情是无法克制的,而欢愉中又抖动着哀伤,他的身躯好像冰山,只是冻结着她的一个夏日和一个春天。她像花瓣一样脆弱,在暴风雨的狂怒下战栗着,不断地喘息,春天的马拉松,他把她拖过来,拖过去,好像在拖一具尸体,而她喜欢自己这样被动,不做任何反抗。

谢霖进入了酣睡,好像几个晚上都没睡觉。秋熙凝视着他,他是海浪黎明时分留在沙滩上的一幅作品,被她这个海边的踌躇

者邂逅了。他身上的每一寸都是特殊的，他的黑色的略微显示出棕褐色的头发，他在喉结里酝酿的中提琴般低沉的声音，他的眼窝，他的鼻息，鬓角和嘴唇，他的后脖颈那块紧绷的皮肤，他宽阔的肩膀和结实的双腿。他身上那些未命名的部分，那些会被平常人所忽略的部分。她要好好地看着他，把他的影像嵌在自己的眼珠里。

他醒来了。甜蜜像是一块罩在人们头上的黑布，让人们暂时忘记了时间。他们打赌一盆盆栽上的叶子，是奇数还是偶数。输的那个人要赏给对方五百个吻。他们光着脚在窗帘后面跳舞，窗帘裹住了他们逐渐汇聚成一个人。他们给每一把椅子起不同的名字，所有的名字都是以爱字来开头的，爱丽丝，爱斯基摩和爱迪生。谢霖说应该设计一种窗户，叫"含羞草牌"，当敞开的窗户探测到主人忘记穿衣服时就自动关闭。他们打算让一个房间里的家具全部消失，把它们都藏在床底下。他们从一件家具跳到另一个家具上，晃晃悠悠，单脚独立，努力不让自己掉在地上。他们在客厅里玩一种半人多高的国际象棋，客厅的地板是黑白大理石瓷砖的，连棋盘都不用摆。他们下楼买烟，每个人都尽量沿着阴影行走，谁先踩在阳光上谁就输了。后来谢霖找到一支笛子，擦了擦吹孔，试了试还能吹响，他就坐在椅子上吹了起来，那双修长、忧郁的手充满了力量，落下的时候又是那么轻柔，吹笛子的两只手的阴影交叠地落在他的膝盖上，好像两只恋人般的鸟儿在树枝上温柔地啾鸣着，不时地扑动翅膀。

午后，他们躺在客厅的地板上，她觉得他们可以不吃不喝，这样躺上好多天。谢霖把脑袋顺从地放在她的膝盖上。他滚烫的双唇，轻柔的吻，还有那肥沃的土地一样丰润的肌肤，她就想那样抱着他。他的舌头是春天的甘露，被遗忘的温柔的田园诗，是

羽毛和水的意象。他的每一次抚摸，都在她的手指上留下了闪电般的颤动，她的爱是在茫茫无际的宇宙中一声微渺、孤独的呐喊。这宇宙是多么令人战栗地欢乐啊。

秋熙用一根狗尾巴草逗弄他的鼻孔。谢霖坐了起来，突然用一种他从未用过的、略带嘲讽的口吻说：

"差别很大啊。"

"什么差别？"

"我们的社会地位。我得回去工作了。"

谢霖干脆地站起来，把两条毛茸茸的结实的腿塞进裤子里，系上一条磨破的牛皮带，左右转动脖子，开始系衬衫纽扣。

"记得给我打电话。"

"再说吧。"

谢霖回去了，她失魂落魄，爱着一个人的心是不自由的。

Maia

谢霖上高中的时候，男生们十二人睡一个房间。学生宿舍建在高速公路旁，有时候半夜一辆重型卡车呼啸而过，瞬时刮过一阵小型飓风，似乎足以让一棵树拔地而起了。等路面恢复了平静，又出现了晃动声，这次是一辆长长的油罐车，那辆车那么长，简直花了三分钟时间才从那棵榆树前面开了过去，没完没了地发出哐哐当当的轰鸣。

"如果地狱在下面，大门也早被敲开了。"谢霖从睡梦中吵醒，抱怨着，翻个身继续睡去。高中生活三点一线，每个人都像

扭紧了发条,在教室自修到晚上十一点,回到寝室熄灯后打着手电筒继续学习。食堂的话题每天围绕着统考,分数名次,没完没了的习题。谢霖已经个头很高了,大家总是嘲笑谢霖,"唉,你又要去见龅牙陈了啊。"

学生们叫陈老师"龅牙陈",没有人记得她的全名。其实她没有那么龅牙,只是整个牙床都有点前凸,像个隆起的球形,当然影响美观,但是习惯了之后也没什么。大家说她的另一个特点是,吃饭容易掉渣,她去食堂吃午饭,下午上课的时候大家就知道她中午吃了什么,都写在她的衬衫上呢。

为什么大家会觉得她长得不好看呢?谢霖想。其实没有缘故的,她的肤色或许黑了一点,那头乱糟糟的发黄的头发,多是因为缺乏打理的缘故。她靠近眼角的地方有几颗引人注目的小点黑痣,他们管这种痣叫做泪痣。她戴了一副方方正正的黑框眼镜,这让她的面容棱角看上去不够柔和。

"你们别叫她龅牙。"谢霖一次对舍友们抗议道。

"唉呦,你干吗这么护着她呀。"男生们起哄起来。

陈老师是他们班的数学老师,寡言少语,不知道是不是因为害怕把牙齿露出来的缘故,她很少笑,总是低头快速地走进教室,夹紧腋下一本厚厚的书,干脆地说一声:"同学们好!"

她的课有些许枯燥的。她上课的时候总是盯着教室后面的那块黑板,一动不动,像一块岩石。她不常和同学们互动,但是她讲到难题就显得有点兴奋和迷人,甚至会声调激动,乐队指挥一般挥舞着手势,她放松下来的状态很别致,甚至有点可爱。

谢霖那会儿是数学课代表,经常要去教师宿舍交作业本。教师宿舍在一排简陋的洗浴室上面,浴室黑洞洞的,没开灯的时候像一张通向地狱的嘴,有淘气的学生在里面小便。很多年后,当

谢霖在比利时的博物馆里看到老彼得·勃鲁盖尔和耶罗尼米斯·博斯的画作时，看到那些张着大嘴的怪兽，谢霖就好像闻到了十五年前黑暗中散发出的那股尿骚味。这个简陋的浴室男女轮流沐浴，门口挂着一个写着"男"或者"女"的木牌。有一次，一个人恶作剧，把浴室前面的牌子翻了过来，一个新来的年轻物理老师正好端着盆下楼洗澡。他是个近视眼，戴着六百多度的眼镜，他推门而入的时候镜片上糊了一层白花花的蒸汽，什么都没看到。可是这个倒霉的男老师被开除了。

谢霖抱着作业本去找陈老师，他绕过红色塑胶跑道的操场，穿越教学楼前面的宽阔林荫带。南洋杉和芒果树在风中发出浓绿色的沙沙声，在萧条的学校和朗朗读书声中造成奇特的禅意。五班年轻的化学老师和教导主任正站在浴室门口抽着烟。教导主任有一张白胖的脸，眼睛极小，戴上一副宽阔的圆眼镜，眼睛就找不到了。

"小陈三十三岁了吧，还没结婚呢。谁要她。"教导主任说，鼻孔里发出了嗤嗤的笑声。

一个生活很好的人，因为偶然的机遇和出身，从来都不曾体尝到人间不幸，蹉跎和命运。二十出头的化学老师眯缝着眼睛，带着一种居高临下的神色，宣称道：

"小陈，就是小陈，太奇怪的一个人。"

"怎么奇怪了？"

"就是我刚才说的那些事情。"

谢霖没有看出她多么奇怪。在所有人面前宣布另一个人古怪，咂摸不清，这件事不道德。你可以说一个人自私，一个人傲慢，一个人话太多或者势利，但是你说一个人古怪，在那片模糊不清的云雾中找到了这个模棱两可、囊括一切的词语，于是将她

永恒地排除在集体外了。是的,她是个异类,身上有人们不能理解的情感,是说一个人身上那些秘密和疯癫,不合时宜的激情和自我放逐的关系。

教导主任低下头用手挠头皮,头皮屑像下雪一样纷纷落下。他掸了掸那件显得过分宽大的西服肩部,嗤嗤笑起来,笑声让谢霖感到毛骨悚然。谢霖觉得他们在密谋一件事情。

谢霖抓着生锈的扶手爬上教师宿舍的木楼梯,木踏板在脚下发出吱吱的呻吟声,走廊墙壁被食堂的油烟熏黑了,绿色墙漆剥落得像一幅世界地图。不时有几只肥大溜圆的老鼠从脚下跑过。食堂在教师宿舍楼不远处的上风口,楼里徘徊着一股呛人的油烟味。

从楼道的窗口看进去,陈老师正佝偻着背,读一本艰深难懂的数学理论书。谢霖敲了敲门,她推了推黑框眼镜,露出局促不安的微笑:"作业本你就放在这里吧。谢谢你。"

陈老师的房间小而拥挤,满是烟味,烟雾聚集在一根从天花板上吊下的灯泡下,桌上摆着脸盆和没吃完的方便面,一双廉价红色塑料拖鞋随同许多杂物塞在挂蚊帐的床下。红漆书橱里满是书,一摞摞书垒在走廊上让人穿行困难。

一架黑漆漆的雅马哈直立式钢琴放在靠东的窗口,占去卧室的一半面积。钢琴上放着一本贝多芬钢琴曲谱,还有一本厚书,用浅棕色的牛皮纸包了书皮。

趁陈老师翻看作业本的时候,谢霖翻开书皮,偷看了一眼里面的内容。扉页上写着:

白鲸
麦尔维尔

译者 曹庸
1982 年上海译文出版社

Mebsuta

秋熙在图书馆二楼借一张 1944 年兰多夫斯卡与梅纽因的珍稀录音碟片《巴赫：四首小提琴与羽管键琴奏鸣曲》，遇到了胡美智，她正坐在台阶上阅读一本郑多燕的《塑身女王完美曲线伸展操》，嗤嗤笑出声来，就好像在读一本笑话书。她抬头看到秋熙，合上书。

"嗨，是你。你最近有看到惠可吗？"

"有两个月没见着了。挺神秘的。"

"心情会有点影响吧。日子很快就习惯，看上去很潇洒的样子。说真的都看不出来她是怎么想的，但是感觉不是很好。最近发生在她身上的都不是很好的事情，具体什么事情不肯说，感觉都帮不上她，挺对不起的。而且她还总是对别人笑，反过来安慰说没事别担心，我都不知道笑还是气好。她什么都一个人藏着。但昨天见她的时候觉得她有点沮丧。"

"出了什么事？"

"好像是 GRE 考砸了，在找工作了。"

秋熙在学校公交车附近的一家德克士炸鸡店找到惠可的时候，她正系着橘色领巾穿着橘色小坎肩，向一个拉着三个气球的家庭推销最新的照烧鸡肉米堡套餐。

"计划赶不上变化。"惠可在秋熙面前坐下，推给她一盒刚出

炉的薯条。

"出了什么事？你为什么在这种地方工作？"

"勤工俭学。尝尝薯条。"惠可转头看着身后的一对搂搂抱抱的情侣，"现在的人就是太快了，就像薯条一样，尽管烫，也要赶着时间吃下去。"

"你要在这里干到什么时候？"

"我在找实习。顶多两三个月。"

"哦，你要的钱，我打在你的卡上了。五千够吗？"

"谢谢你。雪中送炭难。"惠可握住秋熙的手，"我下班后去破布市场，一起去吗？"

沿着学校门前那条笔直的公路向北走，路过工商银行，汽车服务有限公司，儿童家具店和妇产医院，走过两个交叉红绿灯，就到了工贸区纺织城一楼厂房。迎面而来一股染色布和印花布的酸味，涂料印花的煤油味，树脂处理的纺织品的鱼腥味，熏得人眼泪鼻涕直流。五百平方米的面积通风不畅，一匹匹布堆在地上，喧闹的讨价还价声把屋顶都要掀翻了。

惠可从布料市场以成本价买到一匹匹便宜的布，画裁剪图，送到小区的裁缝阿姨那儿。她常穿男性化的格子衬衫。从围巾，帽子，到灯芯绒裤，一身不超过一百块钱。

"我上个星期弄了条蓝色工装裤，十五块！"惠可开始了一个"比比谁穿得最便宜"的比赛。秋熙挑了一匹花卉图案的布料，蓝色花朵和棕榈叶图案有点像威廉·莫里斯。

"这多少钱一米啊？十五？太贵了，八块怎么样？大哥，我们学生不容易啊！每个月打好几份工的……"

惠可坚持埋单。她说一起回家吧，给秋熙做晚饭吃。

在公交车站等车的时候，秋熙终于问道："你的 GRE 没考

好吗?"

"哦,作文竟然考了超低分——怎么可能。虽然只模拟练习过几次,也不可能考那么低。不过,计划赶不上变化而已。你别难过。"

秋熙木讷无言,紧咬着下嘴唇。惠可会成为一个离经叛道的生物学教授,上课穿丝绸浴袍,抽雪茄,为学生们吞云吐雾地揭示宇宙人生的奥秘。她会背诵狄兰·托马斯的诗句,插科打诨国际会议上遇到的古怪科学家。"八月份我遇到了J,他去年刚拿过诺贝尔奖。听好了,他是个极其害羞的人,讲话时从来不敢看对方的眼睛。"

当秋熙重新踏入惠可的房间时,立刻感觉到这里有什么变化。牛仔裤倦怠地搭在椅背上,露出邋遢的裤脚,桌上放着昨晚刚吃完的快餐盒垃圾。墙上的那幅埃舍尔掉了半个角,始终没有重新粘回去。

"你的化石呢?"

床头柜上摆着一个空荡荡的玻璃匣,像个空金鱼缸。

秋熙拿起振铃的手机,"许裴深打的,别说我在这儿。"

"秋熙也在这,你一起来吃晚饭吧。"惠可眉飞色舞地说,"都多久了,你和许裴深见面还会尴尬吗?不能做朋友了?"

"你的化石呢?"

惠可说太占地方,全部送给了阎瑞。"我们也叫上胡美智和阎瑞吧,让大家看看我还活得好好的。你还是朋友太少了。"惠可兴高采烈地说,一边削土豆一边进行情感教育。

"阎瑞是那种我可以找他大哭一场的人。哭完了还要他给我唱歌,他不唱就要听我唱歌。"

"你和如如有点像,她要求别人更多地理解她,却不懂得如何

去理解别人。我也不知道将来会怎样。像胡美智她们，我知道时间怎么变化我们这群人也不会变。可你不一样。一些事情就忘记掉了，就像没有发生过的一样。或许我们大学四年很好，以后在同一个城市工作也会好点，可是离得再远点就很难说了。"

秋熙想到了惠可的左臂。有一次她们购物回来，一辆出租车突然从斑马线后横冲过来，在慌忙中，惠可伸出左臂保护她。出租车没有真的撞上，但是惠可因为紧张拉伤了上臂肌肉，涂了一个星期的扶他林，由此惠可编了好几个笑话。那之后，惠可就始终走在靠车道的那边。

惠可继续说："兔子是那种让人很窝心的人。全省第一，还没高考就保送清华，到处去演讲。但其实兔子没有大家以为的那么坚强，兔子经常会钻到我被窝里说，惠可姐，好想和你一起睡，晚上谈心噢。其实我压力好大的。她是我唯一会去抱的人。兔子为我做了好多事情，可我当时都不知道。傻瓜，其实不需要她去那样做的。"

"亲爱的也是生命中很重要的一个，亲爱的给人感觉好温暖的。有一次吃完东西我说想去跑步，然后我就走了。不知道亲爱的一直跟在后面，跟着我跑了八圈。第九圈的时候才被我发现。我们走路的时候都会拖手，我每次会赖皮说，亲爱的，手好冷哦。他就把我的手放进他的口袋里。我很喜欢摸亲爱的胡须，扎扎的很好玩。每次进了超市，亲爱的会搭着我的肩膀把我当手推车，在货架前溜来溜去，有时候对亲爱的说，'亲爱的，我们结婚吧！'他就会说'好呃！亲爱的你穿上婚纱一定很漂亮！'我们是很好很好的兄弟。"

"胡美智也是很重要的一个，八年啦。每次周日她都会帮我带饭，跑好多个地方帮我买。她每次看到什么喜欢的东西都会买

给我。我很懒啊,待在宿舍不肯出门,她害怕我没水果吃,就每周都带水果给我。兔子在楼下喊惠可不肯洗梨,她就真的上楼来帮我洗梨。还有噢,我的外套都是她帮我洗的。"

惠可进了房间,出来时两手背在身后,笑眯眯地像个活佛。

"有东西给你。"

一架飞机模型,漂亮的松木机身和机翼,两个榉木螺旋桨,橡皮筋束发动机,涂了两遍亚光的透明树脂漆。

"你做了多久?"

"每天做一点,像其他女孩子织毛衣,哈哈。"

惠可又拎出一个袋子,一堆整理出来的 GRE 和托福的学习资料,"你留着吧。或许有用呢。"

"我不会出国。"

"为什么不?如果不出去,怎么知道外面的世界有多大?"

Mekbuda

陈老师平时有点阴沉,在食堂很少和女同事们坐在一起,如果有人说了一句:"小陈,今天真漂亮啊。裙子哪里买的?"她的脸会涨得通红,一直红到耳朵根子上去。

有人要给她介绍对象,她笑一笑,不说答应也不说不答应。要是媒人真的要和她约定相亲时间,陈老师突然着急起来,"不行啊,不好意思,我忙得很——"

"哎呀,就她那个样,还挑三拣四的。"

"搞不好是有什么问题吧。否则这么大年纪怎么不结婚?"

"穿着大裤衩打篮球,有点女人样没!"

"你和她结婚去,我给你倒贴钱!"

关于她的闲言碎语多了起来。有一次女老师们在热水房里说起了她。

"唉,就是那个小陈,高二(3)班教数学的,古怪得很,上课给他们讲什么莎士比亚,不好好抓成绩,讲什么莎士比亚呀。我儿子还在他们班呢,我得想办法把他转走,坏影响。"

"你知道她多大了?"

"看样子,三十五了吧?再不找个人结婚就嫁不出去了。"

"一个女人,结婚生孩子没兴趣,那对什么感兴趣?"

"还有,她抽烟抽得可凶呢!不是我保守,我对抽烟的女人有看法。都不是好东西!"

"我有一次看到她整个晚上没睡觉,房间亮着灯。"

"最好保持距离,别出什么岔子。"

"你别说,你可把你们家的老王看紧点,我上次看到她对他笑呢。"

几个女老师捣鼓着要怎么整整她。她们一致觉得她是个祸害,留在学校对家庭幸福不利,对孩子的升学考试也是个问题。你说她总不能没一个男人吧?那叫她到哪里找男人去呢?这儿不是学生,就是已经有了老婆有了娃的男人。最后大家都义愤填膺,觉得她这样的人简直浪费国家粮食,是公害。

谢霖随其他男生叫她龅牙陈。直到那个夏日,他和几个男生端着饭盒往食堂走,突然听到有人喊道,"龅牙陈发疯啦!"

那真的是陈老师,她在骑自行车,穿着齐膝的蓝裙子,自行车扭成S形,脸上带着一个淘气的小男孩式的笑容。车座上用一根白色尼龙绳绑着四方形的塑料袋,风把白色透明的塑料袋刮成

一只水母，她在人群中欢快地穿行，拼命蹬脚踏板，跷起脚让小腿呈水平状，"让一让！让一让！"她大喊道，完全没有注意到别人的异样目光。好像这只塑料袋能像风筝一样飘到天上去，也把她带到天上去。

她始终把讲义写在一张贝多芬的五线谱背面，没有人知道她为什么这样做。那天陈老师在课上说："数学和诗一样，都简练地表达了无限。"

黑板上写满密密麻麻的证明，她站在讲台上，纹丝不动，手臂的角度始终没有变化。那些豆芽菜似的数学公式突然像音符一样闯进谢霖的脑子。他目不转睛地盯着她，内心升起一种陌生的感情，他盯着她，突然觉得她皱眉头的样子异常可爱，她嘴角上翘的样子拘谨而神秘。他似乎从这个沉默的女人内心嗅到了某种异样的香味，某种他人视而不见的东西。那些听不见音乐的人认为那些跳舞的人全疯了。

从教学楼走到教师宿舍的那段路，谢霖心跳加快。来到她的门前，他怀疑自己的心跳停顿了那么几秒钟。

"上次的作业改好了。拿去发吧。"陈老师端着搪瓷缸子，指了指钢琴上的一摞作业本。窗台上的玻璃瓶里养着一株百合花，瓶子下压着五线谱，灰色的窗帘被风吹动，能看到外面一片静谧的草地。

"你喜欢画画吗？"她毫无预兆地说。

"外面的景色真好。用窗框这么一框，看上去像卢宾·鲍金的油画似的。"

陈老师夹烟头的手指晃动着，眯起眼睛向后仰去，把烟掐灭，一反睥睨的常态，露出灰色的温柔的目光来。

女人们恨她。因为她不合群，不和她们一起闲聊嚼舌头。男

人们恨她。因为她不取悦他们。她不需要他们来装饰自己的虚荣。她不想从任何人那里得到任何东西。期待是一种需求的形式。当一个人对外界无需无求的时候，她的自由就让人感到害怕。

Menkalinan

一个星期谢霖都没有来电话。秋熙成了废物，每一个毛细孔都沉浸在对他的爱中。她被完全掏空了。只有见到他的时候，她的灵魂才回到身体。

黄昏的时候，秋熙在他家附近摘了一束野花。真正有意义的不是那束掉落了花瓣的野花，而是那个冒险的、流浪一样惊心动魄的事件过程。她穿着裙子和凉鞋，走在及膝的草荡里，到处都是高大的白茅草，她看到遥远的中学操场，灯已经亮起来了，像是一种现代化的魔法，将无数个灯泡悬置在空旷的广场和低垂的深蓝色夜空下，安东尼奥尼的场景诞生了。这有点浪漫，也有点超现实和严酷，或许对于一个现实世界而言它太过浪漫，太过严酷了，因为它暂时让人们忘却应该面对的事情。

天逐渐暗下来了，一个农妇告诉她小心点，这里到处都是毒蛇。但是她对于这句话甚至没有反应。她被幻觉保护着，在毒蛇丛生的草荡里光着脚穿行，就像彼得在水面上行走。她的衣袖打湿了，头发乱了，裙子撕破了，沾着草叶。天逐渐暗了下来，但是她的心里燃烧着一个小小的灯笼，那光明是如此强烈，甚至也照亮了她身边的这片草荡。

她来到谢霖家楼下的时候，天完全黑了，她按了门铃，他不在，手机关机。她几乎坐了一个晚上。那个晚上并不是特别寒冷，她随时可以回家。但是她有一种愚蠢的预感，觉得他会突然回来。那么他便能远远地看到自己坐在台阶上拿着一束野花的狼狈样子。她觉得这个场景会感动他，这个场景将一切都说明了。可是这一刻没有发生。她将各种荒谬的梦想重复了一遍，她开始唱歌，唱一些欢快的歌，嗓子变得沙哑，歌声也越来越悲伤。太阳升了起来，黎明从来没有对人类失去信心，她看到太阳的金光从树木背后流溢出来，一切事物的线条都被勾勒出来，在一个宏大的金光闪闪的背景下，他没有出现，她摇摇晃晃地站起来离开了。那束花她放在了台阶上。像是思念的人把花束放在坟墓前。

一辆蓝色大卡车从身边缓慢开过，一张海报从卡车尾部滑落下来，它并没有直接一下子滑在地上，随着车身的震动，它扭动了一下，露出了六条细长白皙的大腿，然后又往下滑动一下，露出了六个大得惊人的胸脯，大得简直像一个肿瘤，得用手托住，最后才露出了六个金发脑袋。

一幢通体有着玻璃幕墙、高大的、巨兽般的建筑。三角形立面看上去像是一艘即将扬帆的航船。钢铁的支架用绳索拉起了两面雄伟飘扬的旗帜，上面写着："欧尚"。

超市的每个收银台前面都排着长长的队伍。每个人姿态各异，有人领着孩子，有人露出无聊的神情，有人正睥睨着排在前面的某个外套上粘着泥点的男人，他把商品放在传输带上。一袋冷冻食物，接近保质期打折的肉类和鸡蛋，人造黄油以及超市品牌的卫生纸和食物。他胡子拉碴的，怎么，这张银行卡不能用？

人们向后转头，露出一种合谋般的不友善的笑容。然后继续刻薄地打量着这个男人，他从钱包里掏出其他的银行卡，泰然地

递过去，脸上并没有拘谨和尴尬的笑容。

秋熙无聊地敲击着桌子，谢霖推门而入。

"不好意思来晚了。"

谢霖坐在秋熙对面，点了杯啤酒。她吸吸鼻子，闻着空气中那股廉价快餐味。

"没关系，今天我请客。"

谢霖让人迷惑。他对她说过一些意义不明的话。他说他听到过落日的声音，他走进一间旅馆的房间，他幻想她躲在窗帘的后面，阳光照耀在她的头发上，窗帘勾勒出她的轮廓。

她不知道他们算是什么关系。有时候她试探性地问他是否喜欢她，他的回答模棱两可。"哦，我当然喜欢你。"这个回答把她悬在了半空中，她是一个走钢丝的人，已经走到了半路上，只能前进没法回头了。他知道这些话落入她这颗敏感的等待受孕的心灵，会产生多么残酷的结果吗？

"他要从我这里得到什么呢？"秋熙想。这样一个问题总是在男女双方交替出现。

"你值得信任吗？"

谢霖没有被秋熙的话激怒，只是像卷入了一个游戏那样饶有兴趣。

"你对女孩子很有经验嘛。"

"我没法证明自己是个好人。"他把手臂放松地搭在沙发靠背上，玩弄一张啤酒杯垫。谈话漫无边际地持续下去，他音调亲切，好像沉着自信的猎人面对一头无路可逃、惊慌失措的小鹿。

谢霖不喜欢秋熙去他家，他总是在"工作"。秋熙在他家时，她只被允许待在一个小房间里，好像她是个不受欢迎的闯入者。那个装饰精美、铺着红色土耳其地毯的小房间，灯光温暖，

书柜，床上，地板上堆满了书，古典音乐CD，温莎牛顿公司的水粉颜料。一本毕加索的早年素描，一套德文版的《浮士德》，都随意地堆放着，这么随意，几乎不值一提。这些书几乎成了家具，组成了他的生活。而这样的生活，有时候却让她感觉到遥远和紧张。秋熙抱歉占用了他的时间。她唯一可以骄傲的事情是她的天真。

秋熙开始注意那些海报上的古典音乐演出，她甚至报了一个西班牙语班，每星期两个小时的西班牙语课。她努力让那些知识进入头脑并且长期驻扎在那里，而不只是知识的零碎的回声。

他总是说大卫·鲍威算什么，克劳斯·诺米早多了。他对王菲嗤之以鼻，窦唯的"做梦乐队"才厉害。谢霖是出众的。和他在一起，世界就变成了另一副样子，似乎一切都具有闪闪发光的优秀品质。他是一部活百科全书，脑子里装着几百几千本书，他像魔鬼一样聪明，闭着眼睛也能摸出卢浮宫的每一个细节。新鲜的名词一个个往外跳，就连咖啡豆，茴香酒和捷克温泉酒，他都能跟她讲解大半天，他讲起话来像个打字机，讲求系统和逻辑。在讲述这些时，他冷漠的面容像一座覆盖着皑皑白雪的冰山。

一次简短的见面。"下次见面会是什么时候？"她问道。他很忙，他总说他很忙。但是他又不肯和她谈论他的工作。事实上，他连自己是干什么的都不肯透露。

秋熙送他去地铁口。一个流浪钢琴家正在演奏。谢霖双臂交叉，摸着下巴上没剃干净的胡须："勃拉姆斯第一钢协。"

"巴托克钢琴奏鸣曲。"

"斯柯里亚宾的练习曲。"

秋熙凝视着，对他的爱多了一层，怕也多了一层。她的心模模糊糊不知道在怕什么。

她的梦境传达出了隐约的焦虑：她梦到谢霖手里举着鞭子，而她打扮得像个愚蠢的歌舞女郎，穿着透明纱裙，头上戴着颜色鲜艳的羽毛，撅着屁股趴在地上写诗——如果写不出来，就要被打屁股。狠狠的一记，牛皮鞭结结实实地打在屁股上，一声惨叫，鲜血淋漓的一道印子。

她感到愧疚，现实中的谢霖不是这样的，他从来不要求她做任何事情。

Mensa

谁也不知道这是怎么开始的。谢霖醒来的时候，全城下了一场大雪，家家户户的屋顶瓦片上覆盖了一层积雪。陈老师去邮局寄一封信，她问窗口后的工作人员有没有五毛邮票，那个戴眼镜、看上去斯文的工作人员倾听完了她的所有诉求，从抽屉里扔出一个皱巴巴的信封，整个过程只是看着她的牙齿，端肃得像个审查员，然后摇了摇脑袋，嚷道："下一个！"

陈老师问遍了邮局，没有人愿意给她一枚五毛钱邮票。暴风雪在整个小城镇上方盘旋着，牡蛎般的湿云坠在天空的底部，下了雨夹雪，她在邮局的房檐下看到了五班的化学老师，他撑着一把大黑伞，假装没有看到她。陈老师从邮局跑了回来，浑身的衣服都湿透了。她还有下午的课，于是穿着被雨水淋湿，粘着松树枝和沙砾的衣服进了教室，一边打着喷嚏一边道歉，惹来一阵哄堂大笑。

她进了食堂，几个女老师正坐在一起，朝她这个方向看，指

指点点。她点了两个菜二两饭,食堂师傅每次给她的肉都比别人少,二两米饭给一两。她如果小声争辩了几句,食堂师傅就摇摇脑袋,斜着眼睛看她,用长柄勺敲了敲锅沿,大声喊道:"您让别人评评理,我这是不是给你的韭菜炒肉比别人少啊。"

大家冷漠地看着她,有人露出了讥笑,有人转过头对另一个人挤挤眼睛。没有人知道这一切是怎样开始的,然而这个庞大的机器一旦开始就无法停止。她走路的时候,似乎总是能听到背后传来嗤嗤笑声,然后是一阵窃窃私语声。陈老师回头看,大家停止交谈,心照不宣地转移目光。她疑心自己是否得了被害妄想症。黄昏和夜晚,无论她在学校走廊,食堂,公共厕所,她被这样的声音淹没了。

她想她没做错任何事情,人们可以谈论她什么呢?

后来她在菜市场遇到了同样教数学的蒋老师一家子。蒋夫人远远地看到了她,露出了一个不太热心的微笑。陈老师提着菜篮走了过去,过来摸了摸他们家安安的脑袋。

"今年樱桃上市得早,我买了些,给安安吃点吧。"

陈老师掏出一把樱桃塞给安安,蒋老师的脸上挂着尴尬的微笑,看上去欲言又止。蒋夫人拉住安安,僵硬地说,"谢谢陈老师,安安不吃樱桃。"她拉着安安走了,安安大哭起来,边哭蒋夫人边打她:"要你不听话!要你嘴馋!她的东西不能吃!"

蒋老师软弱地争辩了两句,"吃两颗樱桃嘛,也没关系的。"

蒋夫人大骂起来,"你还嘴硬!你要别人怎么看你!"

陈老师在食堂挑个靠窗的位置坐下来,三班班主任起身换了张桌子。学校组织集体活动,但是没有人愿意叫上她。班里的学生也开始学着大人那样不尊重她,他们上课不守纪律,当面喊她龅牙,说她有一股咸鱼恶臭。不懂事的小孩子骑自行车跟在她后

面喊她的绰号,还有人半夜往她窗口扔石头。

谢霖在课堂上见到她的时候,她好像老了,有时候也会发呆。她变得有点敏感和急躁。

恨是在人们心里的,人只是需要一个靶子把恨意发泄出来。她生活的那个年代,女人的所有价值依靠她所依附的男人来体现。人们都战战兢兢,小心翼翼地生活,他们想,她是什么人,竟然可以蔑视这一切,按照内心来生活?人们必须学会服从,学会彼此一模一样,学会把那套架在每个人脖子上的重轭自觉地承担起来。

Miaplacidus

秋熙申请了延期毕业。毕业后大家突然变化了,首先让秋熙惊讶的是过去班上几个二十出头的男生突然出现了啤酒肚,西装革履拎着公文包,脸上也长肉了,一副老气横秋的中年人样子。半年时间不到,他们已经不能拿着过期的学生证冒充学生进博物馆了。当然他们也不需要进博物馆。

然后是班上的几个女生突然结婚了。好像聪明的女生这会儿已经开始考虑往谁那里嫁了。

她偶尔一次听到他们的对话,红包、炒股票,买房升职和给未来的小孩挑选幼儿园的问题。秋熙不知道自己会不会也有这么一天。

秋熙看到惠可和许裴深同打一把伞,她知道一直感觉到的事情发生了。让她产生预感的并不是某一种具体事物,而是他们交

头接耳的表情,是说话时会心的微笑和许裴深凝视她的神情。

这天秋熙坐在草地上给惠可念狄兰·托马斯《心之气候的进程》。惠可疲倦地闭着眼睛,三心二意地支起耳朵,远处传来了汽车鸣笛声,一声长一声短,好像在对远方看不见的爱人发出呼号。

心之气候的进程,
把潮湿变干;金色的射击
向冰冻的墓地猛袭。
四分之一血脉的气候,
变黑夜为白天;阳光里的血
照亮活着的小虫。
眼光中警告的进程,
盲目的骨头;子宫
在死亡里驱赶就像生命冲出。

"你能不能念点别的?"惠可坐了起来,拔了几根草扔在秋熙身上,望着漫天的灰色云朵,"听着怪压抑的。变天了,我们回去吧。"

这样的天气随时都需要备伞,不知道从哪个角落刮起一阵阴冷的旋风,在超市门口的乞讨者和坍塌的楼房上空旋转着,刮过墙面剥落的大块绿色油漆,铁皮屋顶的消防烟雾探测器,刮过名叫"超越托斯卡纳"的别墅,建材店,兽药店,胶板店,水田里的自动小水车,健身俱乐部玻璃窗上贴出来的五折折扣海报。一团团云朵好像一张张悲哀的肖像,俯身在对人世的不幸表示怜悯。

"时间还早,急什么。"秋熙懒洋洋地抬起眼睛,"等我念完。"

> 黑暗在眼睛的气候里,
> 是一半的光;深不可测的海
> 乱撞于无角度的陆地。
> 那造就一片腰的森林的种子,
> 又开一半的果实;一半坠落,
> 在沉睡的风中减缓。
> 肉与骨中的气候,
> 又湿又干;快速者与死者
> 在眼前若两个亡魂游动。

惠可站了起来,不耐烦地说:"马上要下雨了。看那些毛卷云。"

"好吧好吧,我们走吧。"秋熙站起来拍拍裙子,"这本诗集借图书馆的。"

"秋熙,能再借我点钱吗?"

"多少?"

"五千块。"

晚上的聚餐取消了,秋熙打电话过去,是许裴深接的电话。他们在学校医务室。

那是一幢灰白色的三层建筑,开了些狭窄的长条窗口,仿若一个人手术后的面部疤痕。秋熙走进逼仄黑暗的走廊,到处都鬼影幢幢,那些看不见的尖叫的幽灵躲藏在忽明忽暗的日光灯管和咯吱作响的木楼梯下面,躲在集中营一样压抑的灰色金属厕所格

间门后。

秋熙推开急救室的大门,她不确定那个躺在床上接受检查、缩成一团的褐色东西是不是惠可。她扭头看到了许裴深,他低着头像一个失去了水分的柠檬:"医生,给她开一点止痛片吧。"

"你必须告诉我你是什么病,否则我不能给你开止痛片。"医生把听诊器放进白大褂的胸前口袋里,端着胳膊,一副无所谓的样子。

秋熙从落地镜中认出了惠可变形的笑容和玩偶般的柔软姿态,她头发凌乱,两只手虚弱地握在一起,安静地搁在脑袋旁,脸色苍白。

"你怎么来了?别担心我。没事的。"

"不行,你得先告诉我你得的是什么病。否则这是不负责任!"

肮脏的暖气片反射着冰冷的日光灯光,红色方格窗帘好像从来都没有洗过,长得拖在地板上,在打开的窗前微微颤动,好像被那些死去的孩童拨动着。绿色墙漆的角落满是灰尘,一只半开的白色塑料垃圾桶发出一阵恶臭,隐约可见的白色纸巾里包裹着一个人的呕吐物。秋熙又看到那面镜子,听到粗重的呼吸声,医生露出奇怪的笑容,她是在笑,因为别人犯了错误那样露出专业优越感的笑容。

"她得住院治疗。"

后来他们一起离开了,许裴深蹲在地上,惠可爬上他的脊背。她两条干瘦的腿在他背上晃荡来晃荡去,好像冬日风中摇摆的无人玩耍的秋千。惠可瘦了这么多,她怎么从来没有注意到?药店的人说吃止痛片没有用的,必须去医院检查。许裴深紧紧闭着嘴唇,脸色阴沉。只有惠可点着头,无所谓似的表决心改正错

误,似乎这样就能让这个饶舌的药剂师住口。

"惠可,我陪你上医院吧。"

"我不去。"

"为什么不去医院?"

"我不去医院那种地方,吓都吓死了。"

秋熙从椅子上跳起来,绞着双手,不敢再问什么。

回到家,许裴深去厨房做晚饭。秋熙推门进来,槐树枝在门外晃动,影子投在厨房油烟机下的墙壁上,门框把两块玻璃分成两个分离的镜头,晃动的树影呼吸着,变成了 B 超下的胎儿运动。

"惠可得的是什么病?"

许裴深把目光移开,他正默默地把黄瓜切成一小片一小片的。

"你自己去问她吧。"

"她不告诉我。"

许裴深拿出一个玻璃杯,低头注视着水龙头的细细的水流。

惠可穿上睡衣,变成了一个唠唠叨叨的老好人,担心别人一会儿冷着一会儿热着,问秋熙吃饱了没有,问许裴深的感冒好点了没有。似乎这样才能取消她实际上被人照顾的事实。她靠在两个枕头上,面容疲惫,问了几句关于毕业论文和答辩的事情,轻轻拍了拍秋熙的手心,用少有的柔软语气说:"你快点长大啦,真让人担心啊。"

晚上惠可感觉好些了,她执意下床,从电视柜里拿出一叠厚厚的标注日期的黑色录像带,把秋熙和许裴深都叫了过来。

"我妈下海做生意前是外科手术医生。"她解释道,"经常寄来录像带。"

他们像一家人那样坐在沙发上，姿态各异，窗帘拉了起来，许裴深点燃一支熏衣草蜡烛。

一分钟的黑屏，库布里克式的端肃，镜头晃动且粗糙，光线不足，有点纪录片似的风格。秋熙注意到的总是一些细节。

焦急等待的男人在擦脑门上的汗水。女人可怕的号叫，丑陋地毫无尊严地张开大腿，那些可怕的伸出来的血管子，似乎连一头公牛都无法和她的愤怒相抗衡，床边的衣架上挂着的染了血迹的裙子，血迹，血迹从毛巾上流了下来。

如鲠在喉的不安令每个人都不舒服。一个黑色脑袋出现了，真奇怪刚生下的婴儿为什么有头发，湿漉漉的，毛茸茸的，像是那些刚生下来的小动物。母亲露出虚弱的笑容，昏倒在汗湿的枕头上。

惠可突然说话了，声音像从房顶上飘过来的。

"我十五岁的时候，家里破产了。我妈老是坐在电视机前看一盘录像带，把录像带倒到三分零二十七秒，重复那个动脉爆破、血流如注的镜头。"她停顿，"那是个她主刀的手术，失败了。但是你相信吗？看她重复了二十遍以后，我对生活不再害怕了。"

Mimosa

秋熙开始读但丁的《新生》。一种不完整的、观望的宫廷爱情格外地吸引她。她想到很多事情，比如那幅前拉斐尔派的画作。但丁在老桥上遇到贝雅特丽采，像是遇到了他的厄运。但丁

看着贝雅特丽采走过去,注视着她,一只手捂住胸口,仿佛无法支撑自己的呼吸,而贝雅特丽采平静的目光绕向另外一边。其中有很多无奈和欲说还休。

她的膝盖上放着但丁的《新生》,她翻到一页,低头读着。那是一句但丁和爱神的对白。"Heu miser! quia frequenter impeditus ero deinceps"(苦了,因为从此以后,我经常不得安宁)。她抬头看着窗外,一排黑色的飞鸟在黄昏的夜空中低低飞过,变换着队形,好像天空上打出一行字幕。

"因为从此以后,我经常不得安宁。"

爱上什么人并不重要,最重要的只是想象力。

他们在一起有半年了。他说过很多话,开过很多玩笑。他说他打算发明一种机器,读到五线谱的时候能自动演奏。他喜欢收藏酒瓶,现在他正在完成他起名为蕨类植物的系列。但是他没有说他爱她。

有时候,她的内心完全被一种甜蜜的柔情充满了。她对陌生人说话都是轻声细语的,就连拿杯子都不敢发出很大的噪音,生怕把窗外电线杆上的小鸟吓跑了。她有时候突然一阵脸红,声音也小了下来。她对世界上的一切都这么温柔,对待音乐,对待一本封皮粗糙的书,对待一个乖戾的陌生人。她的灵魂似乎随时可以改变形状,以接纳谢霖的全部,甚至包括他的冷漠和自私。她对整个世界都是温柔的,好像因为爱上了一个人,她就和整个世界达成了和解。这种莫测的爱情,像地壳变动一样缓慢地改变着她和所有和她发生联系的事物。现在,她可以原谅所有人了,原谅所有人的偏见,原谅他们给她带来的伤害,迷惑和自我怀疑。

一天在谢霖家,趁他去洗手间,秋熙在桌上找到了一些素描。那是一个女人的色粉画,线条简洁,漂亮,女人有圆润、优

雅的乳房，自然下垂着，双腿细长，腰部到臀部的曲线十分细腻。她正面坐在椅子上，头高高扬起，露出满不在乎的、挑逗的神态来。她的头发很多很长，染成了红色，乱糟糟，毛茸茸的，像是抹大拉用来擦干耶稣的脚的长发，脸上完全是女孩子的神情，放荡而贞洁。她的皮肤白皙，简直能说是苍白，激情在皮肤下面默默燃烧着。微笑是祈求和哀怜的，目光却极富进攻性，充满占有欲的光芒，像是被什么力量控制了，着魔般勾魂摄魄。有时候，邪恶的东西却是最让人欲求不满的。

这是他的想象吗？谢霖这样的人，想象永远有最大的刺激作用。他把她画得如此传神，让秋熙感到受到了威胁。

"或许是他的某任女朋友。"

谢霖悄无声息地走过来，棉鞋踩在地板上没有发出声音。他面无表情，手插在条纹睡衣口袋里。

"哦，这个是——我只是随便看看——"

"一个朋友。"

"很漂亮呀。"

不祥的预感。她抬起头来。内心的情感好像浴室的下水道口一样堵住了。一刹那涌上来一种不确定感，好像她和自己心爱的男人第一次同床共枕，当清晨的第一缕阳光照在枕头上的时候，却发现身边躺着一个陌生人，完全地陌生，欺骗，逢场作戏，她感觉到震惊，恐怖，颠倒，对一切都想否定和拒绝，她不愿意再相信这个世界。

秋熙极力压抑自己不要爆发，他们又要吵架了。她来到书柜前，拿出其中的一张蓝色的小卡片，强颜欢笑，声音颤抖："这个是什么？ VHEMT 俱乐部会员卡？"

"哦，VHEMT, Voluntary Human Extinction Movement，人类自愿

灭绝计划。"

秋熙的笑声听上去像台风刮过纸糊的窗户。

谢霖把素描夹在一本大书里,收进书柜。他坐在一把对面的椅子上,一只手在膝盖上敲一些复杂的节奏,他长长的睫毛低垂着,好像两把金色的扇子。他是这么有魅力,在稳健的气质中有时候有一种轻快的、富于音乐的调性。

他走过来,拉开第二排的玻璃柜门,迅速抽出一本《杜尚访谈录》。

"这本书,想让你看看。"

谢霖翻到其中一页,抽出书签,低声念了起来:"我从某个时候起认识到,一个人的生活不必负担太重,做太多的事,不必非要有妻子、孩子、房子、汽车。幸运的是我认识到这一点的时候相当早,这使得我得以长时间地过着单身生活。这样一来,我的生活比之娶妻生子的通常人的生活轻松多了。从根本上说,这是我生活的主要原则。所以我可以说,我过得很幸福……我没有感到非要做出什么来不可的压力,绘画对于我不是要拿出产品,或者要表现自己的压力。我从来没有感到过类似这样的要求: 早上画素描,中午或是晚上画草图等等。"

他停了停,又翻到另一页:"我不是那种渴求什么的所谓有野心的人,我不喜欢渴求。首先这很累,其次,这并不会把事情做好。我并不期待任何东西,我也不需要任何东西。期待是需要的一种形式,是需要的一个结果,这个情况对我来说不存在。因为到现在为止的很长一段时间里,我什么东西也没有做,我觉得挺好。"

谢霖靠在书柜上,一抹夕阳的余晖停留在他的脸颊上。他说得很慢,一个词一个词地说,好像来自他灵魂深处。他的声音低

沉,好像夏夜里一片蝉鸣中的寂静,两个眼睛透出夜空星辰的明亮。他的脸庞几乎微微发红,可爱极了。

"可是,我还是想结婚的。"秋熙仰起脸。

谢霖把书合上了,放回书柜里。

"哦,对不起。"秋熙咬着指甲,目光无神地望着窗外。

"不要和我说对不起。"

"这几天,你去哪里了?"

"没去哪儿。"

"你的手机关机了。"

"忘记开了。"谢霖站在窗前,用手遮挡着点燃一根烟。

"我想你了。"

谢霖站在那里一言不发,他是沉默的,不受约束的,他背对着她,既不想和她发生冲突也不想解释。秋熙毫无选择,只能妥协或者失去。

她从背后抱住他,"别生气,我不是故意的。我的好朋友生病了。"

他们听到了窗外蛐蛐的叫声,很奇怪,六楼这么高,蛐蛐的叫声却异常清晰。他没有说话,直视着她,眼睛闪闪发光,一秒钟,两秒钟过去了,她等待着,以为他会说点什么,开口寻找话题,可是他像一个忘了台词的人,就这样看着自己,温和而平静地注视着她,目光并不带有进攻性,好像他的目光是一种询问,也是一种解释,好像两个人正在通过目光来传达生活秘密的体液交换。他期待她能理解自己,理解他内心最深处的渴求,对于不确定性、默默无闻及贫穷的渴求。可是她只是想着他们之间的爱情,想着用什么形式的容器把那爱情固定住。这样她就错过了那个重要的瞬间。

"为什么从来不谈谈我们。"秋熙提高音调,声音里的尖锐和不满让她吃了一惊。

"谈什么?"谢霖冷漠地转过头。

"我们的未来。"

"我去做饭了。留下来吃饭吗?"

秋熙挡在厨房门口。

"我们为什么不能好好谈一谈?我们都在一起半年时间了,你从来不告诉我你做什么工作,不告诉我你的过去,为什么不让我见一见你的父母和朋友?"抱怨像子弹一样一连串地蹦出来,她也吓了一跳,最后她终于豁出去了,颤抖着肩膀,脸色发白,左手臂撑在书柜上,右手颤抖地捂住胸口,快速而怨恨地看了谢霖一眼:"你从来都没有说过你爱我。"

谢霖迅速穿上一件夹克,捏着裤袋里的钥匙。门砰的发出一声巨响。秋熙捂脸哭起来。

或许他们都爱彼此,但是他们不知道拿这爱如何是好。它是跳舞时的镣铐。单簧管里吹出的一个不和谐音。爱中总是必定包含着仇恨,因为对方不能变成身体的一部分,不能拥有自己的心跳和呼吸,她不能将他吞下,消失在肠胃里。差异是存在的,也永远存在。鞭打他再拥抱他,给他以甜蜜的亲吻。孤独让人坚强,而爱却让人软弱。

Mira

谢霖不知道什么时候喜欢上她的。但是他记得通向她家门口

的那条路,那条夹在两边破败的洗澡房的路上狂乱的心跳。

他养成这样的习惯,每天放学都来她家。她的门前放着一小盆野花,当安宁的钢琴声从那扇窗口里传出来时,他的内心充满了喜悦,就连隔壁偶尔传来的孩童的叫喊,晚饭的油烟味也不能使他分心。他的脑袋紧紧贴着冰凉的墙壁,他不懂音乐,但是他觉得那钢琴声中有打动他的东西,有一种难以言说的充满灵感的东西,每一个音符都弹奏在他的心上。他闭上眼睛,眼睛里充满了泪水。她教会了他什么是温柔。

"毕竟灵魂没什么用处。一驾马车只需要有四个轮子,而第五个轮子是多余的。"

那天他像往常那样,站在门外贴着墙壁听她弹琴。她穿一条露出背部的黑裙子,风吹起白色窗纱,她伏在钢琴上面,一遍遍地弹奏着巴赫的《E小调前奏曲》。她瘦削的肩膀一阵阵抖动,脖子雪白,她简直是完全趴在钢琴上,动作幅度大又古怪,背部晃动得厉害,难以想象这个外表冷酷的人有这样激烈的感情。那是一个充满光线的窗口,白色透明的风,圣灵般的鸽子和充沛的阳光从窗口灌进来。一切都在旋转和被吸引向那个视线的焦点,书页飞动,花朵绽放和枯萎,红色的墨汁在天空中蔓延,幽灵般的云雾,海啸,窗帘在墙壁上投下的潮汐的阴影。

谢霖贴着墙壁站着,脑袋抵在墙上,手扶着窗框。每一个琴键都产生了幸福的电流。他轻轻地打着节拍,那十七岁的迷惘的天空,在汗水中他记住天空那纯洁的令人心悸的蓝色。

一道兴奋的闪电突然击中了他,先是在大脑里爆炸开,猛地传递遍了全身,好像突然周身的血管都开始燃烧,这个感情压抑的男孩成了一个点燃的火球,他忍不住叫了出来,眼泪好像止不

住的清泉迸发。他弯下腰,捂住了裤子,抖动着大腿,浑身战栗,他从来没有感到那么羞耻。

钢琴声停止了,里面传来了脚步声。他踢翻了那盆野花,落荒而逃。

"鲸鱼是一种特别的动物。它是地球上最大的动物,它们很温柔。你们以后要做这样的人,温柔和强大的人。"

陈老师环视着教室,一言不发,同学们看着她,好像一个管弦乐队的指挥在等待着最后一个音符在空气中消失。

一分钟的寂静,陈老师翻开了教案下的《白鲸》,用平静如海面的声调念起来,有时候她的声调激动起来,好像海面上闪耀着阳光的层层波浪。

海洋猛兽经过的路接着发出光芒
让人联想到深渊
就像白发一样
……
任何医术也不能将他
挽救,他只好又回到
那曾经很低地击伤他的胸
令他疼痛难忍的伤害者面前,
如同负伤的大鲸穿游过海洋到达海岸
……
利维坦这个最大的动物
如同伸展开的海峡?
在海洋中休息,游泳
就像一块大陆在流动,它用鳃

把整个海洋吸入,又在呼吸时将其喷出来
……

过了两个月,她就失踪了。

Mirzam

谢霖对秋熙冷淡下来。他们见面越来越少。他借口忙。有一天秋熙远远地看到他家窗户前有一个女人的侧影,那是一个美丽的侧影,长发披肩,脖子颀长,只是在窗前晃了一下就消失了。秋熙觉得她娴静得像一幅莫迪格里阿尼的画。秋熙忍不住问了起来,谢霖语焉不详地回答:"一个朋友。"

秋熙点了点头。她没法歇斯底里。谢霖说什么就是什么,谢霖的话是真理,秋熙没有办法对此进行反驳。爱情的程度决定了真实性。

有一天黄昏他们在路上碰到了一个大肉瘤脑袋的男人,脖子文身戴金项链,甩开两条臂膀走路,好像一台割草机,一个人要占两个人的空间。他朝对街拍手,大喊起来。

"谢霖!唉!这儿!"

谢霖压低帽子,加快了步子。

"有人正叫你呢。"秋熙拉了拉谢霖的袖子。

"唉呦喂!"

那人往两边瞧了瞧,大跨步横穿马路,挡住了他们的去路。他的脚上套着一双复古风的圆头真皮皮鞋,腆着肚子,可以把他

上好的皮手提箱放在上面。

"这小子，最近在哪里混呢？走！走！一起吃饭去。"他朝谢霖的肚子给了一拳，突然转过脸来把秋熙从脚看到头。

"这就是青吧？久仰久仰！"

"我叫秋熙，廖秋熙。"秋熙看了谢霖一眼。

"唉，这小子，是有多久咱们没见面了。"

那个人像押送犯人一样架着谢霖的肩膀，秋熙只好跟在他们后面，好像她叫什么名字都无所谓。

"你要去哪里吃？我请客！"

"老黄，我们吃过了，改天吧。"

"哎呀，胖子给你打了好几个电话，你怎么都不回个电？"

他突然压低了声音，和他耳语起来。

"听说你最近发财了。赚大了吧？"

"没有没有，借您吉言。"

"你不是和李玮见上了？人家是大明星，这不很快就要轮到你了吗！你看什么时候把房租给还上？"老黄眯缝着眼睛看着他。

"最近手头有点紧。"

"都半年啦，我儿子最近要结婚了。数目不小。"

"恭喜恭喜。"

"那我烧香拜佛让你把房租还了不成？"

"说不准下半年能卖出去。"

"你要是不想办法，我就想办法了。"

那个人突然把手松开了，嘿嘿冷笑两声，转头走了，一切都发生得太快了。

秋熙抓住谢霖的胳膊。"他是谁？"

"过去的一个朋友。"

谢霖更沉默了。他沉默起来好像一块石头，心往里面收得紧紧的。

他们走进咖啡厅，谢霖靠在红色沙发上，看着窗外，脸色苍白得有点透明。

"你没睡好吗？"

"怎么可能睡好，五点多才睡，九点钟你就打电话过来。"

"怎么睡那么晚。你到底在写什么稿子？"

"哦，没什么价值的东西。"谢霖心不在焉地说，喝了一杯加奶的热红茶，他的脸色稍微红润了起来。

"走吧。我回去睡觉了。"

"青是谁？"

"一个朋友。"

"要是钱能解决的问题，就不是问题。你知道我会帮你的。"

谢霖没有说更多，没有说谢谢。

"我们再坐一会儿吧。"秋熙恳求道。

他们有一搭没一搭地闲聊了几句，好像他们之间并没有很多要说的话了。很多东西在变化的时候都是从最小的细节开始的，就好像冬日结冰的湖面上一个不祥的裂缝。她听到了事物变化时的声音，类似于踏入一幢年久失修的楼房的空旷的声音。

秋熙给他变了硬币魔术，就是那种把硬币从左手变到右手的把戏。她用余光看着他，可是他根本没有看着自己，心不在焉地盯着咖啡厅里的其他人。后来，她自己也厌烦了起来，观察起路边捡来的一片打湿的梧桐叶子。咖啡厅的墙上挂着一些维利罗尼巴黎街景的摄影复制品，整个咖啡厅在庞贝红和锗色的氛围里显得优雅而庄重。可惜这种氛围被浪费了。

"我们到底算什么？为什么还见面？"咖啡厅内的事物反映在玻璃窗上，看上去就像摆放在窗外狭窄的街道上的一种装饰，几个温暖的下垂式圆形灯罩，斑马线上悬浮的排列不一的木质画框，停靠的红色小汽车，孤独的路标，偶尔驶过车辆，清冷的车灯在墙壁上缓缓滑过，巴赫的音乐一直缭绕在身边，那是一个很深的、永远也醒不过来的梦境。

Mulu-lizi

二十年之后秋熙会成为什么样的人？那个时候，她是否写满了整整一个衣柜的诗歌？她会不会还像现在这样，眼睛里透露出一种好奇，一种对于人类最高智慧和最深秘密的无限热望？

她当然首要是迷人的。她的迷人很大程度上在于她的投入，她始终沉浸于一种情绪里，而这种情绪是迷人的，他喜欢她这么情绪化。她总是她自己，没有一刻不是她自己。她是那么自然，就像从土壤里长出来的，而她最迷人的地方，在于她从来不知道自己那么迷人和真挚。她对于表达自己的感情毫无障碍，她总是想什么就说什么，一点也不伪装，一点也不后悔。

她不害怕，不怕将自己摔碎了似的，将自己朝人性这块不可靠的、漠然和冷酷的岩石上摔去，带着对于超过别人值得拥有的信任之情。她的狂热不顾结果。这和他很像，只是他将他的疯狂投掷到了一些更加坚实可靠的目标之上，而不是人这个脆弱、腐朽的废物上。

世界上一定有比他终生追求的事物更重要的东西。比如爱，

比如人的生命。他无法行动，做出任何补偿。一个结构致密的教堂立面可以让人想到巴赫的音乐，但是一个人试图用一套茶杯和餐具来演奏贝多芬，却是万万做不到的。谢霖和秋熙，从一开始就在不同的平面上互相寻求了。他用同一种冷静的目光，看待白璧无瑕的新生婴儿和死去少女的尸体。他习惯冷静的呼吸更胜于怦然心跳的感觉，这是他的工作方式，虽然他逐渐感觉到，自己里面的一层抽空了。

谢霖昨天梦到了秋熙。他在睡梦中模模糊糊地想到了她，她的脸比任何时候都要清晰。他经常觉得自己毫不在乎她，可是半夜的时候，他从梦中醒来，突然想到她的样貌和声音，在黑暗中看到她的微笑，那双熠熠闪光的眼睛，忘记关上的收音机里传来连续不断的低语，那声音是她的，温柔的语气，节奏和停顿都是她的，就好像她藏在那个黑色的小匣子里面，在冲着他的枕头说话，冲着他的脖子吹气。

他做了一个关于她的梦。他梦到自己是一名前线归来的战士。他的胸膛受了伤，他以为自己快不行了，血液汩汩流了出来，衬衫，裤子，头发上，甚至眼睛里都是肮脏的血。战争考验了每个人，把每个人的梦想扔进了火炉里熔炼。密集的飞弹，残垣断壁，尸体碎片，震耳欲聋的枪声，征战，厮杀，外面是男人的世界，他回来了，只剩下半条命，带着弹震症的阴影。战争吸收了人类最好的东西，像是海绵一样吸收了人性，剩下的都是残忍，侥幸，一些毒素和脓包，缺了一半的耳朵，一条胳膊或者一条腿，一颗不完整的心膜破裂的汩汩流血的心脏，可是这些闪耀着红光的器官都认为它们是完整的，有一颗心，带着一片遮蔽身体的树叶般的灵魂。善与恶的界线逐渐在眼前模糊。世界上好像本没有善与恶这样的东西，有的只是一座座灰色的没有姓名的墓

碑和墓碑上的青草。模糊中，他想这应该是四月吧，艾略特的四月，那个"四月最残忍，从死了的土地滋生丁香，混杂着回忆和欲望，让春雨挑动着呆钝的根"的四月。对于一个幻灭了的人而言，这是一个美丽的季节，在这样的季节消失他并不遗憾。

秋熙穿着白色护士服，站在硝烟弥漫的圆形废墟中，她圆润的肩膀有一种不符合印象的成熟。她的发髻盘成环状，缀在那个小巧的脑袋上，她蹙着眉毛，拿来医药箱给他处理伤口。她真可爱。他想。他疼痛难忍，她伸出一只手紧紧握着他，她颤动着长长的睫毛，好像疼的人是自己。她不断温柔地摩挲着他的手背，她的手真小，冰凉，她将两只手掌交错地盖起来，也包不住他宽阔的手指。他闻到了她的脖颈上若有若无的香气。他想伸出手摸一摸她额前的那缕头发，她的眼睛真漂亮，他可以吻她的眼睛吗？可是血不断从伤口里流出来，把她的白裙子都染红了。他从来没有得到过一些东西，例如温柔和一个姑娘的爱情。

他望着天空，生命的气息逐渐地从这个人的瞳仁里消失，好像一只鸟儿飞了出去。她轻轻抱着他的脑袋，一只手摩挲着他的脸颊，她在哼一首歌，那是他小时候在家乡常常听到的一首歌谣。他看到了儿时熟悉的场景，绿色的一望无际的麦田，高大的向日葵，还有山坳里的纯朴的灯光。她的歌声好像一阵遥远的吹自海边潮湿洞穴的海风，直接吹入他的心。落在不远处的炸弹，飞机的盘旋声，机关枪射击的轰鸣声，同伴痛苦的号叫，突然都听不到了，他怀疑自己在海螺的边缘听到了一个关于大海的秘密。生命一点点回来了，找到了可以让他缠绕和栖息的标志物。他的眼珠动起来，现在他注视着她，从她水晶一样清澈的眸子里看到了自己。

秋熙的胸前垂下一串海贝项链，在温热的脖颈上和洁白的领

口之间垂荡着,他伸出手去,想抓住它。她摘下那串项链,放进他的手心里。

"记住上面的温度。"她说,她开始跑了起来,担架抬起来了。

"你在找什么?"

"可能是一种颜料。"

"去哪里找?"

"极光,红色沙漠,鲸鱼的歌声。"

"找到了,然后呢?"

"给爱的女人画一幅肖像。"

谢霖醒来,朝空中挥舞拳头,"走开!滚开!不!"

Muphrid

这一天,谢霖说要和秋熙去跳舞。他总说虚无住在放纵隔壁。而跳舞是一条通向自由的高速公路。他们去了一条繁华的酒吧街。两边一色是酒吧,舞厅,夜总会。摩登女郎站在闪烁迷离的霓虹灯前揽客,戴着紫色假睫毛向路人抛媚眼。熏香弥漫在空气里,游人们都醉眼蒙眬。一些有钱人坐在露天咖啡座舒适的奶白色真皮沙发上,用花卉屏风隔开,吸着阿拉伯水烟,悠闲地观察往来如织的游客。

酒吧传出震耳欲聋的电子乐,耳膜和心灵一起共振着。有人抱怨波莱罗舞曲有性交的节奏。但是这里发生的一切更加赤裸裸,对于敏感的耳朵是直接把春药灌了进去。他们来到一家舞厅

前面，谢霖和揽客的小姑娘聊了几句，看样子挺熟。舞厅天花板上粘满了女人红色、紫色的高跟皮鞋，酒绿和暗红色的灯光旋转在疯狂舞动的人群头上，一两个套黑色网袜的兔女郎夹杂在人群里，一手夹着烟，一手放在臀部，魅惑地仰起头吞云吐雾。还有穿着查特酒绿色短裙，V字低领，戴着夸张的金色假发的姑娘，弯下腰给客人倒酒。秋熙心想，那种金色头发简直是戴了一团丑陋的塑料。可是她们看上去非常快乐，爆发出一阵阵夸张的大笑，虽然在这里任何人的笑声都不能被真正听见。就像是任何人的交谈，叹息，重要的话和不重要的话不能被听见。在这种场合，任何两个人接吻都可以不出于爱，而出于气氛。进来前她偶然间瞥到了舞厅的名字："Silence"，一家名叫"寂静"的通宵舞厅，或许他们是对的，在这个忙碌的世界上只有真正淹没内心的嘈杂，才能获得一种类似于寂静的效果。

　　秋熙内心并不喜欢这种灯红酒绿的地方，但是又被其五光十色的外表深深诱惑。灯光和巨大的声浪一来，人们就淹没在里面了。

　　"你怎么会知道这个舞厅？！"秋熙把嘴巴贴在他的耳朵边上，大声喊道。

　　"你见识过诱惑，就能抵抗它了。"谢霖没头没脑地说。

　　秋熙因为第一次跳舞拘谨起来，谢霖拉着她的手给她信心："放松，手臂别僵硬。"

　　他拉着她转了一个圈，"对，这样，闭上眼睛，不要去想周围人怎么看你……你看，不难做到的，你跳得很好。"

　　谢霖是个好老师。秋熙渐入佳境，跟着节奏舞动，似乎身体得到了完全释放和自由。是的，自由，消融在集体无意识的混沌洋面中，消融在舞动的浪潮中。当她和身边人做同样的事情时，

她的害羞就不知道上哪儿去了。她跳啊，和他手拉手转着圈子，速度快得简直要飞出地球去。灯头像一条狡猾的蛇那样灵活地上下移动着，从里面钻出绿色、红色的绚烂灯光。情绪像炸雷在地板上滚来滚去。闪电飞驰，所有花朵都在瞬间绽放，瞬间枯萎。她爱一切水下的事物，爱火焰的颤抖和冰霜，她爱全人类。每一个细胞都在大笑，幸福不是人的最终目标吗？至于我们是谁？我们通向哪里？去他妈的！时间悬浮起来，像乘太空飞船进行星际旅行。秋熙不知道跳了多久，连疲惫都感觉不到，像是穿上一双具有魔力的舞鞋没法停下来。

重要的是在此刻，他们存在着，他们爱，他们体会。他们拥抱。

不知道放的是哪一首歌，可是秋熙不会忘记那个旋律，他轻轻地抱着她，正像是所有人都抱着他们的舞伴。他慢慢把她推到了墙角，微笑里带着阴谋，她看不到他身后的人，只看到他的巨大的阴影慢慢逼迫过来，他在自己脖颈间留下热热的呼吸。她不愿意看他的眼睛，不愿意看到长久以来寻求的答案在这一刻得到证实。

他开始试图吻她。他的笑容仍然单纯，只是这单纯变得和这里的气味一样混浊。秋熙把头扭到一边，有点厌恶他如此轻浮地回应庄重的事物，他将她的爱和一种应召女郎的逢场作戏联系在了一起。她的爱是高贵，唯一的，是一些迟钝的、拒绝与时俱进的人保守的信仰，是她灵魂里的一颗琥珀。

音乐的节奏突然加快变得急躁，谢霖似乎戴着一个笑脸的面具。他学了一声公鸡啼鸣，把脑袋啄米似的前后伸缩，脱下黑色羊毛外套，一摇一摆像玩提线木偶，他搂着它转了一个圈子又一个圈子，时而把脸向右甩动，迈着坚毅的步子和外套一起踏步，

时而往旁边倾去，让黑色外套如同一个优雅女郎垂入臂弯。他想逗她开心吗？一个穿紧身背心、肌肉结实的男人见缝插针地凑过来请她跳舞，谢霖拉住了她的手，几乎有点傲慢："太遗憾了，先生，这位姑娘已经有舞伴了。"有那么一刻，音乐停了下来，他们拉着手站在人群里，秋熙觉得他或许是爱她的。他把自己的手握得那么紧，简直有点疼了。

音乐响起的时候，谢霖把大衣扔到了地上，现在只有他站在她对面了，她接过他的手，就像是所有的第一支舞蹈那样，人类历史上第一支曼妙的、男人和女人间的舞蹈。起初总是美丽的，他们伪装，彼此诱惑，一种激情在他们中间缓慢地流动着，现在，一切事物都处于那最为微妙、动人的时刻。优雅，恰到好处。轻轻的笑声好像走漏了秘密，他的眼神是稀薄的迷雾，他们追求所有事物的极致，他的目光追随着她，她处于舞台的中心，好像一座会移动的雕塑。他引导她，分割周围的空气，他是那神秘的雕塑家，信手拈来空气中看不到的材料塑造她的形象，他将她从虚无中拉塑了出来。她仰起头看天花板，枝形吊灯下聚满死去花朵的白色魂灵。在生活的某个时刻开始，她开始变化了，这个漫长的地质变化，他是在她生活中的一场火山爆发，那个撼动了存在重心，把它在宇宙的坐标中向南移动了五厘米的人，那束从天上的一个小洞里照下来的光束，漫无边际的寒冷的黑夜里的蒲公英和萤火虫，是他，都是他。

跳完这一曲，他们被冲动的人群冲散了。秋熙焦急地追寻。一个陌生女孩儿走过来向他借烟。那个迷人的姑娘高挑丰美，穿着黑色露背裙，眼窝里露出缺乏睡眠的邋遢黑影，带着男孩子气的笑容。他们聊了几句，音乐正好响了起来，他们就自然而然地跳起舞，女孩大胆，挑逗，晃动着尖翘的臀部，谢霖开始显得很

客气，后来就越来越投入了。姑娘直勾勾地看着他，目光充满进攻性，那种目光秋熙似乎在哪里见过，这是谢霖喜欢的类型。她的手搭在他的肩膀上，背对着他扭动臀部下滑，他也跟着一起下滑，他的手紧贴着她的曼妙曲线，突然，她转了个圈子，回到了他的怀抱，目光交汇，如果这个时候有一方把嘴唇凑上去，那么秋熙是不会惊讶的。他们俩热烈地跳了一会儿，姑娘突然停下来，好像扭伤了脚，一瘸一拐地脱下左脚的高跟鞋，谢霖弯下腰露出关切的神情。姑娘摇摇头，谢霖从上衣兜里拿出一盒烟，掏出一根烟放进她的嘴里，拿出打火机帮她点燃。

秋熙朝吧台的方向走去。那里人很多，连坐的位置也没有，聊天的，仍然在跳舞的，人头攒动，喧闹异常。她要了一瓶啤酒，冰凉的酒精像自来水顺着喉管流下去。肌肉男又不识趣地凑了过来，"小姐，要不要跳个舞啊。"

嫉妒。一种最不好的感情。一个单调和重复的声音。谢霖显得多么高兴，哦，他是多么英俊，充满活力的脸庞白皙里充满了血色，可是他永远不会是属于她的，永远不！

谢霖从人群中挤了出来，他朝吧台方向走了过来。秋熙低下头，手里拿着啤酒罐，埋头读酒瓶上的成分说明。

"嘿，你去哪里了？我到处找你。"谢霖抬了抬下巴，看了看那个陌生男人。

"他怎么还在这里，最好不要和陌生人说话。"

"你自己不是和陌生人讲得正欢吗？"

谢霖露出一个叵测的笑容，摸了摸上唇，靠在吧台上。

"问你个问题，一个喝醉的人看到桌子在跳舞，他问桌子在跳什么舞。你说说看，换了你该怎么回答。"

"我会说，你跟它跳跳不就知道了。"

naos

这个人有着怎样的过去呢？秋熙不知道。他对过去讳莫如深。她坚持他有魔术师的气质，有某种纯真之处，没有人会对一个纯真的人抱着防范之心。可是他又有一种浪子的危险，或许他只是一个演员，魅力来自于从来都不扮演真实的自我。他没有特别要遵守的东西，身上没有固定的道德和原则，没有癖好和传统，有的只是一套套衣服和一个个角色。他们是历史中被人遗忘的、偶然被记住的冷酷神秘的角色，激动人心、残酷、并且无法抗拒地富有魅力。人们憎恨他的复杂性，也因为他的复杂性爱他。没有忠诚，孝心这样的定义束缚着他，他浑然不觉，完全出自天性行事。

舞厅的灯光换成了绿色，好像一片绿色的波涛，人们的脸庞和身上都染成了绿色，人们舞动着，好像一片从坟墓里挣扎而出的僵尸，带着死去的热情和生命力，颤颤巍巍地袭击而来。

"我先回家了，你自己玩吧。"

"怎么刚来就走呢。我请你喝酒。"谢霖拍了拍她的肩膀，要了两瓶啤酒，和酒保对撞了一下拳头，低声说，"你尽管喝吧，他给我们打折。"

酒吧有不少外国人，姑娘们都穿得很少，鞋跟高得吓人，灯光很暗，看不到人们如痴如醉的神情，偶尔多头灯灯光照在一个人的脸上，照出一刹那闭着眼睛的享受样子，马上灯光转过，又消失在黑压压的人群里。

"你的舞伴呢?"

"走了。"

"那个姑娘很漂亮啊。"

"是吗?没注意。"谢霖仰头喝酒,"等我喝完这瓶酒,和你一起走。"

他又恢复了理智,甚至没有碰一下她的手,他可能随时会起身离开,到外面阳台上抽一支烟,再也不回来。

他们从喧闹的舞厅走了出来,外面的夜色是清凉的。

"你的诗写得怎么样了?为什么不给我看?"

"谢谢,写得不怎么样。"

"你应该养成好的写作习惯,每天一个小时。"

"你开玩笑吧,和坐办公室一样。"

"酗酒?嗑药?靠工作,只有工作。"

"或许是你自己没有灵感。"秋熙马上后悔了,慌张地盯着他,"对不起。"

谢霖并不生气:"我不懂诗。但你得明白地体会一些东西,表达出来,像一道数学公式那样精确。"

"怎么可能明白。诗歌是个很模糊的东西啊。"

"不,它是精确的。"谢霖争论道,姿态潇洒地晃动着手中的那瓶啤酒,"你在认真看吗?梵高用一把草垫椅子画出一幅画,一个丑女人可以给马奈启发。所有最伟大的艺术家,他们的生活就是他们的艺术,他们从来不会浪费一个想法,不会浪费一点时间,他们存在着,他们听,他们观察,但是这所有都为了一个更大的东西。你知道一个认真的学生怎么学琴?他可能留心鞋厂锤声,雨声,高跟鞋声,从这些他可以学习旋律和装饰音。他甚至去学画画,从画笔的运动中感受弓弦的颤动,从颜料的肌理中感

受旋律的色调。这看上去和艺术毫不相关,其实是相关的,是一个人追求的全部,你不能从他的生活里脱离。你既然打算成为一个诗人,那你就应该知道,世界的全部秘密都藏在简单的东西下面。"

秋熙好好地瞧着他。

"物尽其用,上帝的使者都在各自的位置。"谢霖掏出一个折叠成三层的旧钱包,边角已经开线了,皮革也磨得斑驳,他晃动了下,发出硬币晃动的声音,露出一种小男孩受委屈时的可怜样。

气氛好了一点。他们一路走了回去。夜风让秋熙清醒下来。有一次,从一扇亮着灯光的窗户里面传来了巴赫的《哥德堡变奏曲》。那一刻,他们不约而同地停下脚步,驻足聆听,好像记起了他们为什么相爱。秋熙抬头看着天上的星星,一些星星晃动着光芒,好像随时会熄灭或者移动位置。它们闪烁着微弱的、珍贵的蓝色、红色、绿色的光。一颗星星的直线光芒正好成了一个十字架形状。

"你看那颗星星在眨眼唉。"

"是。"

"它在对我说话呢。'我看到你们俩了!'"

谢霖摸了摸脑袋:"一直想找个机会告诉你。我下个星期得出一趟远门。"

"什么时候回来?"

"顶多一个月。"

一阵沉默,秋熙停住脚步,转过身来,轻松地说道,"我回去了,不用送我了。"

他的眼睛里闪现出那么一点不确定,两个人站在那里,言语

消失了，好像一对在大街上莫名其妙分手的情侣，两个人彼此看着对方，从亲密无间的状态变成了陌生人。

"你保重，照顾好自己，我有空的时候给你写信。"他碰了碰她的胳膊。

秋熙直视着他，想从那目光中捕捉到一点虚伪。

"告诉我，这是我们最后一次见面，对吗？"她扬起脑袋，骄傲的脸上带着适度的笑容。

"别想多了。"

"我没有难过。"秋熙停顿了两秒钟，声音变得沙哑，"但是你为什么不早点告诉我？"

"我也是这两天才知道的。"

谢霖伸手到大衣兜找烟，烟已经抽完了。他庄重地冲她点了点头，伸出一只胳膊想拥抱她，但只是掠过了她的头顶，节制地抚摸了一下她的额发。

"好好写诗。"他最后说。

Nashira

天空，那一群云朵好像羊毛，质地光滑，近处拉扯成小团小团的毛絮。一片壮观的黑色云朵密布着层层褶皱和沟壑，只是在接近天际线的地点揭开了序幕。红色的晚霞放射出来，让那个角落成为色彩斑斓的舞台的中心。光线，艺术的情人，最大限度地将云朵雕刻成为雕塑。人们忘了那一片黄色的、红色的光将人的灵魂雕刻得如何精细。要是高尚不存在于自然之中，那么哪里也

找不到高尚的感情。

　　谢霖坐在长途火车上，车厢被浓重的汽油味道包围了，火车发出了单调的哐哐当当的节奏。列车经过片麻岩的巨石，裸露的红色泥土和生长的阔叶林，玉米地，湖面光滑得好似凝脂。有时候远景中出现了柯罗油画中那般雅致的、柔软的自然景色。而当霞光退去的时候，天空恢复了单调，只是东南侧的天空边挂了一丝淡紫色的云朵，像是一个画家不经意间用染色的小拇指在画布上留下的一个可爱的错误。黄昏中的湖泊呈现出一点迷人的紫色。高速公路上的路灯好像一根根直立的蒲公英，优雅地旋转着，排列组合着，向远处延伸出去。山坳里的村庄被灯光染亮了，亮闪闪的，在蜿蜒的河流中插满点燃的蜡烛。很快，清新、自然、带着一点忧郁的美的夜色接管了这一切。

　　车窗上浮现了一个身影，一个苍白纤弱的女孩，面色犹如紫罗兰一般，她寂静地坐在那里，膝盖上放着一本书，她回过头来望着他笑，笑容有一点孤独。

　　谢霖不知道从哪一天开始，他读书的时候，书页上浮现了一个姑娘的影子，坐在椅子上悠闲而迷人地摇晃着，方格羊毛毯垂落在脚边。那种纯真的笑容让人生气，简直像一个恶意的挑衅。她在书页上反复出现，出现在一杯茶清亮的表面上，出现在墙上的那幅阴郁的宗教画的远景里，像一个幽灵走在遥远的绿色的远山间，她缓慢地纤弱地移动着步伐，好像一个肺痨病人，体内却充满生命力。她向前弯着腰，头发秀丽茂密，似乎被看不见的力量压得直不起背。她毫无怜悯地望着他，等待着他的回应，她的头脑里缓慢地，不是十分强烈地燃烧着一种理智和天分，她就像是巴赫的一部作品那样平衡。

　　有时候他感觉她从画里走了出来，她来到他身边，从背后抱

住了他。她温柔的胳膊环绕着他,他闻到了她头发的栀子花清香。她的手指洁净而修长。然后她消失了,他一阵失落,那只放在肩膀上的手所带来的温度似乎还在那里。

他从桌前的皮圈椅里走开,站在那幅地图前面抽着烟思考,午后的光线照常到访,像一个准时的客人。他发现这幅画的表面出现了细细的裂纹,一道几乎难以察觉的裂纹,从右眼那里裂开来,那是恐惧的部位,一股恐惧的涓涓细流从裂缝里汩汩冒出,分成几股从粗糙的油画表面上流下来,汇聚在一起。他有些慌张地把烟扔在地上。

"出去走走。"谢霖想,"和李玮见一面。很快就能忘掉。"

谢霖的视线不断地从书本移动到窗外,从窗外移动到书本上。他的生活是纯然自由的。他已经学会了一种自由的练习术,各种思想,感情,都不会在他的脑海里占据太久,他对它们招之即来,挥之即去,永远不会对他的自由意志产生任何侵害。他习惯了一种完全毫无牵挂、毫无依恋的状态。

谢霖手边放着一本从公共图书馆里借来的侦探小说,他毫无兴致地翻了几页,一个长得让人无法记住的名字下被人标记了粗波浪线:"他是凶手!"

他百无聊赖地合上小说,闭目养神。车厢过道另一侧对面靠窗的地方,坐着两个叽叽喳喳的女大学生,穿着黑色丝袜和短连衣裙,戴着发箍,漂亮活泼,像一对双胞胎,叽叽喳喳的,从少女杂志封面上走下来的。刚上车的时候,谢霖帮她们把行李箱扛到行李架上面。现在两个女孩偷偷看着谢霖。

"你说,那个人在干什么?发呆那么久?"

"长得还挺帅的。你猜他多大了?"

"这可说不准,看上去就二十来岁。"

"他的发型好可爱啊。呆萌。想不想向他要电话号码?"

"样子有点忧郁。"

"我可没有看出来。"

她们盯着谢霖的脸看了一会儿,他却完全没有注意到。这个人真是奇怪,突然间灵魂出窍。他坐在那里,像一尊灰色的、没有感情和意志的石头雕塑,一个固定的墓碑的阴影。

Noctua

大家演戏,有些人的演技好,有些人的演技略微糟糕。秋熙到一个咖啡厅,看到一个十分殷勤的侍者,称赞她漂亮可爱,嘘寒问暖,眼角眉梢都是奉承,她想到,他的笑容有那么一点做作。

这是一种很不公平的现象。那些殷勤又自然的侍者,或许笑容更假,更不是出自内心,他们只是更为熟练和老道罢了。他们同样戴着一个面具,只是这个面具深深地嵌在他们的皮肤上,和他们融为一体,于是才变得自然。现在她面对的这一个,是一个想表现得殷勤,但却羞怯的侍者,那颗柔弱、不带恶意的初期心灵比起一个在例行工作中训练完美的人以及表达出的感情和真正的感情毫无关系并且游刃有余的人而言,他们是太真了,而不是太假了。

怎么样才能看出一个人是真心的,而不是在演戏?这个问题她问自己一千遍也不会有结果。有些人天生是戏剧演员,他们对于魅力的控制程度就如同娴熟的汽车司机,转弯,刹车,倒车,他们对身体语言、姿态和表情控制有度,一颗未经世事的心灵就

这样不知不觉中被控制。她分不清虚幻和真相。没有一种词汇可以将爱情凝固起来，谬误的程度与遗忘程度相对应。无论怎样恢复罗马废墟和庞贝，我们也无法恢复居住其中的人们的生活及其情感，无法恢复多年前的夏日，一个人特殊的凝视的眼神。

她感到难过，难过好像一阵阵泉水从心底涌上来，涌入盛满了眼泪的水盘，只需摇动她的身体就流出眼泪。

谢霖走后，整整两个星期没有给她写信，她给他的信件，他只回了潦草几笔，就好像要去赶车或者小便那样匆忙。她不相信他把她忘得这么干净。秋熙开始给他写更多的信。开始她还有所节制，可是后来几乎迫不及待，变得无法自控和绝望。她热烈地和他交换对于一切事情的看法。她给他写了那么多封感情炙热的长信，几乎比学生时代写的作业还要多。一只在草坪上啾鸣的欢快的小鸟，一场在教堂举行的令人动容的音乐会，天空中纷纷扬扬飘起的蒲公英，藏在悬铃木树枝里的一只纸飞机，以及推开门的时候风铃的空旷的声响，或者路上乞讨者无意中入睡的鼾声。似乎没有经由分享的经历，就突然失去了乐趣。

思念填满了她，让她感到快乐，也感到痛苦。有时候她对这迷恋感到厌倦，可是她还是无法自控地想着他。他的笑容，他的动作，他说的每一句话，电影镜头一样在脑子里来回播放，重复了一百遍一千遍。她想她爱上的正是窒息的感觉。她喜欢狂热的，为了信仰不惜毁坏一切的盲目冲动，头脑失去理性，她燃烧了自己，把自己毁了，也给身边的人带来灾难。她相信灵魂不会借由理智的力量飞升，灵魂只有通过激情才能获得翅膀。

事实的真相如此简单，他只是把她忘了，她仍然把事实当成一个哥德巴赫猜想。他的句子言简意赅，好像一份会议记录。她的信件只是耽误他的时间。他的回信比一张餐桌上的便笺还要潦

草，好像他正赶着去做什么事情，在匆忙间写就。他永远有更重要的事情去做，工作，和楼下穿睡衣的女人交谈，去电影院看一场午夜场电影。在所有事情的序列中，她排在最末位。

秋熙逐渐明白，她把自己的心意强加给了他。她让他厌烦了。她单方面地爱着这个世界，里面有种苦涩的勇敢。有一次她看到车厢里坐着一个和谢霖长得颇为相像的男人，她盯着他看了很久。这个男人下了车，她几乎是无意识地挤过人群，跟跟跄跄地跟下了车。可是当那个男人走上繁华的大街，消失在人群里的时候，她突然清醒了过来，像是被人打了一巴掌，她要去哪里？她就要被一个痛苦的游丝般的声音牵引吗？她的存在被一个执著的声音填满。生活不讲逻辑，她失去了方向。

想象和现实越来越分离。回忆本身被一双命运的大手抚摸得模糊不清，谢霖的面貌越来越模糊，越来越像一个象征而非一个实存，他是地平线上一片吞噬性的、令人感到晕眩的白色强光，引人奔跑和坠落。

她对所有人都那么温柔，唯独没有对她自己。她对自己是粗暴和冷淡的，甚至超过谢霖给她的粗暴和冷淡。她太过于勇敢，以至于忘记了自己也是敏感和易受伤害的。她给自己不切实的希望，她觉得他还会回来。她每天都在希望中重生，又在痛苦中死去，她并不是普罗米修斯，但是她的心脏每天都在夜晚长出来，白天被他夺去，而之所以这样，是她以为找到了一种生活的光明。

谢霖冷淡的声音在耳边回响了起来，或许带着一点他没有察觉到的洋洋得意。爱情意味着权力。他为自己伤害了她而感到喜悦吗？他似乎在等待着这样一个瞬间，她那天真灿烂，如花般的笑靥突然被他的一句话击中，笑容转成了悲哀。

"不要再给这个地址寄东西了。"

"我最近很忙,抱歉,没有时间回信。"

"现在我去睡觉了。……现在我要去赶车了。"

这是必然的结局。热情是留给未被征服的人的,人们对办公大楼的陌生人礼貌有加,却用暴力和冷酷折磨自己最亲近的人。她信任地将自己的整个灵魂交了出来,像交出一把房间的钥匙,可是谁知道这任陌生的房客会如何处置呢?

可是他偶尔会给秋熙写一句带来无限希望的话:"记得把你最近写的诗发给我。"或者又热情洋溢地和她讨论了两句诗歌。

除了诗之外他不关心别的。她想,如果他对自己还抱有一点兴趣,那是因为她在写诗。是的,在某种程度上,秋熙满足了这个男人对女性世界轻灵的、富有诗意的幻想。她需要源源不断地提供出这些诗意。如果她没有产生这种普遍的诗意氛围,那么谢霖便会恼怒,对她失望。而爱情却和这些无关,它是个拖泥带水的累赘。他们之间的联系不像是朋友的关系,而是一个读者和一个从未谋面的作家间的联系。当她回顾那些过去的时光,感觉是一场误会。爱情总是开始于一场误会,也被一场误会所结束。

Orion

对面的那个姑娘盯了他很久,直起腰板,戳了戳旁边那个姑娘,抬起下巴:"他不是在冥想。他哭了。"她很肯定地说。

"那怎么没有泪水?"

"很多悲伤是没有泪水的。傻瓜。"

谢霖掏出铅笔和纸张。想随便画点什么。他随意地画下几笔线条，那些疏密的线条像树干的纹理，笨拙，粗重，如痉挛的火焰。他并不确定自己想画什么，他想画一个灰白色的梦魇，里面的桌子，镜子，地板以及人类的灵魂都像液体一样流动着，线条从手风琴的音乐里面拉出来，从女人的头发里长出来，后来他发现自己在画游泳池，那些液体既清澈又苦涩，好像沉浸在鲸鱼的眼泪中，他尝试着让每一笔都不受控制，不去思考，这一刻的念头和上一刻的念头相独立，然后渐渐地，那些线条就形成了一个完整的轮廓，并且有什么图案从这个轮廓中升了出来。

然后谢霖发觉他在画一块块石头，清冷冷的石头，他却画成了一个个温柔粗犷的样子，那些简直不是悬浮在水面之上的石头，而是一颗颗心，并且你能像剥橘子似的将这颗心剥开，露出里面的全部芬芳，羞怯的秘密。他将那些石头画得那样亲近和细腻。他意识到他需要让心脏开始跳动，让画中的女孩活过来和他亲吻，闲谈，听听他在夜间倒一杯威士忌酒的声音，让他抚摸她的长发，看她沐浴后在地板上留下的湿漉漉的脚印。这是一个应该被放弃的意图。他摇了摇头，把笔放下了。

他必须停止画她，停止将她作为那个假想世界中的模特。一个人在创作的时候，他的心并不是自由的，他只是他狼狈的激情的奴隶。

一个人偶然地被梦境改变，看到了他平时不愿意正视的事物。他把头靠在椅背上。毫无疑问，她是那么的富有灵性，那么纤弱和美，几乎可以满足他这样一个人对于艺术的全部幻想。但是，在他那个完整的、自洽的世界看来，她只是一个不受欢迎的入侵者而已。爱让人脆弱。那种温柔吸收了他的全部力量，让他变得软绵绵的，那种温柔在毁灭他，他要放弃长久以来的生

活吗?

　　他马上将内心的那丝温柔杀死了,他想。一个人的命运应该完全地掌握在自己手中,让其中的秘密一点一滴都不泄露出去。现在,他就这样,一点点地窒息着在内心里越来越不可忽视的一股情感的力量。他快要成功了,他即将胜利。

　　"我要投入时间的急流里,我要投入事件的进展中……快乐对我而言并不重要,因此我若在某瞬间说:'我满足了,请时间停下!'我就输了。……我要用我的精神抓住最高和最深的东西,我要遍尝全人类的悲哀与幸福。"

　　他想到某个远古的祭祖仪式上,一个十五岁的女孩被选中了,她被关在一个黑色小屋里长大。人们教她辨认星辰和鸟类,除此之外,她学会了在院子里用青金石,赭石和菘蓝来画画。祭祀的前一天,她由全部头领和武士陪伴着,第一次来到院落之外的世界。熊熊的烈火燃烧着,十字架已经竖了起来。她赤身裸体,遍身涂满油膏和香料,身体被涂得一半红,一半黑。她抬起头来仰望着星空,辨认出那些从小和她做伴的星星,她是靠这些星辰的位置来判断时间的。她知道自己今年十二岁了,木星又回到了室女座。一只鹰从她面前飞过,像一支黑色的短促的利箭那样刺向深蓝的夜空,她看着它扑闪着翅膀,消失在天际,就像她的灵魂那样得到了自由。她在那个小屋子里长大,从那个狭窄的窗口获得了关于整个世界的知识。等待漫长而无意义,人们告诉她,这一切不过是为了锻炼她的意志力,而囚禁是为了更大的自由。她曾经在窗台找到了一根掉落的蓝色的羽毛,她把它小心翼翼地放在抽屉里。她想象着那只鸟儿的样子,在想象中听到了它短促的、清亮的啾鸣。她没有经历过很多事情,没有看到过一个男孩的金黄色的麦浪般的头发,没有听到过那些从芦苇上传来的

交谈般的笛声,没有看到过冬季的大雪铺满整个荒原的样子,但是她在想象里看到了这一切。

那个最后的夜晚,她祷告了一夜。现在她看到了外面的世界,血红的月亮好像一枚染了血的硬币,无动于衷地挂在天边。她被推到了人群中间,在丰厚的、黄褐色的土地上跳起舞来。村镇里的所有人都来了,他们围着她,眼睛变得血红血红的,人们踏着音乐的节奏围着木桩跳舞,高声呐喊着,如同一阵阵波涛,一浪高过一浪,恨不得能够将她淹没。

祭司悄声对她说:"我们会在你的心脏上放上冰块,以便你有足够的时间和上帝交谈。"

她被人群围绕着跳起舞来,她的弱小身体充满了原始的激情,就好像她是一只精美的酒杯,天然为了贮满激情这种液体而造。激情和恐惧流动在肉体的甲板上,狂啸的海水灌进了船舱。她愈恐惧和狂热,人们就愈兴奋。她舞蹈着,没法停下来,她在旋转的过程中,心里却把那些极其珍贵的祷告词忘了,她想到的都是些那么小的事情,想到了那片柔软的蓝色的羽毛,想到一只小鸟曾经歪着脑袋听她说话,想到了一个男子曾经注视着她,眼中充满了怜悯,她或许知道什么是爱,就像是刚出生的野兽懂得什么是血腥。

她筋疲力尽,跌倒在土地里,再也无法起来。火堆熊熊燃烧起来,她被绑在柱子上,人们说她是个纯净的祭祀品,因为在火焰中人们看不到她了,但是仍然听到那稚嫩、清亮的歌声。燃尽后的灰被撒在地里。她像一颗种子倒在泥土里,来年长成一棵粗壮的树,而其中没有怨恨和遗憾。

"没有鲜血的灌溉,郁金香就不会长成深红色。"孟加拉的孔德人说道。

谢霖仍然盯着窗外,他那双肌肉紧张的手松弛了下来,捏了捏僵硬的脖颈,不再搏斗了。

两个女大学生对视了一下,其中一个对另一个笑着,"他在画什么?原来他在画你唉!"

谢霖转过头,目光这次和她们对接上了,他嘴唇上翘,眼睛熠熠有神采,他是个有魅力的男子,只要他愿意,总是能得到一个漂亮姑娘。

"你喜欢吗?"他轻快地走过来。

"哎呀,画的真是你!不过画得不够好嘛,眼睛还是太小了,下巴不够尖,肩膀应该再瘦一点。"

"送给你们了。"谢霖说。带着成熟男性的自信和活力,拉着小手提箱,他在夜色中匆匆下车了。

Pavo

有一天,秋熙告诉自己得忘掉他,她得独立起来,尤其是学会取悦自己。她去参加 party,酗酒,整天整夜地昏睡,看电影,可是毫无用处,那个因为他离开而造成的心灵上的空洞,似乎越来越大,当她站在热闹的人群里,靠着墙壁喝啤酒的时候,她就比任何时候都更加想念他,想念他的谈话,想念他的神情,而她的灵魂似乎脱离肉体,飞升到天花板上去,俯视着这一群觥筹交错,欢笑的众生,觉得一切都是空虚,荒诞和无聊。

谢霖走了,他就把一切都带走了,把欢乐带走了,也把生活的意义带走了。这辈子太短,只够爱一个人。爱过以后又魂飞魄

散，丢失了半条性命一般。

她开始说些醉酒的话。她说她一直都在想着他，无时无刻不在想着他。她向他重复了那么多句"我喜欢你"。西班牙语的，法语的，意第绪语的，德语的。直到谢霖感到不耐烦了，回信说，"请你不要每天发一大堆垃圾邮件过来。我的信箱会爆炸的。"

"我想见你。"她写信说。

"我现在就想见你。告诉我你在哪儿，我明天就去买票。你到底是怎么了，你不愿意见我吗？我甚至对你没有任何期待和要求，我不想给你压力，只要看到你的那双眼睛，我的心就恢复平静了。我就能有呼吸，我就能像拉撒路那样活过来。"

"我哭了。"她对他说，"请不要这样折磨我。"

她真不该这么对他说。因为他很快回信说："我没有折磨你，是你在折磨你自己。"她的内心这样痛，好像一把小锤子在重复敲击心灵上的某一个点，那种精神上的痛苦简直转变为生理上的痛苦。她失魂落魄地数着路边的电线杆，觉得她应该彻底回到她的世界里去。

绝望是冬日的深渊，无力的阳光像一个病人摇摇晃晃出现在午后的玻璃窗前。一切都无济于事。叶芝说："One cannot, perhaps, love or believe at all if one does not love or believe a little too much.①"但是有时候，秋熙觉得，爱本身成了一种耻辱，一种快速心碎和慢性自杀行为。毫无疑问，爱不带来任何结果，不指向任何幸福。过多的爱和沉沦只是一种诅咒。

"停止吧，秋熙。"她对自己说，"你必须得停止，不能再给

---

① 意为"一个人如果没有爱或相信得太多，也许就根本无法去爱或相信。"

他写信了。"对他的每一分钟的思念，写给他的每一行字迹，都无疑是双手在心的石板刻上一道血迹的十字。这个时候，谢霖已经不再是现实中和她相处过的那个温和的男人了，他的形象变得模糊起来，更加高大和神秘莫测。现在，他不只是一个灰色的魔术师般的身影，站在夜间巨大的月亮前，他是她的梦幻所创造出的一个沉重的怪物，具备了墨菲斯托的魔力，站在山巅上残酷地微笑着。

她忍着一个星期没有联系他。他也没有联系她，谢霖好像完全把她给忘了，自此之后他们就可以活得像两个毫无联系的人，从来没有相遇过，生活没有交集，他从来没有贴着她的耳朵对她说了那么多让她脸红心跳的话。他曾经想起她吗？他一定过得很好，非常快乐。可是她像没法忘了自己的出身那样忘了他。她绝望地，卑微地又重新开始给他写信：

"很抱歉总来打搅你。可是，不给你写信我心里多么难受！

"晚上我只睡了一小会，可我还是做了一个简短的梦，关于你。你背对着我，声音从头顶的天花板传出来，好像上帝躲在那儿。你说你并不爱我，我恳求你再说一遍，说得大声些。"

秋熙很快做了一个梦。梦里很热闹，她梦到了冬天，整个街道铺满了皑皑白雪，她在咖啡厅和小河边寻找一个人，那个人在上一个冬天跟她讲了一个故事，但是不肯给她结局。他是个三十多岁的温厚的男人，穿着咖啡色的法兰绒外套，他的声音低沉性感，像一件清亮的乐器，充满成年男子的力量，同时有一种奇特的男童般的青涩和纯洁，就好像是黎明时的号角，他的喉结滚动，发出了中提琴弓弦轻擦琴弦时的最初的鸣叫。是的，他的声音里有纯洁的天使。这种声音收买了她，让她喜欢，觉得他是个可爱和可以信赖的人。他笑起来的时候很有魅力，总是在不合适

的时候脸红。乐队出来了，列队在白雪上用蛇形管演出，乐曲令人震惊，连树梢上的雪都震下来了，街道旁的邻居都跑出来看热闹，她站在那里，在河边游荡，想着那个故事的结局。

爱情里有什么东西让她感到恐惧，疯狂，吞噬，疾病一样顽固。她从爱情里读出了死亡的气息，一切从生命中而来的强烈的、突出的、可怕的聚合，看上去都更像是死而不像是生，因为充满了欲望和力量而不知道走向何方，不知道如何维持，就像一个表面压力过大的气球，啪的一声，突然地爆破。

一些人走进了其他人的生活，留下了一张短暂的生存证明，她却不知道自己的生存证明是否同样寄放在谢霖那里。她记得有那么一个夜晚，他用两只手抓住她的腰部把她举过头顶旋转了起来。

"我喜欢谁的时候，就会这样走过去，把她举起来，再放到另外一个地方。"

他穿着那件长下摆双排扣的黑色大衣，好像一个魔术师，他可以轻而易举地和路上的任何一个陌生人说话，并且博得对方的信任。他细长的手指灵活，白皙，好像随时会在指间变出一朵玫瑰花送给她，那是时间的玫瑰，不朽的玫瑰，时间的双手触碰了它而它却不会腐烂。

爱情消失了，转瞬即逝，像是一阵花香突然毫无预兆地降临在三月的空气当中，到处都充满了手风琴音乐以及花的甜香，可是它突然消失了，当最后一个音符消失的时候，她还能听到那看不见的乐器弓弦隐微的颤动。

绝望成了一种习惯，戒毒的人总要反复斗争。"如果我再想念他，我就去写诗。"有一天，她这么对自己说。她这么做了，她很快发现诗歌是留给绝望的人的，留给那些没有开始唱歌声带

便已永久损坏的人的。她写着那些句子，觉得每一个词语都要了她五年寿命，觉得那些诗句是刀锋，带着椭圆形的血滴和泪迹，每一个字上都带着一瓣生命，在她的灵魂里掏了出来。

她不该去想这些。她应该出去走走。时间能够治愈一切。还会有人来爱她，虽然人们顶多会像企盼春天到来，喜欢一朵散发清香的花，欣赏一座雕像那样轻而易举地喜欢她。不会有人再像谢霖那样喜欢她了，因为没有人知道她的灵魂，不会有人再来了解她的诸多幻梦。谢霖的目光好像是钻头一样，可以在她的心灵里扩展，延伸到她不能想象的纬度，把她性格中各种奇特的角落都探索过了，就好像一双温柔的手，不带邪念地，毫无色情意味地，令人感到愉快舒畅地，将她内心各个角落都抚摸了一遍。

因此她曾经感到高兴，谢霖品尝过她的灵魂，是其他人有着一双眼睛却无法看到的，有鼻子却无法嗅到的，有一双手却无法触摸的，谢霖不仅敏锐地感受到了她，现在的她，他甚至也爱着一个将来时态的她，他就像是从一幅画里看出了历史和未来，看到了她的回忆和她应该成为的那种人。所以他在时间轴上是永恒地爱着她，因为他相当于是将她的过去，现在，未来一同爱过了。

真正的爱情或许是这样。谢霖知道人和人之间的区别多么大。他明白一个人和动物之间的区分。一个人需要很多知识，才能在一个人身上看到那种可能性。谢霖发现了她身上的新奇，发现那种将她和其他人区分开的东西。他和一切事物间有一种普遍的联系和责任，他不轻视任何人，他似乎能从每个人身上看出热望和潜力，他希望将人引导出来，就像是从一块完好的大理石上看出一个雕塑的可能性。和他交往的过程是一种被他雕琢的过程，他用一双灵巧的手引导着那个完美的雕像的出现，从别人的

身上引导出知识,那个结局是一种彻底的自由,是一座完美的雕塑摆脱了那多余的石料,沉重的大理石肉身,轻盈地飞升向没有遮蔽的天空的自由。

可是现在,或许他们不会再见面了。当两个人在心灵上靠得如此近的时候,一个人突然地离开引起了失重感,她可以随身飞到太空里去,她找不到留在任何一个地方的理由,那种空缺将永远地留在那里,三个月,半年,五年,或许更久。她还会遇到一个像谢霖这样的人吗?而谢霖还会遇到一个她这样的姑娘吗?世界很大,而人和人相遇的概率却如此之小。之后,或者之后更长久的时间,她将一直回忆他,直到思念之物和现实之物越来越分离,想象替代了一切,她爱的那个人和谢霖之间不再有任何相似之处,直到他的面孔逐渐隐没在整个星空的后面,成为海平面上突然出现一展白帆的希望,他的声音成了在山谷间孤独游荡的风声。

Peacock

谢霖总是想着巴塞罗那,那个他回不去的城市。

谢霖想起他曾经遇到的一个流浪者。他靠着墙角坐着,空地上放着装硬币的可口可乐瓶子,一顶绣着瑞典国旗的帽子和零食垃圾袋。他一头乱糟糟的亚麻色头发,脸颊粘着油污和灰尘,蓄着一脸大黑胡子,点点白须结成一团乱麻。他用直鼻梁上一双无神的淡蓝色眼睛望着谢霖,哆嗦着嘴唇,让人猜不出年龄。

"今天天气不错。"他嘿嘿笑起来。词语和表情的热切让人误

会他想从别人那里得到什么。他指了指脏兮兮的蓝色纯棉外套胸前的白字:"California"。

"你去过加利福尼亚吗?"

谢霖给了他一瓶啤酒,流浪者说他的名字叫以实玛利。以实玛利从包里倒出一堆硬币,在手掌上一枚枚数着,将五分硬币挑出来给谢霖。

"很久没做梦啦。天太冷了。你在听什么?"

"哦,巴赫。"

以实玛利蜷起左膝盖抽起烟来,眨巴着眼睛,用稚气的声调说:"我喜欢《音乐的奉献》。"

"你听过《音乐的奉献》?"

"收容所和教堂的门向我打开。"以实玛利眯缝起眼睛,拍打膝盖。

"一百零三天,一百零三天没人讲话了。"谢霖有点怀疑他是怎么计算日子的。

"上帝不会放弃每一个人的。神恩,你明白吗?"

他低头笑了一会儿,好像想起年轻时失散的情人:"你知道普鲁斯特吗?"

"我知道。"谢霖点点头。

他拉高绿色军裤的裤腿,露出黑色袜沿和一双白帮的黑色运动鞋,膝盖处磨的黑紫。他站起来,把那件脏兮兮的外套折成两半,塞进一个灰不溜秋的大包里。

"我睡在露天停车场,可以看到星星。不过晚上太冷了,太冷了,冷得我心脏疼。"

他捂了捂胸口上方,咧开嘴大笑。

"看星星,你看星星吗?星星是撒在天上的钱币。真像是有

人把它们擦得干干净净的，比地上这些最漂亮的银器和珠宝都好看。看，毕宿五！"

谁说谢霖看到的不是将来的自己呢？

"你知道白宫吗？一个酒店，我经常偷偷睡在他们的停车场。"他自豪地说。

再见到以实玛利正好是圣诞节前夕，那天下了很大的雪，下雪是个奇妙的天气，是时间的魔法和寓言，让人觉得会遇到不可思议的人和事。鹅毛大雪落下时伴随着令人感到安宁的扑簌扑簌声，繁复的雪片从天空中沿着看不见的斜线降落，凌乱和狂暴的安宁。他仰头看着这自然的魔法，上帝的馈赠，让冰凉的雪片如同吗哪般进入他的嘴唇。下雪是在地球上经历宇宙中的日子。他走过电影院前一条狭窄的街道，以实玛利裹在一个灰不溜秋的破棉袄里，坐在一家关门的中国古玩店前。台阶上放着鼓鼓囊囊的帐篷和防潮垫，他的膝盖上放着一本厚书，戴一顶黄色的毛线帽子，两只冻得通红肿胀的手颤抖着翻着书页，鼻尖上已经冷凝了一些小水珠，快要掉下来。他的目光一直停留在书页上。古玩店前那棵装饰得很好的圣诞树，亮闪闪的小灯泡有规律地依次亮起"圣诞快乐"。小电磁炉上的一个罐头正在滋滋地冒着热气。

"嘿，伙计，我的朋友。"

以实玛利咧嘴笑了，对谢霖指指电磁炉上的西红柿酱拌米饭。他盯着那本厚书的封面，正是普鲁斯特的《追忆似水年华》。

"这本书好看。"

"圣诞快乐。"谢霖伸出手，和他油腻腻的大手紧握在一起。

"上帝会祝福你的。"

谢霖决定请他喝咖啡。服务生是世界上最势利的一群人。他

们对人的热情程度根据对方的穿着和社会地位决定。如果对方穿着西服，一眼看上去是银行主管，那么咖啡厅的服务生便像哈巴狗那样走到门口去迎接，鞠着躬，用热切的声音问："两位先生，您要点什么？"

"两杯咖啡！您这边请！"服务生声音洪亮，几乎是自豪地宣布着。

"来两杯咖啡。"谢霖说。那位服务生刚才还像是奖状戴在胸前，现在只是抬起目光掠过谢霖，带着不满和嫌弃，一言不发，他低下头，继续冲洗一只咖啡杯，看样子他听到了。

"哦，或许我再来一个牛角面包。"谢霖加了一句。

"你可以现在就拿走。"服务生抬起头，递给谢霖一个装着牛角面包的小盘子，他没有用敬语，看上去只有二十岁出头。谢霖端起盘子，听到命令的口吻，"别忘了把盘子还回来！"

以实玛利坚持吃饱了。在耀眼的灯光和明净的落地窗前他感到有些尴尬，旁边有一桌人一直回头看他，看上去像银行职员。以实玛利小声地说抱歉，声音低得谢霖都听不到。在灯光下，谢霖才注意到以实玛利的肚皮开始胀成球形，不知道是闹蛔虫还是什么。他掀开裤腿，露出一条肿胀、溃烂的粗腿，上面贴了二十几块创可贴，像一面贴满海报的烂墙。他撕开一条条创可贴，又一条条地贴在大腿上。

"对不起。"他不断重复，摇摇晃晃地站起来，"对不起，我去洗手间把自己弄干净。"

有人敲敲玻璃窗。可能是他的一个朋友，一个穿羊毛背心和短衬衣的年轻人，剩下一条残缺不全的胳膊。那个朋友从玻璃门后和他打招呼。以实玛利递给他一根口香糖，谢霖这才注

意到这个陌生人残疾的手,没有手掌,胳膊末端是三根退化的短短的胖手指,舞动着抓住口香糖,看上去像一条蜡质海参。

以实玛利小心翼翼从服务员面前走过,拖动沉重行李一样拖动身躯,缓慢地走向洗手间,努力不引人注意。每个人都皱起眉毛。

"我受够了!怪胎!滚出去!"

"我去洗手间把自己弄干净……对不起……圣诞快乐……"

服务员两手狠拍在吧台桌沿上,发出一声巨响。

普鲁斯特也救不了他。

谢霖和服务员扭打成一团,被人拉开后以实玛利已经离开了。谢霖再也没有见过他。

谢霖在麦当劳买了一杯可乐坐在门口,几个路人目光怜悯地往他身边扔了几枚硬币。他说,"圣诞快乐。"竟然没有人回答他,只是又朝他扔了几枚硬币。

谢霖进了地铁。人很多,在黄线前围得水泄不通。车停了,人们蜂拥而下,最后车厢里剩下一个目光无神的女人,头发枯黄,脸上带着泪珠,穿一件棕色夹克衫,手里拿着酒瓶,脚步不稳,跟跟跄跄地走到车门前。

"赶快下去吧!"

着急上车的人群里谁喊了一嗓子,几个人伸出手拉了她一把,她被粗暴地拉了下来,车厢里涌进了人群。已经看不到醉酒的女人了,她被挤到最后面,或许摔倒了,因为有玻璃摔碎的声音,只听到女人高声叫骂:"狗娘养的!你们给我记住!记住!"虽然谁也不知道她要人们记住什么。

Pegasus

秋熙曾经在一个夜晚抓住了萤火虫，那微弱的光亮像月光那样从手里飞逸，逐渐升向天空和树林顶端，成为一句丢失的再也无法回忆起来的诗句，那命运的盐分。

当一段关系实际上已然结束的时候，心理仍然处于一种没有办法反应过来的状态。或许，那颗心要等到很久之后才开始慢慢疼起来。像是一块脆弱的骨头感受到暴雨的来临。就像是已经做了截肢手术的病人，仍然在他空荡荡的裤管下面感觉到了肌肉的痉挛和血液的流动。

秋熙终于明白要如实地观察事物。城市不发达的东南角，路上污水横流，到处都是菜叶子和杂碎店里泼出来的汤水，席间掉落的残渣剩饭。街道两侧被店铺的人搬出的桌椅占领了。她得小心翼翼地看着脚尖走路，谨防那些碎裂的砖块下汩汩冒出的黑色污水。一只几个月大的灰色条纹的小花猫，蹲在理发店前面，扭曲的废弃电线拴着脖子，一动不动，噩梦般地看着路人。

有人边走路边大声打嗝，路边几个吃西瓜的人发出很大的声音，呼噜呼噜。秋熙惊恐地看着那些人。她进了一个超市，超市里的人们不注意穿着，丑态毕出，半截裤露出袜沿很高的粉色袜子，变形的白色T恤。一个中年男人因为天气炎热脱掉上衣，露出啤酒肚和下坠松弛的胸部。他们目光无神，眼神直勾勾，顾不上美，道德和体面。

有人趁她不注意从放在角落的菜篮里拿走了一袋草莓。一些人用菜篮子直生生撞到她胳膊和腰际。

"去买一袋鱼丸。"她心想,"现在就想吃鱼丸。青菜鱼丸粉丝汤。"

她走向冰柜,一个中年妇女转过身盯着她,好像她脸上有脏东西。或许她今天穿了太短的裙子。另一个男人用赞赏的目光看她。那种停留的目光让她感觉自己是一个商品。她想说,"请刷一下我的条形码吧!"

她被反复告知:一个女人最大的成功就是嫁出去。她听到了这样的事情,很多地方结婚的彩礼高达十几万,越年轻的女孩价格越高。结婚后的婚房必须是新房子,被人住过的旧房子甚至生过孩子的房子不能当成婚房,耸人听闻。

"错了,我和什么样的男人在一起,并不能定义我。"

她弯下腰拉开冰柜门,旁边来了一个眼睛肿胀的男人,他大力推开另一个冰柜门,差点把秋熙的手指头夹到,秋熙尖叫了一声,惊恐地看着他。她激动起来,抖动着瘦弱的双肩,努力压制声音的颤抖。

"快点离开这里。"她担心她的鞋,一双由西班牙设计师定制的漂亮的灰色布绒鞋。

她上了出租车,出租车司机很健谈。

"你看今天的早报没?"他指指旁边开过的一幢五层高楼,"那幢楼昨天死了三个人,报纸上都登了,一个孩子掉了下来,然后是她姐,然后是她爸。"

"其实有人看到了,孩子掉下来的时候,还在空中转啊转圈子,最小的那个离得最远,大的其次,她爸摔得离楼最近。你知道吗?那孩子明明是她爸爸扔下来的。"

秋熙淡漠地把头转向一边，紧张不安地咬起了手指甲。

"鞋子坏了怎么办。不能见水，不能用酒精清洁。现在表面都有裂纹了，还染了点红色。丑死了。"

出租车放着节奏单调的电子音乐，怦怦，怦怦，人们喜欢电子乐，或许因为音乐的节奏和心跳，和脉搏类似。曲子结束后，电台开始循环播放一种叫做 Happy Pills 的糖果广告。

"疗效神奇！疗效神奇！服用一盒 Happy Pills！失眠，焦虑，抑郁，一扫而空！服用一个疗程，环游世界之旅！"

"你看，这样是没用的。"

"什么没用？"秋熙望着窗外，转过头来。

出租车司机骂骂咧咧，脖子上一根黑色长毛在后视镜里颤动着。

"看看这些开车的疯子！这个世界不完美，你再完美也没用。"

哦，生活，就像"十一"国庆街道上挤满的人群。不断有人在等候动车的队伍里插队，一个穿超短裙的年轻女人，看上去自信得如同那引人注目的胸部，昂了昂头，问道："你们是去石家庄的吗？"

然后她越过长长的、扭了两个弯的队伍，走到尽头和一个中年男子低语几句，心安理得地站在他的身旁。一个在父母的良好教育下在街边花坛上大小便的十岁的孩子，母亲正张罗着递卫生纸给他，父亲把他抱了起来。肮脏的公共厕所，从一扇从不会打开的门后流出的恶臭的黑水，一直漫溢出台阶。街边乞讨的人，躺在肮脏的看不出颜色的毡布上，孩子穿着灰不溜秋的衣服，在母亲的怀里滚动着，好像一只会突然在街道上消失的老鼠。读文科的男人们在谈论占星，谈论着这个或者那个女星的身材，胖了

一点，如果没有了腰部赘肉的话会好一些，那个侧面的镜头不错，就好像在谈论他们的后宫。"你明年多大了？"她的表姐突然凑了过来，皱起鼻子，"对象找好了吗？你知道，你也该结婚了。"

这是她憎恨的一切。她是这一切的一部分。所有人都属于这个膨胀的、混合着体味的空间。

秋熙回到了学校，回到了过去的生活。她必须要独自来面对这个世界了，即便是无聊的、缺乏魔法的世界。她看着那些一字排开的灰色的水泥建筑，无边无际，一直通到天边去。凋敝，落后，红色的垃圾在空中盘旋着，灰色的商业建筑毫无美感，没有博物馆，没有歌剧院，没有书，没有激情，地板是肮脏的，鱼龙混杂的人们在道路上大声而粗俗地交谈，他们往地上吐痰，车站的时刻表玻璃柜前粘满恶心的痰迹。她走进一家咖啡厅想去喝咖啡，大门上面有一个女模特的雕塑，敞开着大腿，腿上穿着破洞的黑色丝袜，丝袜里插着枯萎的玫瑰花。咖啡厅里烟雾缭绕，她还是闻到了一股厕所的味道，人们的笑声让她感到害怕。她坐在一家酒吧门口的阶梯上，一个猥琐的中年男人走过来，拿着摄像机拍她的胸部和大腿，脸上带着微笑。

"别拍。删掉！"秋熙摇晃脑袋，捂住耳朵喊道。

"你丫有病吧！"男人突然大声喊道。

"拍你算是给你面子了。以为自己多好看呢。不要脸的东西。"

那个优雅的、充满想象的魔法的世界到哪儿去了？只是啪的一声，那个世界关上了。一切都是贫乏的，实际的。生活或许不是难以忍受的。一切都会好起来，只要，她能忘了他。

Phact

在初夏离开巴塞罗那，就像是和热恋的情人分手。夜色好像蜻蜓的翅膀，白色的路灯照亮长长的灯柱，酒店字样的霓虹灯闪烁，阳台上喝啤酒的人轻声交谈着。市中心的夜晚，商铺前的人群仍然川流不息。谢霖走进哥特区狭窄的石子巷子，远远看见一家灯火通明的画廊。透过明净的橱窗，可以看到里面正在举行酒会，人们西装革履，风度优雅，香气扑鼻。谢霖也想要一杯红酒，可是端着餐盘的女子从他身旁走过，并没有看他一眼。一个穿黑色晚礼服的高鼻梁女人瞥了他一眼。谢霖穿一件沾着灰尘和油点的涤棉工作服，闻上去像屠宰场工人。他没有理会这么多，他的目光穿越那些人，停留在墙上的画上，那些作品有死气沉沉的僵硬线条，自我沉溺的感情和夸张的颜色。像是浸泡在福尔马林罐子里的婴儿标本，五官挤压变形，皮肤皱得像抹布，人们还管这种东西叫美学。可是他多么喜欢这种静止的魔法啊，甚至是那种福尔马林的味道。

他突然看到了什么，就在那儿，通向厕所的走廊角落。那是一个熟悉的孩子，他们曾经比世界上任何人都更为亲密。可是命运突然将他们分开。他的脸上浮现出温暖而古怪的笑意，他挤了过去，走到那幅画前面。他的脸上露出了微笑。时间抹杀了一些东西，时间也诞生了一些东西，他即将离开，但是他将生命的一部分留在了这里。

他记得他怎样在一个星期完成这幅画。爱情刚开始的样子，

小心翼翼的试探，躲闪的小动物般的湿漉漉的眼神，圣诞时的满月，他们说上一次圣诞满月是1978年，月光在海面上丝绒般的反光。他记得那些梦，反复交替的梦，折磨人的梦。爱情，只是沉醉在幻梦和想象中处于最纯真的状态。

现在他注视着它，仔仔细细端详它，它以一种完成的状态呈现在他面前。其中的深思熟虑就像一蹴而就的即兴表演，自然，一切都恰到好处，没有经过冗余的更改和挣扎。一切都在那里，他在灵魂的一次偶然的漫步中发现了它，在大自然的语言中找到了它。

他伸出手，停在半空中，眼泪莫名其妙地充满了眼眶，这一切是值得的。他并不是一个 sentimental（多愁善感）的人。

这时走过来一个穿灰色西服的中年男人，端着红酒杯，脸上带着礼貌和愉快的笑容："我喜欢这幅画，画家没有留下名字，您认识他吗？"

谢霖盯着他看，他试图读懂目光里的内容，这个陌生人明白了。在电光火石之间，他看到这个陌生人是明白的，好像洞悉了他内心的秘密。他的眼皮沉重得难以抬起来，他的嗓子眼涌动出太多的想法和感情，他感到了惊奇。一种长久以来因为谦卑，苦难和默默无闻而导致的惊奇。

"我不认识。"

谢霖的声音带着苦涩。像是不能宣称的爱，是烂在心里的秘密。

他轻轻点了点头："抱歉。"他快步离开了。

他去了桂尔公园上的一个小山坡，整个城市的夜景像一幅水墨画卷那样徐徐展开，那些记忆混沌得像一个梦，晶莹得像一个蜂巢，远处是些似乎会移动的发光的小房子，一个个含蓄的琥

珀，在夜色灯光的笼罩之中那么安宁，安宁到无法想象这个世界上还有战争，仇恨，疾病，人类的不和睦。好像在内心深处和万事万物联系在一起，内心最深处涌动的乃是温柔。那种笼罩在所有事物之上、让其变化形状、想让它们融化的爱的感受。只有诗句能描述那个圆弧空间的寂静，失真。

夜空清新，天空正演奏着自然的交响诗。他感到欢乐，如此欢乐。他的灵魂被自然的缪斯受孕，其中的一个孩子已经长大成人了，完成了部族仪式里的成人礼，可以独自去探索世界了。天黑了，灯火通明的某个博物馆里，西班牙式的四方庭院，一排排灯光打在雕像的轻盈地抬起的双臂上，从二楼那高高的镶嵌着大理石柱头的天花板上传来了音乐。屋子里面挤满了人，庭院里也到处都是人，可是没有什么比这样一个夏日的西班牙的夜晚更加惹人喜爱。谢霖走在路上，几乎是不由自主地踏着舞步，跌跌撞撞的，泪水盈眶。迎面而来一张张生动的鲜艳的脸，他觉得每张脸都如此迷人，每个人都有想让他捕捉的某个生动的瞬间，到处都是诗句和绘画里的一抹鲜明的颜色，到处都有那种可以让他编织成一件永恒轻裘的珍贵的丝绸，他看着身边的人，每个人的存在都如此意义鲜明，而那种意义也渗透了他的身体，好像一剂针剂那样，一种强有力的、灵活的、丰富的灵魂感被注射了进来。生活里从来没有过这样一个瞬间，就连丑陋的也是美丽的，卑劣的也是高贵的，万物各司其职，而他就处于他应该处于的那个位置，他观察，他看，他毫无疑问地爱着。他的敏感度似乎突然加大了，甚至变得突兀起来，好像一个被放大的过分动听的声音完全处于精细的状态，最轻微的颤动也能点燃他的眼窝深处的灵魂，他承受不了这样的幸福和命运。他身上的一切，他的手，他的心灵，他的智力，一切都处于一种最为完善的状态，好像一台

机器被上了最好的润滑油，他随时等待着，让不经意中偶然映入的影子带着那沉重的厚度，立即诞生出一座雕像来。

真是奇怪。谢霖已经失去了一切，他这个人什么也没有，每天都靠着方便面生活，他已经欠了半年的房租。他不知道什么样的生活在国内等着他。一件小事就能击垮他。可是真是奇怪啊，他仍然天真，充满憧憬，他走在路上的时候，觉得上帝仍然是爱着他的。他并不着急，因为他的雇主并不着急。这个世界最终不会辜负他。

有一次他在公共图书馆看到一个流浪者，正坐在桌子前读一本天文学书。他有一张南美玛雅人方方正正的脸，散发着浓烈的狐臭，流浪者盯着火星轨道发呆，手指在桌子上一笔一画计算着什么，然后抬起头注视着谢霖，深邃的目光久久落在他的脸上没有移动，好像灯塔的灯光照在暗黑寂寥的深渊上。他内心一震，突然以为他看穿了自己的命运。

这个沉默的男人心里，有一种无比的坚强和倔强，一种顽固的信念在他的心底不断地重复着，他的骄傲比任何时候更加顽固。一个声音在他的内心里不断地呼唤着，那个声音或许是上帝和魔鬼放在他心中的，那个声音说着，他要成为他自己，他是可以做自己想做的事情的。他能做一点别人无法做到的东西。他信任这种灵魂的预感。普通人觉得艰难的事情，他却并不觉得艰难。而普通人在乎的事情，他一样都不在乎。他在宇宙中是孤独的，他面对着宇宙，觉得自己能够理解宇宙。这或许是一种执迷，好像毒药和荆棘一样蛊惑了他的心灵。他已经不再年轻了，他已经进入而立之年，但是他还是要重新开始，投入不确定的洪流中，看它究竟要创造出怎样一个怪物和杰作出来。他不能接受这样的结局，他要死过去再活过来。

人在和时间做一场不自量力的对抗，从一开始就注定是一个失败者，然而还是要在这个过程中显示出力量和尊严。他毫无选择，他置身于一场没有悬念的战争中，只能努力从回忆的火焰中抢救出片言只语。于是，他想一想大海，想一想人类共有的结局，他必须长久地注视着，只是注视着时间这个迷宫，而非那些岔道上的诱惑，这样他就不会去想那些多余的战利品，就像他只是爱着大海和波涛，但是他却不曾去收集那些岸上的贝壳。

八年过去了，在梦里这八年轻得没有重量，好像一团棉花，而结局又来得太快，结局让人感到焦虑。人都散了，马戏团的表演结束了，他穿得破破烂烂的，把身上可以变卖的东西都变卖了，他走在路上的时候，没有人认识他，没有人晓得这个人对于命运做了怎样的挣扎。除了他自己和头顶的那片星空，没有任何事物可以衡量他。临近终结的时候，他可以穿着那件破破烂烂的长衫，两条手臂放松地垂下，对他的造物主平静地说："我尽力了。我完成了我这辈子应该完成的事情。我过了最好的一生。"

Phoenix

街道像一条条卫生巾，粘在世界的画板上。天空密布着毫无层次的阴云，它的压迫感主要来自于单调，单调，也是这个城市的标志，灰蒙蒙的一片，这幢建筑和那幢建筑之间无法区别。这个意思和那个意思，这个人和那个人之间无法区别。街区在哪里看上去都是一样的，旅行社，保险公司，房产中介，药店，充斥着流行刊物的书店。秋熙夹紧了衣服，目光匆匆晃过一个巨大的

广告牌,"爸爸的背是最舒服的床。"宣传标语这么说。天空开始淅淅沥沥地下起雨来,酒吧的电视机播放着羽毛球锦标赛。一条贵宾狗焦急地在咖啡厅的木地板上转圈,突然明白主人短时间内不会离开,它发出悲伤的呜咽,冲每一个过往的顾客大叫。后来它终于厌倦了这一切,失望地趴在地上。

秋熙捏着手机,犹豫着是否给他发一条短信。手机滴滴响起来,"父爱如山,把最好的祝福献给伟大的父亲!请把此短信转发给10个同学,祝福父亲身体健康!"

秋熙马上把短信删除了。秋熙仍然用一个灰不溜秋的老式直板诺基亚,父亲每次见到都要嘲笑她。沙石小路和灌木丛后面,绿色铁丝网里一堆堆的沙土,水泥和碎石块,铲车和吊车静静矗立着,秋熙的目光越过那些肮脏的临时棚屋,简易流动厕所和一丛丛脏兮兮的黄色蒲公英,道路远处是一幅广告牌,上面是御夫座、英仙座、白羊座和鲸鱼座的冬季星空图。谁也不知道广告商为什么把这个放上去,广告上写着:"星空的优雅和谐"。

秋熙今天早上又看到了那个睡在银行门口的乞丐。白天他在那个肮脏的小角落里拉一个破旧的绿色手风琴,总是那一个曲调,咿咿呀呀的,有点凄惶不安。那个夜晚,她看到他睡在一张薄薄的凉席上面,身上盖着不知道从哪个垃圾堆里捡来的被子,他的一只没有穿袜子的光脚露在外面,半夜冻得厉害,秋熙走了过去,替他把被子盖到脚踝上,她小心翼翼,害怕惊醒他。那只是一个白天她不会与他讲话的人,夜晚却收留了她多余的善意。

自从谢霖走后,秋熙真的养成了"良好的"写作习惯。"今天的云和昨天的不同。"秋熙在咖啡厅写道,"今天,它们距离表达自己更近了一步。我走在人行道上,楼下酒吧又奏出腰乐队的

《普罗米修斯受难的一日》，他们每天都在这个点播放这首歌。从窗口望出去，可以看到不远处步行街熙熙攘攘的人群。数量是个消灭性质的词。我看着他们，看着那些和我一样年轻的人们，想知道我的存在和他们有什么根本不同。或许我比他们坚强了一点，聪明了一点，但也就那么一点，比起一个抽象的无限来，放在历史里，什么都不是。

"夜幕四合，我感觉到寒冷，我试图在人群里装成和大家一模一样，有时候我不知道我在害怕什么，或许我确实在逃避什么东西。我希望在床头放一本圣经。可我不希望任何人管辖我的梦境。生活像是埃舍尔画笔下的那些迷宫吗？从一盏铜质玫瑰花灯下出发，往前走，往前走，一只蚂蚁缓慢行进在莫比乌斯带上，总能走回到原点。时间的起点和终点粘合起来，它们变得一样纯洁。"

"我喜欢那些不需要语言就能交流的东西，像是画画，音乐，以及接吻。"

时间，秋熙咬着钢笔帽，丢出一个词，时间。她赋予它重大责任，这个词语没有让她失望，他们彼此之间是默契的，比男人和女人更加默契。她抓着这根坠入激流中的白色船索，不假思索地坠了下去。

时间
徒有其表的诗人
用笔尖擦拭火柴盒的侧面
雀鸟的声音关在一棵合欢树上
像胸膛关住了心跳
城堡，教堂和不朽废墟

还有一缕烟雾

消灭了轻佻和易碎的

所有人都离她远去,那些曾经对她说过爱,表示过兴趣,对她许诺不再孤独的人都远走了,诗句收留了这个无家可归的孩子,凭借一个脆弱的行动在世界上找到了一片能够安心睡觉的地方,就算整个冰川消融,整个世界被海水淹没,她也有了自己的岛屿。只有写诗的时候她才是她自己,一个她还不是、却努力变成的自己。在那片永恒的保护地上,伤害抵达不了,黑夜和世俗的温柔也侵袭不到,她像是被大海的波涛保护了一般,看不到危险,感觉不到害怕,这是别人无法剥夺的快乐。

她继续写起来,一个句子跟着一个句子,一个想法紧接着一个想法,她的头脑和心灵配合默契,一阵理智的清风融合了温柔,宁静,微妙的情绪。这个世界上,有些感情一旦表达出来就遭受轻视。可是诗句不会,诗句永远不会背叛她,像她的手脚那样不会背叛她,像时间不会背叛钟表。诗句就是那些不能直接表达,一旦清晰表述就会被侮辱的感情。她还有什么选择呢?

她是个温柔的病人。黑夜来临了,寒冷和孤独一同降临。这个世界漫不经心地给了人很多伤害,很多人慢慢地被毁掉。没有人对这个世界的混乱和罪恶负责。世界不能治愈她,她只能试图治愈自己。

悲哀像一种不治之症,像一阵灰雨,慢慢落在所有建筑上。偶然的希望,诗意,短暂而坚强,像一阵寒风里的灯,亮了又灭,灭了又亮。

她疯狂和勤奋地写诗。她站着写,躺着写,睡梦里写,在浴缸里写,花园里写,诗句留在咖啡厅的灯罩上,她用粉笔写在寒

冷的人行道上。她的内心有一种原始的力量，那种力量疯狂，不计代价，又是如此敏感和富有灵魂。一双看不见的神秘的大手，在灵魂的这个容器里面突然添置了一些原本不属于她的家具。或许她就是一个邮差，拿着一封没有署名收信人的信件，终生恍恍惚惚的，在这个世界的各个角落里奔波询问那个神秘者的名字。可是她总是要做一些事情，把一个谜语解开，再编织好，放进口袋里，赋予流变的生活一种手工艺者的形式。

Pictor

宽敞的当代美术馆大厅铺着大理石地板，灯火辉煌，十分气派。入口处挤得水泄不通，售票厅前排起了长长的队伍。此次展览和商业银行合作，到处都拉着商业银行的横幅广告。多功能播放厅旁边是"画家与城市"展览。彩色墙壁上镶嵌着电视机屏幕，循环滚动李玮的电视采访和关于他的新闻报道。整个大厅回响着对画家光辉灿烂的成绩的赞扬：

"他用自己天才而独特的艺术世界，在高雅和通俗间搭起了一座智性的桥梁。"

"当代最伟大的画家之一。他的画超越了人的灵魂。"

"一个真正的天才。他的作品有对生命穿透力的体验和敏锐的洞察力，还有博大高尚的胸怀以及对美好事物的追求。"

"他探索宇宙、人性和宗教。他是一个里程碑，一个我们将从历史书中读到的人物。"

癌症患者和车祸家属在镜头前痛哭流涕，面对一个天才的作

品不能自已。

"他的作品给了我生活的希望。"

"当我绝望的时候,我就把一束光照在他的画面中心,久久凝视着。我重新获得了力量。"

"简直等不及把他的画作挂在客厅里。"

谢霖驻足在那些电视机屏幕前,看着这些人变换的头衔,美国某个州政府议员,太平洋岛国的总统,纽约知名博物馆馆长,戛纳电影节评审团成员,颇有威望的佛学大师,所有这些人一齐见证这个人创造出了本世纪最伟大的作品。

他是,第一个作品拍卖百万的华裔画家,第一个作品被白宫永久收藏的华裔画家,第一个荣获欧洲国际领袖基金会颁发的"卓越艺术成就奖"的画家……大屏幕上轮番用高分贝轰炸着,形容词不断变换,起码有十个"世界第一"。

谢霖走进旁边的"画家与城市"展览。天花板上垂下很多耳机,谢霖拿过一个耳机,背景里放着古典音乐,过了一会儿传来了李玮的声音,原来是他在某处做讲座的录音。

展览"画家与城市"其实就是两个房间。房间布置的全部是李玮的个人生活用品。一间书房,一间客厅,白色书桌上放着李玮用过的一副边框磨损的眼镜,还有几盒颜料,搭成了一个不规则的几何形体。地上的大玻璃瓶里插了几把雨伞,书柜里展览着不少对他有影响的书籍,包括他从谢霖那里借来的麦尔维尔的《白鲸》,扉页上还留着谢霖的签名。墙上贴着黄色泛旧的报纸,谢霖贴近看了看,原来全部是关于李玮的剪报,还有他在世界各地参加学术会议、举办画展时的照片。这些照片上,李玮站得越来越直,肚子越来越挺。那顶从布鲁塞尔的旧货市场里淘到的羊毛呢毡帽,现在成了他的形象代表。

他开始的时候笑得像个溜须拍马、无足轻重的小人物，现在，没有人再敢把他当成小人物了。他已经学会用精确的字词说话，举止得体，有了大师气派的抬头纹，目光中有一种精妙的自得和狡黠的智慧。他看上去是一个相当聪明的人物了，额头光亮饱满，目光不可捉摸。

美术馆的参观者们俨然一副艺术家的派头，男生们长发披肩，神情肃穆，胸前揾一本塞尚的画册。几个穿超短裙的姑娘们，胸前T恤统一印着："李玮我爱你"。一个小学班的孩子都来了，由老师带队。大厅里更热闹了。到处都是孩子手里的彩色气球，还有叽里咕噜的笑声，尖叫声。每个人都兴高采烈，像是盛大的狂欢节。

进来一群脖子上挂着尼康单反相机的大学生，齐刷刷地举起iPad，虔敬地大声喊"茄子"或者"money"，每个作品每个角落都不放过。这些照片立即上传到了微博和微信。

谢霖想出去透透气，他站在露天咖啡厅前面抽烟。一个四十多岁的女人，穿着黑色丝绒套装，坐在画廊尽头的咖啡厅里，一条腿架在另一条腿上，黑色网格长袜直露到大腿跟，她的对面坐着一个留八字胡的年轻男人，不知道为什么，那个坐在对面的男人和她有一种偷情的感觉，不由得令谢霖多看了他一眼。那个女人百无聊赖，拿出一面圆镜和一把牛角梳，仔细梳了梳前刘海。

"讲座是在二楼吧。一张讲座票。"谢霖捻灭烟头，走进大厅，从窗口递进去一百块钱。

卖票的女人对着话筒说："楼上的现场票已经卖完了。您可以买楼下的票，有大屏幕可以看的，价格八十。您要吗？"

"哦，这样。楼下还这么贵啊。"谢霖犹豫了一下，马上被队伍挤在了外面。

"买三张楼下的票！"

谢霖回过头，盯着售票窗旁边的巨幅海报："绘画，旅行——诗意的栖居"，下面一行副标题："大师李玮的心路历程"。旁边是一张李玮的照片，那时他在东京的大街上作画，正在把画笔扔给街上的观众，照片捕捉到了瞬间神圣的庄严。

以前李玮经常扮日本人，那时他和谢霖在巴塞罗那街头的夜晚喝到烂醉，站在大街中央小便，大声唱歌，被警察抓到了就说一声日语的"对不起"。在车站里，他们旁若无人地大声唱着Beyond的《光辉岁月》，李玮唱歌走调，总是记不住歌词，唱来唱去，最喜欢重复的是那几句：

"原谅我这一生不羁放纵爱自由，也会怕有一天会跌倒。"

后来李玮真的出名了。他开始出名，是因为在大街上做了一系列血淋淋的行为艺术，包括在卫生巾上面写书法，引来警察的同时也引来不少好奇者。他跟在警察后面，穿着那件破破烂烂的西装，脚上套着一双袜沿拉得很高的鲜艳的红色袜子，毫不在乎地调皮地吐舌头的照片上了报纸头条，开始是作为一种饭后消遣出现的，不知道从什么时候起，大家就对他的思想和生活作风越来越感兴趣，比如他拿过数学学位，还拒绝使用 C 开头的词，说是为了反对资本主义制度。他宣称他的生活本身就是一件艺术品。逐渐有严肃的画商注意到了他，他很快有了个人画展，而之后成功的速度，突然就加倍了。

公教活动的宣传海报写着：

"想不想看伟大作品是怎么诞生的？请参加我们的'让艺术家走进公众视野'活动。请带您的孩子来。今天对孩子的一分投资，明天就是百倍的回报！油画大师，国家一级美术师，蜚声海内外的青年艺术家李玮，将于下午３：００－５：００在美术馆２Ｂ馆

创作大型超现实油画：《愤怒的葡萄》。敬请参观作画的全过程！一同分享伟大胜利的时刻！"

谢霖认为李玮在艺术上的退步是惊人的。正对面墙上的那幅《西厢记》，一个浓妆艳抹、穿着古装的现代女孩在游廊上搔首弄姿。她的全部重心放在那只水钻高跟鞋上，抬高一条光溜溜的腿，高到不能再高为止，神情欲死欲仙。一个脖子上挂着单反相机的秃头中年男子走过，在画面前敬畏伫立，"大师！真正的艺术！"他迅速用单反相机拍了一张照片。

另外那些大尺寸的画作，颜色浮夸俗艳，好像农贸市场的小商贩为了引人注意做出的喧哗举动，标题都取得吓人，什么自由啊，灵魂啊，我们的人民啊，一律关于人类历史上的丰功伟绩。虚假的颜色，没有对日常生活的体察，几乎是对视觉的强奸。

这一刻，谢霖才真正感到孤独。

是他的视觉出毛病了吗？人们怎么可能真诚地爱着这么糟糕的东西？这甚至并不需要一些良好的艺术观念。

嘈杂的人群中突然传来一声尖叫，大家先是静了几秒钟，突然人群像炸了锅一样：

"我看到他了！我见到李玮了！"

"在哪儿在哪儿？"

"那儿！！！"

"二楼洗手间门口！"

"快跑，咱们要签名去！"

谢霖从他们身边挤过去，往楼上看了一眼，李玮果然在上面，戴着一条色彩鲜艳的领带，一顶巴拿马帽子，扎着白色皮带。他把手放在皮带上，对大家挥了挥手。随着一声尖叫，人群开始发了疯似的往楼上挤，离得近的人拥簇着他，似乎他是先知

弥撒亚，每个人都伸出手摸他，有些人摸到了袖子，有些人触到了裤脚，有人摔倒了，有人从楼梯上滚了下来，有女人的塔夫绸长裙被人踩住了，一片混乱，尖叫，咒骂，推搡，有趁乱占年轻姑娘便宜、摸了一把乳房的，有人高叫钱包被扒了。"抓小偷！"叫喊声此起彼伏。

一位妇女尖叫着挤到李玮身边，她捂住心口，几乎要晕过去：

"您用什么牌子的洗衣粉？"

"必胜牌，洗得干净，放心，气味清香。我常用必胜牌。"

高大威武、穿着制服的保安开始维护秩序。不知道哪里来的媒体记者也一窝蜂地出现了，好像他们之前就像一群昆虫埋伏在树叶下面那样潜伏在人群里。闪光灯突然亮了起来，标明各大报社和电视台的话筒已经准备好，记者拿出笔记本准备记录，他们的脸上泛着红光，饥渴，焦虑，虔敬。李玮站在峰顶俯瞰众人，他姿态优雅地向前缓慢移动着，并不被推来挤去的人流弄得没了风度，他突然从西装裤子里拉出一条洁白的手绢，抛向了楼下的观众们，手绢在空中缓缓飘起来，人们疯了，形成了一面不稳定的海面，手绢飘向哪个方向，都相应地引起了一阵浪峰，引起人们互相踩踏，跳跃着争抢着。

谢霖在楼下看了一会儿。他离开了。天下起了小雨，路面反着光，他一直往前走，鞋底下发出轻微的嘎吱嘎吱声，他双手插兜，在小雨里默默地抽着烟。他裹紧了那件黑色羊毛外套，他的野心仍然是一粒糖衣中的药丸，其作用是医治这个生了病的世界。

他上了一辆驶来的公交车，随便在什么地方下车。反正他是个躲着声名的人，声名也躲着他。他看过《一一》，杨德昌说：再活一次，没有必要。

Pleione

墙壁上的布谷鸟钟出来报时。秋熙的手机屏幕上出现一个陌生的私人号码,传来一个疲倦的男中音:"我是惠可的父亲,之前惠可说过你,能见一面吗?"

他们约见在火车站广场。一个中年男人手里提着塑料袋,安静地站在百货大楼前面。脸膛发红,下巴上的胡须没有剃干净,黄褐色的头发显得有些油腻,一双狭长的眼睛增添了温和的印象。他腋下夹一个破旧的公文包,声调不高,脸上带着轻柔的神色。

"你是秋熙吧?惠可时常提到你。你能带我去她家吗?她已经三个月没和家里联系了。"他极力掩饰语调中的担忧。

"惠可怎么了?"

"你不知道?"

惠可手机关机。他们坐出租车来到文苑小区,从楼下看到紧闭的黑乎乎的窗户。他们在门前等了一个小时。

"你最后一次见到她是什么时候?"

"有一个月了?抱歉……这段时间状态不太好。"

林先生递过那个一直拎在手里的塑料袋,三盒鱿鱼干和椰糯糕。

"老家没什么特产,带了点鱿鱼干,就当饭后点心吧。"

秋熙往林先生背后看一眼:"现在也晚了,您要是没订酒店的话,在我那里住一晚吧。我家很大。"

这是她第一次面对一个温和的四十多岁的男人，一个和父亲完全不同类型的人。他的微笑里有某种熟悉的地方，好像他永远也不会发脾气，无论秋熙说什么都很好笑很可爱，秋熙突然变成一个淘气的小男孩，可以做尽错事而不用担心受到惩罚。好像父亲就应该是那个样子。秋熙安排林先生睡在书房的沙发床上。他问秋熙的学业状况，问她有没有交男朋友，问她在大学过得快不快乐。他有种温和可爱的絮絮叨叨，低头收拾地板上秋熙打翻的茶杯，安慰她"没事没事"，一边把茶杯碎片合拢，嘱咐她别划伤手。他总是在笑，就好像秋熙打翻茶杯是一个英雄之举。他怎么可以一直保持心情愉悦。

后来林先生跪在阳台地板上，给所有的花盆浇水。他对秋熙喊道："出来看看晚霞吧！"

这时候乌云已经散去了，散得这么干净，天气顿然晴朗起来。灯光愈发清晰和宁静。"花就像孩子，要给它们很多关怀和爱。要不，它们都任性枯掉啦。"

林先生在围裙上擦手，笑起来眼角的皱纹像一只飞翔的鸟儿。

"没事可以种点薄荷和香菜，不费事的，还能当调料。要不要下次给你带点？"

墨色的云朵在山头散步，一会儿就被霞光取代了。天空笼罩着一层泛着珊瑚红的透明纱质，云朵一层层移动着，像矿物中的絮状物沉淀在大气的肃穆中，一束坚强的光线刺透云层，犹如启示降临。林先生说餐馆的菜不好吃，执意要做几个菜。他进了厨房套上围裙，仔细切菜。他拿过盘子轻轻地说谢谢，他总是在说谢谢，他说习惯了，在家里和惠可也常说谢谢。

电视机开始播报晚间新闻访谈，直播间的皮椅上一张熟悉的

洋洋得意的脸，直喷唾沫，臃肿的身子想打起精神坐得更有姿态一点。他靠在椅背上，短袖衬衫下露出耷拉的皮肤褶皱，高高抬起下巴可以挂一枚金牌。

"今天我们非常荣幸，邀请到廖氏国际的总裁廖先生来到我们的财富论坛。廖先生，请您跟我们谈一谈企业家精神？"

"别动。"林先生弯下腰，捏起秋熙上衣的一角，"你的扣子掉了。"他蹲下去，从柜门附近找到那颗滴溜溜转来转去的扣子，"我帮你缝。以前我上学的时候，男生宿舍的衣服都是我缝的。"

"我女儿知道我有一个嗜好，我坐飞机过了安检以后特别喜欢迟到。我喜欢机场用大喇叭喊我的名字，让我的名字回响在这么大的一个机场，让所有人都知道，是我，廖功权，要坐飞机了。

"你们要记住，别为野心感到羞耻。一切都只有一个标准，那就是成功，能让你成功的，就是好的，正确的，道德的。你想想看创造出财富，是对社会做出多大的贡献呀，创造出了多少GDP啊，让多少人重新再就业啊。"

两人围坐在小圆桌前，林先生戴上老花镜，仔细比较了几种线的颜色，捏着一枚绿色的扣子，在竹质吊灯的光线下穿针引线。

"您能不能对即将毕业的大学生们提一些人生规划方面的建议？"

"教育是什么？这是你获取成功的手段。是你挣大钱的手段。所以什么是好的教育？好的教育能让你成为富翁，你们这样一个管理学班上，起码得给我出几个亿万富翁。有钱就是有了一切。成功就是一切。你自己怎么组织你的学业，你的职场生涯，

包括找什么样的对象，必须是为了这个目的。"

他蹙着眉头盯着补好的扣子，试试是否牢固。"你还有其他衣服要缝吗？"

"没有了。"

"真的没有了？别不好意思！"

先是一件猩红色呢大衣，最后，林先生把秋熙衣柜里的衣服都补了一遍。

"剑桥，宝马，商业精英"这几个词语像雪白的乒乓球，在几扇窗户之间打来打去。秋熙脸上一阵发烧，把电视机关了。蓝色花卉的釉下彩餐具，青梅酒端上了桌，清亮的液体在陶瓷酒杯里闪耀。林先生做了些可口的家常菜，秋熙觉得很久没吃到这么好吃的菜了。

秋熙为他夹菜，仔细把酱汁淋在他的米饭上。不知道为什么，她就是想为他做点什么，照顾他。哪怕她不是一个惯常于照顾别人的人。她感到一种安宁的温柔，原来，爱这个东西真的是会传染的。

林先生慢慢讲起了惠可的故事，他说起如何遇到了惠可妈妈，怎样挣扎着做生意，破产这件事让他们长期处于阴霾中。都是一些寻常百姓家里，艰辛却又温情的故事。

"我从来都不惩罚她，小孩子很敏感，如果惩罚他们，他们会内疚，内疚这种感情最不好了。

"惠可小时候脾气倔，男孩子气，总在学校打架。学校曾经把她劝退过，别人总说这个女孩子要废了，劝我要多加教育。可是我从来不过问她的事情，她做什么我都支持，我觉得她个性强，有反叛精神，这是好事情。只要慢慢引导，给她自由就好。

"我出生在权威家庭里，老一辈都家长作风，从小打到大的。

我不希望她也在类似的环境里长大。可能我对她也有点太自由放任了吧。但是她一直都做得很好，没有让我失望。"

林先生说着，从皮夹里掏出一张泛黄的照片，惠可看上去七八岁的样子，扎着羊角辫子在一丛梅花前笑得灿烂。

"我留着她的小学作业本，玩具我也留着。"

他把皮夹子收起来，眼角有一滴混浊的泪水。

"她这个病，恐怕很不好治。"

"惠可小时候问我，长大后要当好人吗？我就告诉她，你应该当一个好人，但是当好人很辛苦，而且好人不一定有好报。"

"父亲节快乐。"秋熙踌躇着，吸着鼻子，递给他一直在做的蓝印花和纸的小鲸鱼。

"谢谢你。"林先生俯身到灯光下，目光中露出真诚的惊叹，"心灵手巧啊，有这样的女儿，你爸爸一定很幸福。"他掏出一块干净手帕，把那条折纸鲸鱼包好放进纸盒里。

第二天，秋熙和林先生去了文苑小区，门铃响后，许裴深趿拉着拖鞋，穿着松松垮垮的睡衣来开门，他手里的牙刷掉了下来。

惠可从里屋跑了出来，她一眼见到了父亲，两个人突然抱头痛哭。秋熙赶紧逃走了。

秋熙后来才知道，给一个人爱比指出他的错误有效。

Polaris

秋熙给国内几个诗歌刊物投稿，很快收到了回信。一个名叫

《斗牛犬与月亮》的当地诗歌刊物主编约她参加每年一次的赏读诗会。赏读诗会在"不可知论者"酒吧举行。诗会前一天晚上,秋熙接到一个自称辉哥的人的电话,作为赏读诗会的主办方负责人,亲自邀请秋熙参加。

人们都在抽烟,酒吧的角落里竖立着一些墨西哥雕像,石头墙壁,灯光是红色的,总能听到爱尔兰口音的英语。秋熙点了一杯mojito,在小圆桌前坐下来。墙上挂满了镜子,舞台上装饰着蓝色和黄色小灯泡,组成心形和花环。到处都是红色调,猩红色的帷幕和窗帘,猩红色墙纸,头顶上的光球放射出金色光线,红色的光笼罩在所有喝了酒的人脸上,带着一种色情的兴奋。

因为刊物网站上的照片,秋熙很快就认出了辉哥。他看上去是个有点令人讨厌的人,谈起话来滔滔不绝,声音又轻又飘忽。一头用定型剂竖起来的枯黄的头发,腆着啤酒肚子,肥肉从衬衣袖口里露出来。他谈论着巴黎,一口参差不齐的牙齿,巴黎,巴黎是好一点,比这里好一点,但是也不会好太多。哪里都还行,但是比起他的宏伟要求来都差一点。他说起巴黎的时候不用中文,要用法文,paris,paris。

辉哥有点喝醉了,说了两句,提着一瓶杰克丹尼尔走开了。他走不了几步,总是被人拦住聊上两句,人们攀住他的肩膀,不断有人和他握手,还有人和他合影,看来是个人物,而他表现得也像个大人物,辉哥脸上的表情十分丰富,好像每块脸部肌肉都得到了充分的活动和锻炼似的,他扬一扬眉毛,做了一个轻蔑的表情。他不时捏捏这个女孩子的脸颊,手臂滑过那个女孩的腰际,或者把两只手安心地放在那个女孩的肩膀上。他仰天大笑,歇斯底里,使人不安。他似乎随时准备语出惊人,鞠了一躬,向后跳一步,把酒瓶摔在地上,指着对方跳脚怒骂,像一个真正的

诗人那样神经脆弱，敏感，随时随地可能会崩溃，但是没有人能对他发火，在天才面前，大家都变得谦卑了起来。

辉哥终于回到秋熙身边坐下，上来不顾礼节狂乱地吻了吻秋熙的手，并且要求给她看手相。他说秋熙感情上一片混乱，必须得爱上好多人，最后总以失败告终。秋熙拒绝了他递过来的进口烟。

"怎么，不抽烟？搞艺术不抽烟怎么行。"他狠狠地盯着她，什么也不说，目光却像渔网一样紧紧裹住挣扎的小鱼。几杯酒下肚，辉哥开始谈论 Dithyramb（酒神赞歌）和 Satyrdrama（羊人剧），拉丁语的变位，他给她背诵曼德尔施塔姆的《致卡珊德拉》和奥维德式的古罗马哀歌，他的表情风云变幻，用一种极富磁性的男低音诵道：

布莱克大声地对蒂扎说
一切由凡夫俗子诞生的东西
必须与大地一起被磨耗
不属于任何血统，我站起来了
请问，我与汝有什么相干

辉哥紧紧握住装满威士忌的高脚玻璃杯，当诵到"我与汝有什么相干"时，他突然一用力，把玻璃杯捏破了，威士忌酒的透明褐色液体混合着伤口的血液流下来。

"叫服务生拿创可贴过来！！"秋熙叫道，用餐巾纸捂住他流血的手。

辉哥转过头看着秋熙，目光镇静得像个猎人："不要慌张，秋秋，你要知道，疼痛是生存的根本，我享受每一次依靠疼痛重生

的机会。"他直直看着她,目光如同火炬一样明亮炙热。

秋熙去向服务生寻找医疗药棉了,辉哥大谈特谈起来,他谈论李维士托,什么科学知识科学思想只不过是一个尖锐的刃端,因为不停地在事实这块磨刀石上面研磨而更具切割力,不过也以丧失事物的本质为代价。他还说艺术家需要有钱的女人,钱本身便是一种性刺激。酒精带来宗教迷狂。他谈论诺斯替教义,"欲望结束的地方,即是'重复'得以奋进之处,无论这种重复是不是重新想象出来的重复行为。瓦莱里说过,使得置身于其中的人得到一种真正的孤独感的东西是没有名称的。"辉哥说自己最近写了一本小说,要秋熙有空读一读。

"故事是关于一个法国人,托马斯在北京的漂泊生活。"

"为什么是法国人?"

"一个美国人,一个芬兰人,一个俄国人。永远要记住有俄国人!"

然后辉哥开始说起巴黎的日子,美国的日子。他会好多国家语言,他问秋熙知不知道法文的我爱你怎么说?她知不知道他有美国的绿卡?

诗歌朗诵会终于开始了。秋熙漫不经心地听着,墙上到处都挂着粗制滥造的、暧昧的现代绘画,她看了看,标价还真高,起码要千元以上。谁会买这样的画呢?她心里想着,突然被舞台上的诗人吸引了,她几乎没听清楚他们在朗诵什么,而是被那高亢起来的声调,激动地手舞足蹈的手势,杂技演员一样扭曲的表情,夸张的、必要的、可怕的、火山爆发似的情绪吸引了注意力。她是从一面小窗户里看出去的,那个小窗户看上去像个偷窥孔,而这个舞台更像是一个脱衣舞的俱乐部,被一种虚无的享乐气氛所掩盖着。她往旁边看了看,墙上那面金色镶边的大镜子

里，映出喝多了酒的人微醺的面孔。

辉哥没认真听诗歌朗诵会。只是在结束的时候随便亮了亮分数。他忙着和秋熙说话，显然，他对秋熙非常感兴趣，又或者是对她的裙子感兴趣。他的论点一个接一个地抛出来，让人应接不暇，秋熙却有点无动于衷。诗歌朗诵结束了。酒吧老板突然上了台，他的唐装上印着一排排的篆体字。他满脸堆笑："我们现在有现场卡拉OK，谁愿意的话就上来唱啊！欢迎大家踊跃表演！"

辉哥醉着眼睛，把手放在秋熙的肩膀上，嘴里呼出的酒气喷在她的脸上，"秋秋啊，跟你说，你得红，一定得红。你这么漂亮，又有才，怎么能不红呢？我告诉你，大哥帮你想办法，等明天，我带你去见一个杂志社的编辑，我们一起吃顿饭，看看你的诗作，讨论讨论……"

在大家热情的掌声邀请下，黄老板先唱了一曲黑豹的《无地自容》。黄老板一唱完，秋熙便回头对辉哥说："我去试试。"

"好好！"辉哥带头鼓起掌来，"我原来有个乐队，世界的屁眼里的花朵。现在还缺一个女主唱，你有没有兴趣哇？"

秋熙连忙走上了表演台，酒吧人群恢复了嘈杂。秋熙坐下来，展开压在椅子上的棉布裙子，把吉他放在膝盖上，调整了一下话筒的位置，望了一眼黑压压的人群。

"我给大家唱一首Nick Drake的《果树》。

"名誉是棵生了病的果树，一生等不来一树繁华。"

这是一首安静的歌，完全不适合酒吧的嘈杂气氛，台下很吵，几乎没有多少人在听。不知道一向胆小羞涩的她是如何鼓起勇气，来到舞台上的。她不是唱给台下这些人的，而是唱给那看不见的观众。这个世界上，其实没有任何人是在真正观看着别

人，每个人都只是观看着自己的生活。她沉静的目光落在远处，像是思念着现实中没有的人和事，神情漫漶。她的身体缩小了，声音却放大了，她的声音成了一张无所不包的网，混合着烟味，窃窃私语声，猜拳声，浸透了多头灯的颜色，弥漫在嘈杂热闹的酒吧，酝酿成了一种琥珀色的情绪。有那么一个瞬间，似乎突然大家都静了下来，正在舞动的人，打扑克的人，谈论最近的股市和经济增长点的人，都突然停了下来，人们成了塑像，静止在这一秒的时间化石中，保持着一个姿势，好像时间被偷走了，一些人目不转睛地看着秋熙，一些人看着窗外，一些人突然露出一种不合时宜的沉思，一切都凝固在一种偶然、易逝的情绪中。然而只是一两秒的功夫，人们又恢复了嘈杂，恢复了各自中断的话题。

唱完后，秋熙从台上走下来，一个戴眼镜的男人向她表示祝贺，他穿着笔挺的西服，烫过的头发溜光水滑，向后梳得拢拢的。秋熙开玩笑似的接过一个陌生女人伸出的酒杯，喝了一口，递还给她。秋熙微笑着挤过人群，人群自动分开，像是从两排雕塑前走过。然后她看到一个戴贝雷帽的男人，她不知道为什么一眼就看到了他，虽然他穿着黑色外套，像是站在一张旧照片里，侧身的姿势像在拉一把小提琴，其实他只是在点烟，他把烟扔在地上，脚踩上去，转身正要离开。男人的目光掠过了她，带着某种留恋，像一个要亡命天涯的男人，没有时间去吻一下情人的额头，只是那么一秒，正好被她捕捉在视线的大屏幕中。他没有显示出激动或者任何特殊的反应，他好像想故意忽略她的存在似的，特殊而凝重地朝她看了几眼。他转过身去。

"谢霖……"秋熙喃喃自语道。

"谢霖！"

秋熙快步追了过去,差一点打翻一个服务生的盘子。

"谢霖!"她大叫一声,谢霖转过身来。

Pollux

秋熙在人群中看到了他,他和她记忆里的一模一样,一点差异都没有,这个事实真让人惊讶。谢霖仍然穿着那件黑色外套。他的眼睛闪烁着,带着适度的笑容看着她。他们彼此都不知道为什么这么喜欢对方,不知道为什么这么高兴,那种欣喜几乎无法自控和表达,变了样子,几乎变成气愤和绝望那样极端的情感。他们彼此都没有办法生气,怨恨被遗忘了。炽烈的欣喜好像夜空里的闪电,一道光弧,发出了明亮刺目的红色的光芒,整个昏暗的大厅似乎都被照亮了。秋熙看着他,她要好好看看他,不遗漏他脸上的一点细节。谢霖说话的时候,脸上笼罩起一层明黄和红色的光来,他的词汇在空气中嘎吱作响,像一些闪亮的硬币。他整个人纯洁得像天使,像一座希腊石膏像。他的眼睛里是诗,是滚动的海水的颜色,他的头发上栖息着夜晚的祷告。他们长久地望着对方的眼睛,不言不语,几乎忘了时间。

"你什么时候回来的?"

他点了点头,把目光移开,似乎注视她是非法的。"我刚回来。你唱得不错。"

"去喝一杯吗?"

"不用了,我得回去了。"

他的目光中有一种既热烈又疏远的关怀,开始出现一种被压

制了的热烈气氛。他们之间的事情又变得那么捉摸不透,亲密又虚伪。

秋熙转过头,看到辉哥正走过来。他脸上的神情有点别扭。

秋熙拉住他的手,大喊"快跑!"。她拉着他分开拥挤的人群,从后门跑开了。

"喂,你干吗?"谢霖急匆匆问道。

"几个暗恋我的人,正准备揍你一顿!跑就是了!"

秋熙甩掉让人疲惫的高跟鞋,拎在手里,赤脚在地上飞奔。他们快速跑过电线杆,跑过面包店,市游泳馆,谢霖撞倒一个手提公文包的中年男人,他一边跑一边扭头道歉。

"这种时候我就很奇怪,人类为什么没有进化出轮子!"秋熙冲着他快乐地大喊,风把她的话刮到街的另一边去。

他们跑啊,跑啊,好像没有终点。他们跑过一面满是涂鸦的墙壁,秋熙顺手撕掉电线杆上的一张电影海报,谢霖踢翻了一个垃圾桶。天桥下无处居住的流浪汉们打着哈欠,有人赤着脚睡在路边的躺椅上。他们跑过厂房破败的玻璃窗户和芜杂的荒草,跑过户外铁皮广告牌,肮脏的泛着泡沫的河。当他们经过一个餐厅时,谢霖停下来,用粉笔在外墙的报菜小黑板的男子肖像上加了两撇小胡子。贴满告示和海报的酒吧后门上,一只壁虎在墙壁上缓慢移动着,好像它是一块具有重量的阴影,突然消失在石缝当中。

"我可能是一只风筝,跑一跑就能飞到天上去!"

他们从马路牙子上跳下来,又跳上去,拍打着窗户和墙壁,伸出手抓住树枝上垂下来的花朵,他们尖叫笑闹着,好像两个逃犯,两个被社会分泌出去的人。他们向前奔跑着,每跑一步,都更像是动物而不是像人,好像每跑一步,他们都更年轻一点,更

少拘束，离自己本真的欲望更近一步。好像每跑一步，他们都从进化的阶梯上往下坠了一格，更加靠近那种称作"自我"的被压抑的东西。好像他们拥有现在，就拥有了从时间诞生到终结的所有时间。他们跑到宇宙中，跑到真空中。那里没有货币，没有政治，也没有婚姻。

有一次他们跑过一片玻璃碴子，谢霖突然停了下来，把她背到了背上。秋熙晃悠着手上的高跟鞋，好像女王在庆祝盛大的战役胜利，但这并不是在一种狭隘的两性意义上，倒仿佛是暂时战胜了这个世界。

正确只有一个方向，把错误从椅子上拉下来，只要奔跑就可以了。当历史前进，错误也会生出正确。正确也会生出错误。更改和后悔都是无效。谁知道会遇到睡眠中的先知，还是心中的魔鬼。然而自时间诞生，随心脏开始跳动，人就只有一个方向。

"我们会找到新的道路。"秋熙心想。

"喂。我们歇会儿吧。"谢霖的脚步放慢下来，秋熙也停了下来，大口喘着粗气，双手撑在膝盖上，

"你相不相信，我一整年没有这么运动过了。"

"我们现在去干吗？"谢霖看着行人稀少的街道问道。夜已经深了。一个女人撑着一把红蓝条纹的雨伞走过，好像一个电光火石中的Déjà vu（似曾相识感），秋熙抬起头，仿佛洞穿他的心事般。

"喂，当看到这样一个人的时候，不会突然有心灵相通之感吗？"

"什么？"谢霖惊问道。

"哦，我是说这个女人打的伞和你的内裤条纹一样的时候。"

"没有，没有。"谢霖紧张地笑了一笑。

电线杆上贴着一张电影宣传海报，电影院名叫"图宾根一月"，海报的黑色背景上拉长了一个正在抽烟的女人的纤细背影，有点比亚兹莱的风格，下面一行小字："晚上十点到凌晨三点，午夜场，经典老电影回放。"

"那我们去吧。"谢霖干脆地说。于是两人在干冷的夜里上了出租车。过了二十分钟，到了图宾根一月，直奔售票厅。柜台玻璃窗后面坐着一位中年女人，戴一副粉红色的树脂眼镜，用狐疑的目光从下面打量着两个人。这个女人可能刚做过声带手术，瓮声瓮气地，声音像从信号不好的收音机里传出来的。

"你们今晚放什么电影？"

"只有伯格曼了！"中年妇女对喇叭说，两只眼睛从镜片下面狠狠盯着他们。她的普通话不太标准，带着江浙一带的口音。

"哪一部？"

"《婚姻生活》。要看吗？"谢霖转过头问。秋熙点点头。

"好，买两张票。"

电影十分钟后开始。他们拿着票，沿着弯曲的蛇形走廊走进去。"这个地方真酷。"秋熙惊叹道。真没想到本城还有这样的地方。

整个电影院都沉浸着一种现代诡谲的氛围，墙壁涂成一色庞贝红，门也涂成庞贝红，和墙壁融为一体，有时候墙壁上的一扇门突然推开了，一个穿黑色露背晚礼服的高挑女人姿态袅娜地走出来，戴一个妖冶的威尼斯面具，帽子上插着孔雀羽毛，面容被灯光和墙壁颜色映衬得暧昧不清，她倨傲地走几步，消失在弯曲的蛇形走廊里。

秋熙觉得那不只是一个电影院，而是一个晶莹剔透的记忆蜂巢。各种各样的气味，故事，在不同的房间里被重复放映。而他

们闯入的，不过是一个陈旧的、已经发生过、连结局都注定好的故事。

"唉，我们是几号包厢来着？"

"2584。"谢霖回答道。两个人神情古怪地对看了一眼。

"这里会有这么多包厢吗？"

秋熙抬起头观察那些包厢的编码，编号刻在门框上方，原来包厢号不是连续的，数字8，13，21，34，她突然反应了出来，"斐波那契数列！"

"真他妈高级！"秋熙小声对谢霖说道，"来这里你简直得拿一个数学学位！"

那些幽暗的抛物线般的通道像斯堪的纳维亚的迷宫，人们因为找不到线索而焦虑，不知道是要在这里迷失或者拯救自己。人们都小心谨慎地，在黎曼空间的边缘压迫下行走。在这样的氛围下，人们可以完全地忘记自我，被影像和声音吸引。就连谢霖这个习惯自制，冷静的男人，似乎也带了一点醺醺然的愉快。他把手放在秋熙的肩膀上面，几乎搂着她，那双手宽阔而温暖，让秋熙充满了安全感，她来到同一扇门前，不知道自己已经来过了，像个爱迷路的小女孩一样惹人喜欢。

他们并没有迟到太久，进入包厢时正好看到玛莉安和约翰坐在沙发上接受采访的镜头。墙壁上装饰着巨幅经典电影海报，墙角落有一架钢琴。电影不像她想象的那样高潮迭起，秋熙几乎没怎么看，总是分心。而他靠在座椅靠垫上，显得十分安静，从不更换姿势，入定一般，连呼吸也感觉不到。于是，秋熙便像是考验他似的，在黑暗中小声问道："这么糟糕吗？你觉得人怎样维持婚姻？"

他轻轻偏过头来，"坏记性吧。"他的瞳仁在闪光，轻柔的呼

吸贴到了她的手背上。他转过身子，注视着她，又转过头去，屏幕上玛丽安说："如果我们没有钱的话，你觉得我们的生活会如何呢？"

"如果没有钱的话，我们怎么办呢？"秋熙问。

"如果没有钱，我们就去卖玫瑰花。"

秋熙手捂着嘴嗤嗤笑起来。

直直的光柱从后排照射到屏幕上，光柱里飞舞着清晰的、钻石般的尘埃，像一场宇宙尘暴，谢霖伸出手来，将两只手交叠，拇指相扣，扇动着其他四根指头，黑色的屏幕上出现了一只鸽子，正伸开翅膀袅袅飞动着。

"怎么回事？"出现了一阵不小的喧闹。所有人都向后转过头来。

秋熙拉谢霖的胳膊。谢霖改变了手势，这回屏幕上出现了一匹狼，转动着邪恶的眼珠，晃动脑袋，从屏幕的左边一直移动到了右边。

秋熙和谢霖笑成一团，几乎笑得抱在了一起。当秋熙停止大笑时，她无意间伸出的手臂正亲昵地搂着谢霖的脖子。他和她挨得这样近，他的呼吸好像贴在了脸上。

前面一排排黑压压的座位，屏幕上的灯光打在人们的头上，好像一阵阵波浪浪尖上的闪光。他轻轻地握住她的手臂，转过头来凝视着她，目光散发着柔和的星光，凑过来开始吻她。于是降落下来了雪花和温柔的音乐，乘飞机在低气压的天气里飞行，处于一种纯洁的、无污染的白雪天地里。

它发生的时候那么自然。发生的时候，并没有想象中的天崩地裂。一个看不见的摄影机在心底摄下了每一个细节，重要的一刻像某种轻如丝帛的质地，轻如呼吸的东西那样飘过去，飘过去

了，只是在内心产生了涟漪，一个角落起了微波，然后波及整个湖面，银闪闪的一片，鱼群翻动，魔术师施下魔法。她以后回想起来，觉得这一幕甚至无足轻重，只是某个盛大的开场，而某种重要的东西已经落在了后面。到底是什么重要的东西呢？或许是某种语调，或者某个时刻讲的一句别致的话，它在发生的时候，一点预兆都没有，它的作用都是很久以后才显现出来的。

谢霖一直握着她的手，他的手骨节突出，手指纤长和瘦，他像恋人那样松弛和温柔地握着。有时候秋熙转过头来，他们又继续吻了一会儿，就像是上一个吻从来没有中断一样。他们继续看电影，可是秋熙没法集中注意力，她感觉到莫名其妙的不安，她的心成了一只剪断了翅膀的小鸟，被他牢牢地抓在手心里。人们得不到的时候感到痛苦，得到了以后又害怕失去。一颗爱着人的心是不自由的。

"谢霖。"秋熙转过头注视着他，轻轻地叫他的名字，"谢霖。"

谢霖察觉到了她的不安，抓住她的手顺势搂过来，抚摸她的头发。他的手那么宽阔和温暖，一阵无声的甜蜜的回答，她心里的疑虑全都消失了，只有一阵幸福的暖流在心里流淌，他是体贴和温柔的。两颗心离得这么近，好像是在同一个胸膛里跳动着。她靠在他的胸膛上，听着他的心跳。他是可以信赖的。

Prijipati

电影结束后，谢霖送这位迷糊的大小姐回家。秋熙趴在出租

车后座上莫名其妙地晕了车,差点把喝的酒吐在他身上。谢霖送她上楼,两个人并排躺在地毯上,望着天花板,他们都累了,一动不动,像是冬天躺在布满裂纹的冰面上。

"你还记得你小时候的那些事情吗?"

"记得。"

"有时候人很奇怪,我不记得高中的事情,可是对小学记得很清楚。"

"你对生命的最初记忆是什么?"

"我记得我一直抚摸自己的手指,直到产生一种奇特的感觉,想想看,我是有触觉的,并且能通过触觉来感知我自己,这很奇妙,我是由物质构成的,你明白吗?我不仅是一团精神的空气,不仅是想法,感情,我还有一个肉体,并且我能通过这个肉体来触摸和感知我自己,来引发我的精神。它们是一体的。那个时候我才两岁半。"

"很好。"

"我记得婴儿时期的事情。没有语言,只有一些模糊的图像,我记得婴儿车上挂的一排铃铛,粉红色的。"

"给我念念你最近写的诗。"谢霖说。

秋熙拿出笔记本,跪在地毯上,略带羞涩地念起来。

帕拉塞尔苏斯
能自善者勿为他人所治
一滴滚烫的字词
自我的心肺落下
融化于爱的尘土
一颗星星的忧郁症

成为风,十字架,或者和风车战斗的本身
一切都像是宇宙中的一个奇点
迎接冷寂和新生

谢霖躺在地毯上,脑袋枕着胳膊,秋熙不安地抬起头,他的脸上带着奇怪的笑意。他点点头翻出书柜里的书,拣出几本诗集让她念。

她温柔的声音在整个房间回荡着,好像连家具的形状都改变了。

"念念这首。"

他递过一本米沃什的诗集,她抬起头望着他,声音中带着一点紧张的甜蜜:

你因梦想而在这个世界上受苦,
就像一条河流,因云和树的倒影不是云和树而受苦。
你是刮在黑暗中又消失了的风,你是去了不再回来的风。
你爱过希望过,但没有结果。
你追求过而且几乎抓住,但世界比你更快。
现在,你终于能见到你的幻影了,
一切是多么古老,不可补救,而又空虚。
荒废的时光,未被征服的顶峰,以及突然出现的卑劣。
眼泪,眼泪。
但是,我们后来才哭,在光天化日之下,决不恰在那个时候。

白色的亚麻布窗纱在夜风里飘荡着,隐约可以看到窗外的淡

黄色的灯光,这是无论哪个城市的角落都能得到的慰藉。

秋熙望着他,两个人都没有说话。他有一双特殊的眸子,她似乎能从里面看到他的过去,他阴郁地望着自己,那张英俊的脸,震慑人心的眼神,目光里充满了令人心碎的力量,清澈得好像冰雪消融的河流。现在,她从里面读到了他的秘密、伤感、隐蔽的激情和渴望。

"你的眼睛很漂亮。"

"你就会讲好听的。"

"像一种植物。"

"什么植物?"

"猪笼草。"

"你真坏!"

秋熙跳起来打他。

"你爱过很多人吗?"

秋熙跷起手指头,"让我数数看。"她张着嘴却默不作声,突然看了他一眼。

"十几个吧。"

"十几个?!"谢霖呛住了。

"其实只有一个啦。那你呢?你爱过几个女人?"

"一个。"

"我才不信呢。跟我讲讲她。"

"以后再说吧。"

"给我讲讲,我好奇嘛。"

"哦,她是我高中数学老师。"谢霖坐起来,从烟盒抽出一根烟来,盘着腿,低着头,慢慢地捋着那根香烟,斜斜地放在嘴里。

"真的要讲？"

"讲啊！"

"我认识她的时候，她三十多岁了，没结婚，也没有对象。她抽烟很凶，下课的时候总看到她在教室门口抽烟。有时候她在看一本西班牙语教材，谁也不知道她学那个干什么。

"我觉得她很不一样。她那会儿在学校名声不好，这个年龄的女的不结婚，流言很多。但是她不解释，也不讨好别人。她身上有一种很不女性化的东西，我喜欢这个。"

"什么叫做不女性化？"

"她不迎合别人。儿女情长的东西她没兴趣。结婚没兴趣，谈恋爱也没兴趣。那个时候有个笑话，有个男老师追她，在外人看来条件不错。结果把她给逼急了，你知道她怎么回应的？我没时间谈恋爱！大家都当成笑话。谁都不知道她对什么感兴趣。她本来可以成为一个科学家的。"

"那真可惜。"

"不可惜。"

"那她后来怎么样了呢？"

"失踪了。"

"失踪了？"

"有一个学期，她突然辞职了。后来听她的朋友说，她买了从阿根廷回国的飞机票，也就是1999年的12月31号这一天，她消失在阿根廷南部巴塔哥尼亚，谁也不知道这一天发生了什么。"

一种古怪的感情升了上来，在他们之间弥漫着，她感受到了什么，但是感受得并不真切。他不说话了，又开始沉默地抽烟，望着天花板。午夜，天使们栖息于天花板上侧耳倾听，再少的事情，再多的事情，都能在午夜做完。

"是因为这个,你才开始听巴赫的吧。"

"有一段时间我跟踪她。我们学校离省游泳馆特别近,我发现她下班后去那儿游泳,我办了一张月票,她天天去,我也天天去。她一个人去三米半的深水区,一口气游几个来回,她会各种各样的游法,自由泳,仰泳,蝶泳,在水里她的性情变了,她平时是个拘谨而内向的人,可是在水里,她却很欢快,像个小孩,老是击打水花玩,心里压着的石头不见了。我从没见过一个人的性格能有这么大的转变。在水里,她的全部魅力都爆发出来。她甚至会在击打浪花的时候发出咯咯的笑声。她专注和水肌肤相亲,就算我游在她面前,她都不会认出我。她从一个拘谨木讷的人,一下子变成了浪涛中的皇后。有时候她潜到水底,贴着游泳池底潜游,半天不上来,几乎有十分钟之久,有一次我差点报警,以为她淹死了,结果她突然从水里活泼地钻出来,深蓝色游泳帽紧紧绷在脑袋上,露出微笑。

"对,她憋气比普通人都要长,好像有个功能强大的肺。这点是真的。

"有一年冬天,非常冷,游泳池里的人越来越少,她还是每天都去。那段时间,我很迷茫,不知道将来要做什么。有天,我去了游泳池,像往常那样,看着她熟视无睹地在二号泳道自由泳,我坐在游泳池边的长凳上,肩上披着毛巾,觉得自己在干一件蠢事。就在那个时候,我突然听到了一种奇怪的声音,我抬起头来,看到她正在倒着游泳,我真没见过这个,直到现在我再也没见过第二个人这么做,她把脑袋冲下,身体呈纺锤形,脚朝上掀动水花游动,然后她就干脆悬垂在那里一动不动。我站起来了,毛巾掉在地上。她仍然脚朝上悬在那里,双腿绷得紧紧的,手托着头部,好像那个姿势很舒服,像躺在枕头上睡觉一样。我听到

了一种奇怪的声音，时而低沉，时而尖细，一会儿是喀喀声，一会儿是咕哝，一会儿变得更为复杂，好像有重复，有渐变，而且有某种曲式在里面，不很明显地从水底她所在的那个方向传过来。当这种声音袭击你的时候，你简直能感觉到那一股强大的气浪，好像声音在你的胸腔里震动着。我紧张地看着周围，我从来没有那么紧张，显然，一件不可思议的事情发生了，没有人注意到，所有人都在平静地划动着水，靠在池边休息，表情散漫，好像是任何一个普通的冬日。我突然感到一股强烈的生气，兴奋，激动，孤独，甚至是甜蜜的混合，猛地袭击我。一件奇特的事情发生了，这件事，在很多人的这辈子不会再碰到。可是他们错过了这个机会，眼睁睁地错过这个机会，这个从他们庸碌的存在中暂时超越出来，看一看宇宙的机会，或许是唯一的机会，来欣赏一种惊奇的美。不会再有了，我是她唯一真实存在的目击人，我感到孤独，无助。我从来没有那么孤独过。

"那个晚上，她湿淋淋地从游泳池里爬出来，带着轻松愉悦的目光，若无其事地看着我，我不知道她是不是认出了我。我没法像她那么轻松。我不是她，我是那些站在岸上的人，和那些在水池边无动于衷的人们一样。我那年十七岁，在那之后两个月，她就辞职了。"

秋熙趴在地毯上，用一只手支撑着下巴，数着烟盒里的香烟。

"Cetus, hvalt, Wal, Hval, baleine, ballena。"

谢霖沉默地看着她，缺乏睡眠的眼睛里充满了血丝。

"你怎么会这么多单词。"

"你用了这么久的时间才发现我是个天才。"秋熙抬起头来，对他调皮而温柔地一笑。

谢霖去了洗手间，他去了很久。天空开始起雾，像一个模糊的、意志不坚定的白色巨人，飘到梧桐树顶上，天线上，好像会黏滞在那里。午夜十分寂静，这种寂静中有一点偷听的意味。秋熙走到窗户旁边，拉开了窗帘，夜风已经穿透进来了。四周很安静，有什么东西渗透了进来，有什么东西流动了起来，有什么东西如同树根一样蔓延着，毁灭着。她从地毯上捡起香烟盒，抽出一根烟，发现自己找不到打火机。雾气粘在灵魂的底座上，让它四分五裂了。

一个在切菜、教书的间隙，想着鲸鱼的女人，是会让人害怕的。谢霖打开锃亮的水龙头，水哗哗流动着，他从镜柜的玻璃隔间里找到一片剃须刀片，注视着镜子，把剃须刀片握在手里，玩弄着，实验性地将刀片放在自己的手掌上，割破了它，血汩汩渗出，毫无知觉。比起精神上的绝望状态而言，肉体上的痛苦只是转移了注意力而已。它提醒人们自己不过是一堆肌肉、神经、感情和欲念的杂乱的混合物。血，淡红的血液，像是锡管里挤出来的颜料，缺乏真实性地从这具具象的身体里流出来。他把水龙头打开，把血冲洗掉，抬起头来，注视着镜子，突然停电了。

他摸索着把水龙头关上，现在他只能注视着黑暗，他转身走了出来。

"喂，你玩什么把戏？"他喊了一嗓子，没有回应。

"停电了吗？你玩捉迷藏吗？出来吧。"

一片寂静。他跌跌撞撞地往前走，看到街道上的车灯在天花板上留下了移动的光束，好像水底波动的光斑，他摸索着，眼睛逐渐习惯了黑暗，循着窗口闪烁的街灯走了过去，客厅里，风正把白色窗帘吹得像一面海上撑起的帆，谢霖慢慢在地毯上移动着，好像行走在海面上。月光照在沙发上，到处都是粼粼波光。

他慢慢地走过去,小心踩到那些未曾存在的玫瑰,弯下膝盖,跪倒在一片月光中,轻轻地握住她的脚踝。

　　他们在月光里慢慢跳起舞来。她轻轻摸着他清瘦的双颊,摸着他的喉结。"他们仍认为那种疼痛,黄绿颜色,温度,声音是唯一的现实。所有的人在欲死欲仙的交缠时刻都是同一个人。所有的人在重复莎士比亚的诗句时,都是威廉·莎士比亚。"

　　"让我写一首诗给你。"

　　猩红的新月,在一片涛声中翻滚着。
　　具象的舞台上　　寂静在爆发
　　你眼睛上的黎明,睫毛上的冰霜
　　疼痛　像鲸鱼一样欢愉
　　它们在海底歌唱

　　完全的黑暗,他们好像处在一个水仙花的种子里,潮湿,闷热,正在等待破土而出。他们像两个犯人,被囚禁在同一个牢房里,除了互相依偎之外无事可干。浴室里传出了水龙头缓慢的滴水声,巨大的窗幔毫无声息地抖动着。生命之所以无聊,是因为没有找到另一个可以一起打发的人。而现在他们就可以这样一动不动地躺上好几天。

　　各种念头闪电一样滑过黑色的上空,都是一些无关紧要的念头,又变成一个转瞬的光芒消失在无意识的海洋里。

　　"跟我说点什么吧。"

　　"嗯?"

　　"随便说点什么。"

　　"你永远都不会腐烂。"

"有时候晚上,我睡在浴缸里,灯关上,躺在完全的黑暗中,像是躺在一个贝壳里。我收集过很多东西。比如玫瑰死去的气味。玫瑰和人不一样,人的生命突然就离开了,好像生命是一个整体,不可分割的。而玫瑰呢,你不能确定什么时候它是真的死了,那是一个过程。它的死是缓慢的,是延续的,可以收集的。我就收集那个过程,那种玫瑰腐烂时的气味。

"有时候秋天,我想把秋天带回家,带到我的床上。我把一堆黄色的落叶堆在被单上,枕头上,我钻进去睡在里面,大自然的气息像一条厚实的毯子把我裹住。干燥的,枯败的、带着霉味的秋天的气味,有时候,我看叶子埋没了我的身体,我从叶缝间望出去,感觉好像活的时候就已经死去,而落叶堆在我的坟墓上,我正透过那墓碑上的蛛网,看到这衰败的秋天的早上。"

Propus

惠可说要和秋熙一起去看海,就她们两个人。挑了一个周末,在最后一分钟预定了机票和酒店,过了两个小时的飞行她们来到海边。

惠可嘲笑秋熙带了一个大行李箱,她只背了双肩包。从酒店窗户望出去,只能看到山和城镇,却望不见海。

"三个月前这里开了个游乐场呢。我不喜欢游乐场,但是喜欢游乐场建造的过程。我每天都过来,看那些用彩色灯泡拼出的'巴黎'字样,还有粉红色的卡车,紫色的卡车,每辆卡车上都写着一些奇怪的名字。还有白色的房车,我一辈子没见过这么多

房车,挂着那种旧式火车里常见的蕾丝边的白色窗纱。我觉得住在房车里,半夜到车后面的荒草上撒尿,一定很浪漫。

"后来,等游人们来了,游乐场就变了样子,就像是对泥塑的小人吹出的那口气,突然活过来了。玩具铺子都颜色鲜艳,看上去好像是糖果、奶油和巧克力制作而成的,香喷喷的。那是一个人造的瑰丽的梦。红色的屋檐,粉色圆屋顶,挂满彩灯。到处都在卖爆米花,棉花糖和烤糖豆。一连串的动物玩具,从粉色的小屋天花板上垂下来,那些白老虎,狮子们看上去不仅不威风,反而有点忧郁。人很多,人们都尖叫着,乐于把自己抛入高空,玩云霄飞车,冲浪,老虎机,鬼屋。

"过了三个月,游乐场就搬走了,我仍然每天来,看满地的垃圾,塑料袋,污水横流,简易房旁边的一幅赫本的被恶搞的油画,我看着那个摩天轮,第一天,那些摩天轮里的小车子都被取走了,然后摩天轮被拆了四分之一,然后是一半,然后我再去的时候,就只剩下摩天轮的那个支架了,孤零零地立在那里。"

"你刚才注意到了吗?酒店附近有一处墓地。我想半夜去墓地散步,看到月光照在墓碑上,内心应该很宁静吧。"

"这话真不像你说的。"秋熙皱皱鼻子,"哎呀,待会儿穿什么衣服好呢!"

秋熙和惠可站在穿衣镜前,从什么时候开始惠可看上去不太一样了,她终于放弃了那些荒谬的发型,变得轮廓硬气,穿帅气的黑色衬衣和紧绷裤,她时常把手伸进裤兜里,或者像上次做开题报告那样坐在椅子上,面对一百多人露出闲适的坐在自家后院的神情。她腰部纤细,双腿颀长,侧面非常英俊,眉清目朗,鼻子高挺,纤细灵巧的嘴唇,让人想起那些年轻的轮廓分明的帅小伙的脸庞。举手投足之中有年轻男子的英武,她用清俊的细长指

头抚过栗色头发，把那头僵直的乱发重新梳理一遍，赋予新的凌乱的姿态。

秋熙望进镜子里，她是另外一个女人，那个身材丰腴、胸脯高耸的女人，总是心碎或者声嘶力竭，甜美的时候像个不谙世事的孩童，愤怒的时候像个绝望主妇。她总是神经质的，感情丰沛，脸上的表情如同暴风骤雨。

她们决定不打车，从酒店沿着蜿蜒山路走下来。白色骨头般的斑驳岩石散落在远远近近的山峦上。一些鸵鸟似的树木被吹乱了头发。村庄里有一些朴素的浅黄、浅灰的房子，青灰色远山上的白色房屋，像少女富丽的黑色天鹅绒衣裙上围绕的纯洁的珠子。

最动人的时刻是缓慢的时刻，例如缓慢地摇动一面旗帜，缓慢地走路，好像一个人有预谋地暴露脆弱。她们听到飞机从天空飞过的声音，摩托车加速的声音，远处工厂机器的嘶嘶声，还有无色无味的隐约的浪涛声。

"我有没有告诉过你，许裴深有个双胞胎弟弟？"惠可露出微笑。

"真的呀！许裴深坐在他对面，会不会像照镜子？有心电感应吗？"

巨大的广告氢气球悬浮在天幕上，海边像刚结束一场演唱会那样满地是空塑料杯和香烟头，一个女孩摆弄着她的食蚁兽图案的书包，一个男生从装饰着小彩灯的栏杆上滑了下来。秋熙大叫一声，把包扔得远远的，向海边跑去。

惠可躺在沙滩上闭目养神。秋熙像个疯子似的叫啊，大笑啊，泼水玩。连飞机的飞行速度都减慢了，好像一只令人讨厌的蜜蜂那样慢悠悠地朝摩天大楼飞了过去。

秋熙兴高采烈地跑了回来，小腿肚子上沾满沙子。

"你不脱鞋吗？不到水里走走？"

"不用啦。"惠可露出一个牙痛患者的勉强笑容，捂住半边腮帮子，蜷起双腿。

"我们晚上去吃好的，吃好多好多海鲜。你想吃什么？"秋熙抓了一把沙子来占卜，但是她也不知道那些沙子形状的含义。

"你和你们家谢霖来过海边吗？"

秋熙摇摇头，"我有一张他的照片。"她从钱包里掏出一张谢霖的照片，仔细端详了一下，递给惠可。

"怎么样，你觉得他长着一张让人信任的脸吗？"

秋熙将双臂交叉放在膝盖上，"你相信这个说法吗？灵魂伴侣。我最近才知道，除了灵魂伴侣，还有另一种类似说法叫双生火焰，Twin Flame，就像是一对灵魂上的双胞胎。一个灵魂在两个体内。虽然听上去陈词滥调，你相信这个说法吗？我经常觉得谢霖比我更了解我自己。

"我总记得第一次见到他的样子，不知道为什么。我也记得第一次见到你的样子。好像对于这种事情，人是有预感的，我第一次见到这些人的影像，分明地刻在我的脑子里，我记得他穿什么衣服，记得他的微笑，这些却发生在对我的生活施加影响之前。

"爱是一场旅程，或者不要叫它爱吧，我们说的爱和别人所谈论的爱不一样，我说的那种爱，是灵魂深处的一场地震。它有时候太过真实和激烈，所以有点吓人，也许有点让人畏惧。毕竟，大部分人是为了什么谈恋爱呢，为了结婚，房子，为了社会地位或者只是为了不用孤独。"秋熙转过头看着惠可，抿嘴一笑。

"你和许裴深呢？他是你的灵魂伴侣，或者双生火焰吗？"

两个女孩沿着晚上小雨后湿漉漉的道路往回走。亮着日光灯管的公交车站，铁皮椅反射着白色的冷冰冰的光，好像一个看不见的幽灵矗立在那儿。地上满是垃圾，香烟头。一个空空的舞台立在广场上。惠可跑上去，踢了一个音箱，两只手臂端平，装作弹着一把虚拟的吉他。她们哼起 Beyond《光辉岁月》，惠可挥舞着手臂，扭动腰肢，"那边的朋友，让我看到你的热情！"好像在万人演唱会现场。

那个晚上秋熙半夜醒来上厕所，惠可并不在床上，她的被窝是冷的。秋熙走到窗边，惠可正走在丛林一头延伸出的阴暗小路上，带着难以言喻的平静神色，似乎在梦游。

第二天她们就回去了。很多时候人们都不知道一个故事是怎么结束的。她们一起阅读电话亭上贴着的寻人启事，嘲笑报亭贩卖的彩票，从同一个肯德基全家桶里抢鸡块吃。机场候机的时候，秋熙眯起眼睛，看落地窗前的云朵：

"几天前我见到许裴深啦，见到他的时候，已经意识到我们是最后一次见面了。当时他站在章鱼小丸子的摊位前，我问了他两句毕业后工作的事情。就这么平淡地说了再见。"

"其实呀。"惠可踌躇了一下，"你没有做错什么。许裴深也不是对你冷漠，你知道他为什么不自然吗？他告诉我，他一见到你就内疚，根本控制不住。"

"都是过去的事情了。"秋熙说。睡梦中听到他的手机铃声，清晨的光线里坐起来看他的侧面，偷偷为他画了一幅速写。她在图书馆里借过的一摞爱情参考书，包括弗洛姆《爱的艺术》——这些都被她忘记了。当人去楼空的时候，爱仍然在那里。

"谢谢你告诉我这个。"

有一天他们会结婚，他们会生一个健康又可爱的儿子。

后来她们上了飞机，从飞机滑行开始惠可就陷入了深度睡眠，一直睡到飞机着陆，几乎一句话都没有说。

机场大巴到了市中心，花坛里有人扔了一束裹在金色包装纸里的玫瑰，还裹着红丝带，玫瑰有点凋萎的样子，上面粘了尘土。秋熙捡了起来，拍掉上面的尘土，拿到惠可面前，惠可闻了闻。

"祝你和许裴深幸福。"

"别忘了好好吃饭。"

她们在下一个路口简短地道别，就好像明天还能碰到。下出租车后秋熙疑心看到一个像惠可的人，她失魂落魄地唤了几声，却没有应答，原来是看错了。

过了三天，惠可和许裴深搬到南方的一个小城市。她们再也没有见面。

Sadachbia

惠可和许裴深离开的第二天，谢霖打来了电话。他的声音平稳而克制。

"你现在方便吗？来我家一趟吧。我有话对你说。"

秋熙马上打车过来。她站在那扇熟悉的门前静默了几秒，似乎能隔着门听到他们俩过去的谈话声，或许那只是早夭的孩童们留在那里的笑声，冲着墙壁投掷不断返回的橡皮球。

风吹动门发出嘎吱嘎吱的阴暗响声。

"谢霖？"她喊了一声，没有人应和。

她走过客厅和昏暗的长廊。谢霖不在卧室。一个人把自己关在房间里，这就是很多事物的奥秘所在。秋熙站在储藏室对面的那间神秘房间前面，转动把手，门开了一丝缝隙，烛光的影子在地面上拉长，晃动着，灯光是红色的，她闻到了那股好闻的发酵的味道，奇特的混合像是鸡尾酒和松节油的味道。她一脚踏进去，这间屋子拉起窗帘，光线暗淡，桌上放着一对古旧的烛台，烛火在墙上一个个恐怖的白杨木傩面具上投下晃动拉长的影子，秋熙喊了一声，没有人回应，于是她推开了另一扇门，门打开了，她突然有点分不清现在所处的时空，感觉好像站在一连串的房间前面，房间套着房间，像是给内脏学会准备的。靠门的一堵墙从桌子边沿裂开一道缝隙，一直裂到天花板，好像伤口那样被戏谑地贴上一排歪扭的创可贴。墙上挂着一些画，画里反复出现棋盘和具有柔软的女人线条的棋子。

第二个房间到处放满了陶瓶、雕塑和油画，一道装饰着葛饰北斋风格的日本屏风，大木桌上散乱着一罐罐画笔和颜料。一座城堡的大门打开了，她带着虔敬之情走进去，好像欣赏圣物一样用目光抚摸着。这是一场沉默的展览，却没有观众，所以在很长一段时间里面，这里的一切都像是庞贝古城遗址那样保持着一种古老的、原封未动的纯洁性。

现在，她站在一幅幅画作前面，有时候，他故意在画的视线焦点处画上一个黑洞，有着烧焦的边缘，一个黑色太阳，吸收着所有的懒散的力量，雨滴，泪水，音符，或者是鲁特琴，植物孢子，几何形体好像用手术刀切割而成，造成一种视觉上的颤动感，好像圆形们没有停止滚动，人们对于触碰那些锋利的雏菊的花瓣感到胆颤心寒，小小的金字塔堆砌在泥土里，天空上，瓶瓶罐罐一律有着肥大的女人屁股的形状，有时候他的绘画是纯数学

的，经常可以看到画布上的某个神秘莫测的数学公式，被画布的边缘截掉了，于是就像是一张写了一半地址的信件那样，再也无法顺利地到达收件人那里。

有时候植物的茎由虚线构成，而花朵里藏着一个女人妖娆的眼睛，他有时候干脆把女人画成一棵树，她的腹内孕育着邪恶之子，她的骨骼充满野心地，像是植物的根须那样在体内成长着，她的子宫好像是一只鞭毛虫，袒露着秘密。她的背后站着一头鹿，一头纯洁的鹿，它的身子几乎在黑暗里发着暗淡的蓝色的光。星星散发出毛发和脏器般的光，那一片鱼鳞爬上了石头。一些人额头上的皱纹，好像一个很深的伤口，里面渗透出一股凉意，让人有一种将手指探进去搅动的冲动。而背景中总是一片浮动的宇宙尘埃，远处燃烧着几颗蓝色、淡红色的星星。

他将月亮实体化，坚固化了，好像是砖瓦匠用砖石砌成的。男人的嘴唇里吐出了黑色方块和硬币。但是她十分喜欢，他将太阳和一棵枯树同时关在一只眼睛里的想法。

在一块造型奇异的、贴满了指纹的石头旁，她发现了一块小牌子："existentialist。存在主义者。"

墙壁上用蓝色粉笔写着一些深奥难懂的物理学公式，甚至连小圆桌上都放着直尺，圆规和星空图，他用几个玻璃杯子摆出了太阳，水星，金星，地球，火星的旋转轨迹。墙上挂着一个扑蝴蝶用的网，那是用于捕捉空气中稍纵即逝的灵感的蝴蝶。

之后，这类题材的画作消失了，他突然厌倦了这种纯粹实验性的、运用想象的作画方式，他的作品中更多地出现这样的题材，街道，陌生人的窗口，教堂尖顶，植物，风景，海滩，日常人的生活，有时是夜晚，一扇铁质栅栏的窗户蒙着塑料。那些交叉的树影，以及夜晚的路灯在墙上投下的三个静默的影子。它们

透露出一种寂静的诗意。

屋角摆着一张乱糟糟的桌子，放满称量的小器具，研磨的石臼，各种型号的画笔和锡管颜料，还有白垩和雪花石，桉树皮和草药，各种彩色石头和粉末，甚至一小罐不知道什么动物的血浆。毫无疑问他是个收藏家，他能把任何一个平凡的东西用魔法变得闪闪发光。他收集世界上的一切东西，不同季节的树叶，蝴蝶标本，一个七星瓢虫的标本收藏，鞘翅从浅红色到深红色。他拥有蜂巢，蟒蛇的骨架，圆柏树枝，猴子骨盆和肱骨，松果，海绵骨头和海床化石。他用显微镜观察细胞，他观察海浪，树木的分形，南瓜和山羊头骨，他从自然中学习线条，他把铅笔绑在窗外的树枝上，收集它在微风中吟唱出的线条。

下一个房间里，油画架一排排纵深展开，她漫步于陈列当中，他好像终于找到了自己的语言，并且正在发展这种语言。开始的时候，他还研究光线，然后他的风格更加朴素了，人物完全消失了，更多的静物画展现在眼前，比如几个茶杯，一株五味子，一株冷杉。他画了很多孤零零的树和孤零零的物件，完全从环境中脱离出来，好像不从属于它们似的，而它们具有这样普通又顽强的个性，一定要从背景的噪音中突出来，抓住全部的视线。很奇怪为什么他要对如此日常的物件投以最大的全神贯注。桌子上摞满厚厚的纸沓都是静物速写，两个瓶子之间是如何摆放的，以及夕阳余晖是如何落入一扇邻居的窗户上的。而那些日常的东西，在一种成熟、诚挚的目光的长久打磨之后，似乎竟然拥有了灵魂。现实的东西以一种最为诗意的方式投影在画布上。几个茶杯，一朵花，这些日常之物突然脱离了生活的洪流，处在一种冥想的状态中，从现实中浮了起来，现在不再是我们注视着它们，无生命的它们，而更像是我们彼此对视着，并且它们传递出

一种隐逸的温柔，好像它们给人们琐碎的苦难以最高的敬意，和最深切的安慰。

"你的画很温柔。你关注一些最细小的东西，却能看出整个宇宙。"秋熙惊叹着，忘记了外面的世界。一条隐蔽的小楼梯蜿蜒而上。秋熙提起裙角打算登上小阁楼，她突然愣住了，没有扶手，她伸出手来触到冰冷的墙壁和逼真的阴影，她几乎愣了那么两秒钟，然后哈哈大笑起来，"我被骗了！"

这是一个迷失在自己创作出的迷宫里乐不知返的男人，他拥有一个完整的世界。有时候，墙壁上画着不同时间和季节的城市，还有夜晚的静谧城市图景，黑黢黢的街道被一两盏温暖街灯照亮，月亮隐没在云朵后面，人物带着散淡的表情，在大街上漫步，两个脱帽的男人在小酒馆前面聊天，日常生活中的景象，颜色和构图的微妙平衡中透出一种暖意，一种人间的真实况味，街道像银河一样延伸到地板上，星星似乎伸手可摘，而花朵和池塘的月影在角落里喘息着。一种奇特的透视法，画面的空间突然闯入，混淆了真实，秋熙感觉自己随时能够走进那条宁静的街道。

Sadalbarı

秋熙推开门，走到下一个房间，她好像在这里出生，在这里吟唱和相爱，并且想在这里死去。

白灰泥墙上画满了壁画，都是自然界中的事物，各种各样的树木和鸟类。月桂树，红云杉，罂粟，落羽杉，冬青。海枣，香桃木，橡树，楹桲，石榴树，每一片树木和每一只鸟都不一样，

每一片都倾尽心血，深紫色描金的花朵，淡红色，淡蓝色，淡雅、简明协调的效果和繁复的技巧，铺天盖地，寻求填满和装饰空间的压倒性效果，令人眩晕。

他试图描绘宇宙，一个荡漾着神性的空间，他企图唤醒人们内心的热情。一个被自然的清风，虫鸣，泉水的清淙，指甲般的花瓣的诗意所洗涤的空间。这样绚烂，朴素，温柔，好像一颗月亮突然跌落入房间，如同上帝的眼泪，怜悯世人的骄傲。就连那些剥落的墙漆，剥落后的颜色本身也成了绘画的一部分。光线在旋转，模仿春夏秋冬以及晨昏，微尘在光柱中跳起舞来，于是有了时辰，有了四季。

她的心一直在渴望着什么，她却无法将这种渴望之物命名。直到现在，她被颜色淹没了，心灵和头脑都被洗涤。这四面墙壁在呼吸着，她听到了鸟儿的啾鸣，香气扑鼻，花朵和树木呼吸和生长着。秋熙热泪盈眶。

房间外面有两座女性雕塑。其中一座有美丽的面孔，典雅，娴静，好像仍然在冻结了她的石膏冰霜下呼吸着，面孔轻轻的起伏，似乎正要有大颗晶莹的泪珠夺眶而出，她的目光随时会抬起来，她的注视像一个深沉的吻，让人入睡。她喜欢另一个雕塑中女孩敞开双腿的样子，和身上岩石的自然的皱褶。她的衣角自然地垂了下来，露出一只肩膀和一片胸脯，一只手自然地放在敞露的胸脯上，眼睛望着远处，目光里流露出沉静和自然的音乐，一只鸟儿在她头顶上歌唱，她的脚下放着一把琉特琴。

"我喜欢这座雕塑，将轻的、会移动的、会飞的影子投在地上的那种方式。"秋熙自言自语着。

"关于雕塑，有一个传说你知道吗？"

她的背后响起来低沉的声音，秋熙几乎吓了一跳，猛地转过

身来看他，谢霖站在那里，和往常一样，穿着一件普普通通的蓝色工作服，上面沾满了脏兮兮的颜料，他的眼睛发亮，带着温柔的明亮的大海的气息。

"我不知道，什么传说？"

"西锡安的陶工布塔代斯的女儿有一个情人，有一天分别的时候，她感到不舍，在墙上画下他的影子，布塔代斯用粘土填满这轮廓，把赤陶浮雕烧好，就产生了第一件雕塑。这个雕塑凝固了一个情人的影子。"

谢霖专注而克制，注视着她脸上的光明和暗影。秋熙紧张地脸发红了，她假装没有看到他热情的目光，低下头去。

"哦，为什么不告诉我你是个画家呢？"

"我带你四处看看吧。我把两户租了下来。最后一间是工作室。"那里三个木质画架上还放着未完成的作品。

"要我给你画一张吗？"

"哦，你要怎样画？"

秋熙心跳加快，手心出汗，两只手在裙子上摩挲着。

"把那把椅子搬过来。"

秋熙照做了，不小心弄倒了一幅画。

"放松一点。"谢霖笑了，"想点迷人的事情。就像你平常那样。"

秋熙不安地坐着，像一个很小的孩子被放在很高的桌子上。书柜里塞满各类画册和颜料。书柜旁挂着一幅空荡荡的画，一张木椅子摆在房间正中，房间透出清冷、贫寒的洁净气息。

"你不会也把我画成一把椅子吧？"秋熙摸了摸鼻子。

"不会的。"

"你会送给我吗？"

"那要看你相不相信我。"

"我相信很多事情。我觉得你前世是一个萨满巫师，你周游世界，上过捕鲸船，卖过百科全书，教过哲学和量子物理。你可以是间谍和马戏团驯兽师，你能走钢丝，用土耳其咖啡占卜，甚至懂得和动物交谈；我还相信你是一个真正的艺术家，你的灵魂能钻进最为细小的生物躯体里，你了解所有人。当木星，火星，水星，金星排成一线的那一天，你能做出一尊雕像，这尊雕像会微笑和流泪，会讲预言，会用天使的歌喉演唱……"

"好，那么我就送给你。"谢霖看着她，微微一笑。

谢霖开始工作。秋熙坐得直直的，脊背一点也不放松。他全神贯注起来，看着她，盯着画布，有时候退后两步，露出沉思，偶尔脸上闪现出一丝恼怒和焦虑，总体是非常愉悦的，他这样全副身心地投入创作，时间一点点就过去了。开始时间是以分钟计算，然后是以小时为单位，后来天几乎要黑了，她不知道他画了多久，但是他还不感觉到累，秋熙不耐烦起来，抬动酸痛的胳膊，转动腰肢，想引起他的注意。

"哦，你知道吗？有时候，我梦想着自己是锡金国的公主，虽然这个国家已经不在版图上了。可是，可是你创造了一个世界。"

"你想过开画展吗？画家都是通过这个出名的……还是，你对出名这个事情特别抗拒？"

"别说话。"

"我记得有这样一个故事。一个非常出名的大提琴家，每个人都愿意花高价去卡耐基演奏厅听他演奏。大家称他为大师。有一天，大师突发奇想去地铁口卖艺，他演奏了一整天，只赚了几个硬币。然后他明白了，原来人们买他的演奏会门票，是冲着他的名声，而不是他的音乐。"

谢霖把沾满颜料的工作服脱下来："你要是嫌累的话，休息一会儿吧。"

"你吃饭了吗？"

"没有。"

"那我们出去吃，我请客。"

"你饿了就先吃吧。"他聚精会神地注视着画布，有时候退后几步，离得远远地琢磨，香烟很快抽完了，他有时候走到桌子前，寻找烟盒，不小心把桌上的东西掉在地面上，烦躁地骂几声。他的内心对于专注的渴望如此痴迷，看上去就像一个暴君，一个脾气暴躁的疯子。谢霖的两只手脏极了，有时候他直接用手指搅拌颜料在画布上涂抹，用浮石和抹布狠狠地摩擦着画面。他把头发弄得乱糟糟的，皱着眉头，目光凶狠，不知道在诅咒谁。刚才那股子殷勤和可爱的态度不见了，他变得不可捉摸。

他仍然看着他的模特，但是他的目光就像是注视着一个无生命的物体，一个毫不特殊的物件，就好像存在着成百上千的相同的复制品。就好像她没有灵魂，没有感情。他的目光穿越了她，像是阳光穿越了透明的玻璃瓶子，光线是纯洁的，它没有受到污染。

秋熙走到书柜前，翻开那些绘画印刷品，不时怨尤地看他一眼。茶几旁边的一幅画，灰蒙蒙的悬崖下方的平地长椅上坐满了休息的旅客，完全的倦怠，懒散，无所事事地打着哈欠，有时候他对于日常生活中的人暴露的丑陋有一种冷静注视的恶毒。山头上一对正在接吻的男女，拥抱着，似乎要融为一体，两个人的脸庞几乎已经分不清楚谁是谁的了，与其说是一个吻，还不如说是互相吞噬，是两个细胞合为一体。那个吻几乎消失在一片灰蒙蒙的薄雾当中，薄雾中搅动着流血般的鲜明颜色。

那对恋人坐在一块凸出的绿洲似的平坦悬崖上，随时有从山头掉落、坠入深谷的危险。

"他不相信爱情。"一个危险的声音说。

"你知道夏加尔吧？我特别喜欢他的画。等我到了五十岁，我就想象夏加尔那样画画，但是他和你的画不同。夏加尔的画充满了爱，发光的花束，让人感到轻盈的、飞起来的画。他用了那么多冷色调却显得温暖。"

秋熙凝视着谢霖，他把烟叼在嘴里，皱着眉头，目光专注在画布上。他的头发被手拨弄得乱糟糟的，看上去桀骜不驯，像一匹永远不会被征服的烈马。她想伸出手去抚摸他的头发，把他拉入怀抱。

"其实听我说几句话，也要不了你很多时间的。"她叹了口气，"可是我居然习惯了，就算是我对着空气讲话，也还是想讲给你听。"

秋熙拿过一本伦勃朗的画册，随意翻了几页，她忽然想到伦勃朗传里一个故事，那时候画家们流行去意大利观摩学习，伦勃朗年轻的时候也想去，但是一直没有去，后来他说，我从墙上挂着一条鱼学到的，也比他们从最辉煌的壁画中学到的更多。

"问你一个问题吧。"秋熙靠在书柜上，坚硬的书角抵着下巴，"如果博物馆失火了，你只能选择一个，一只猫和一幅伦勃朗的画，你会救哪一个呢？"

谢霖抬起头来。

"那幅画吧。"

"那，如果不是一只猫，是一个人呢，比如说一个老人？"

"……还是那幅画吧。"他拿过一团卫生纸擦擦手。

"一个孩子呢？"

"你干吗老问这种问题？"他吼起来。

"我只是想了解你。"

他有各种各样的理论，在壁橱里分门别类地放着，他宁愿把灰色的理论像一个障碍物那样放在他们之间，这里是童年阴影，那里是父女关系，那里是压抑的潜意识。他分析她，把她拆成一个个没有生命的零件，她只感觉到他的强大意志却感觉不到他的感情。他能看见她，能摸到她的心跳，可是他宁愿不要这一切。在秋熙眼里，他是一个蜷缩在地上瑟瑟发抖的孩子，她想走过去安慰他，抱住他的脑袋，可是他不让她靠近，他把自己伪装得十分坚强复杂。

她又想到了皮夹里珍藏着他的唯一一张照片。他双手放松地下垂，节制和温文尔雅地微笑着。照相是一件危险的事情，将人的灵魂暴露在光天化日下。她从那下垂的眼角弧度，薄薄的嘴唇里读到了一种漫不经心的冷酷，他是自我中心的，他几乎漫不经心地伤害了别人，他甚至不愿意伤害一只苍蝇，可是他的内心冷酷得像一面闪闪发光的镜子，秋熙浑身都处于一种耻辱的状态。事到临头，没有仁慈可言。

Sculptor

那个晚上，秋熙说了很多话，说得比任何其他时候都要多。人是如此奇怪，当没有听众，或者听众心不在焉的时候，她反而比较容易表达感情。她谈到了父亲，提到了母亲在她年幼时离开了他们，虽然她始终在自言自语。

"你知道一种量子物理现象，叫量子纠缠吗？就是说，无论相距多远，两个处于量子纠缠的粒子都会保持一种特别的关联性，比如两个电子，无论相距多远，当其中一颗电子的状态发生变化的时候，另一颗也会立即发生变化。就像是心电感应呢。"

她认真地盯了他好一会儿，他完全没有感受到。他的目光只是包围着她，困扰着她，囚禁着她，或许他从来不想真正地注视她。他看着她的头发，她的胳膊，她的胸脯，但是不愿意看她的眼睛，他在画画，这或许是世界上他唯一将自己的爱和灵魂倾注进去的事情，因而在这个时候，他的灵魂是敞开的，他的感情处于危险的境地。

"可是有一天，我们会住在一起，搬进一所大房子，把墙壁刷成这个样子，紫色的花朵，黄色的云朵和月亮，就像一个古罗马的宫殿。"

谢霖把烟点燃，声音有些烦躁：

"不会有这一天的。"

"为什么不会？"秋熙较真起来。

"我没法忍受和别人住在一块。"

"那我们为什么在一起？"

谢霖搬来一把椅子坐下，前倾上身，左手反复摩挲膝盖，好像那里受伤了似的。他迅速看秋熙一眼，便决意不再看她。他的声音陌生，严厉，像一个正在宣布死刑的法官。

"我有些话想和你说。"他看上去已经深思熟虑过了。

"我们还是做朋友吧。"

"……可是你明明喜欢我。"

"我什么也给不了你。"

当男人执意要抛弃一个女人的时候，就像想甩开一个破行李

箱那样意志坚决。

"你不明白,我身体里有一些无生命的东西。"

秋熙想用颤抖的手抚摸他的脸庞,最后一次亲吻那片已经熄灭了热情的嘴唇。

谢霖低垂脑袋。门外突然传来了急促的铃声。谢霖站了起来。"我去开门。"她什么都不敢去想,她的心脏被置于冰锥之上。她不能移动,不能思考,不敢去想她的心会如何尖叫。秋熙低头把脸上的泪水擦干。"我也该回去了。"

他们一起走了出来,秋熙甚至没有再多看那些作品一眼。傩面具前的烛火仍然摇曳着,她好像从一条长长的时间隧道里走了出来。

"这些房间让人悲哀。刚才我多高兴呀,以为自己是全世界最幸福的人。"

秋熙颤抖地想,他这样努力地装饰房间,创造出一个微缩宇宙,就好像要把那些灵魂之物都挂在墙上,好提醒他生不逢时。他和世界永远是格格不入的。

"咳,我还以为你不在呢。"

门外的女人边说边从谢霖身边挤了进来。她有一头火红的头发,耳朵上戴着一对鲜艳的鹦鹉羽毛耳环,内穿一件绣有各种纹饰和蕾丝的黑色绸衬衫,外面裹着一件轻柔的天鹅绒蓝色的熠熠发光的皮草,拎着小巧精致的皮包。离着老远,一股刺鼻的廉价香水味往鼻孔里钻。

她看到秋熙,挑起眉毛,一副看到死猫的厌恶神情,可是她马上微笑起来,一屁股坐在沙发上,两条腿交叠,弹了弹烟灰,挑衅地看着秋熙,目光里可以射出子弹。

"哈,被我逮了个正着。"

"我来介绍一下,哦,秋熙,这是青。秋熙。都是朋友。"谢霖语调冷淡地说。

青转过头看着谢霖:"朋友?你一提这个词我就火大!这么多年了,我就是你一个朋友?谢霖,你还有没有一点良心?"

青快速地打量着秋熙,把她上上下下瞧了一个遍,一点细节也没有漏掉,她的目光像尖锐的刀子,被她这么看一眼,好像能刮下骨头上的几两肉。她冲着秋熙的脸长长地吐了一口烟圈,举着手里闪着红光的烟头,似乎随时会将那个烟头扔到秋熙脸上去。

"你干吗玩消失?你当我这里是旅馆啊,你今天跟我说明白。给你打电话干吗不接?"

"没电了。"

"今天我告诉你,我做奴才也做够了,这么多年,我还真没跟你说过一个不字。今天我就告诉你,这房租你自己想办法吧。欠了半年,反正是你的名字,我打算开溜了,搬到沿海城市去,有钱爱干吗干吗,跟你耗什么劲啊。"

青弹了弹烟灰,转过头打量秋熙。

"小朋友,怎么和我们这种人混一块。看样子是个大学生吧。好好的前途不要糟蹋了。"

秋熙似乎慢慢回忆起了什么,有什么在她的潜意识里面搅动,但是她什么也想不起来。

"最后一次拿钱给你,全当散伙费吧。"

青从小巧的皮包里掏出一沓钞票,往空中一抛,钞票纷纷扬扬地撒在谢霖面前,落到地板上,飞到沙发上。

"我不用你的钱。"谢霖平静地说。

青发出一阵凄厉的、可怕的笑声。

"混蛋！真他妈混蛋！在小女朋友面前装什么？你真当自己是天才？要不是我，你能有这些？你能继续画画？"青指了指整个房间，然后指着谢霖，"你给过我希望，然后把我的一切都拿走了。六年啊！谢霖，养一条狗时间长了都能有感情。你怎么能对我连一条狗都不如呢。我现在一无所有了。看看我！看看我的样子，就是你！你毁了我！还有哪个男人会要我！你知道最绝望的是什么吗？明知道你是个混蛋，可是跟了你这么多年，我竟然还爱你，还想给你一个家……"

青歇斯底里地号啕大哭，好像要把身体里的最后一滴水分挤出来。睫毛膏融化了，脸颊上流下两条黑线，她一会儿哭一会儿笑，这种哭声令秋熙感到陌生而恐惧，某种可怕的东西，某些秋熙完全没有想到、也不想知道的事情，那种哭泣没有美感，只有一片片心碎，扎伤了自己和别人。一种肮脏的感觉在骨头里搅动着。她并不知道青所说的每一个词的意思，不知道他们之间的关系，但是，在一个电光火石的瞬间，真相被照得透亮，那种陌生、异样、恐怖的信号，铺天盖地而来，从她的每一根头发到手指的神经末梢，她都感受到了，那样一种强烈的、异己的、危险的冲突，毫无尊重，以及一种几乎完全处于被人玩弄的状态。

"你别夸张。"谢霖一边抽烟，一边无动于衷地看着她，"你给我的钱，迟早有一天我会还给你的。"

"别说瞎话。我才不相信。你想什么时候还给我？你怎么还给我？我和你小叔的下场一个样子！他供你上大学，供你出国，可是看看到最后，他连一副棺材板都买不起！"

听到小叔这个词，谢霖似乎突然受到了极大的震动，他把手里的烟头往地上狠狠地一砸，"别在我面前提我小叔，你不配！"

"我怎么不配了？！你倒说说看我怎么不配了？现在你觉得我给你丢人了，让你的小女朋友听听，你怎么报答你小叔的？"

青睁着空洞的骷髅般的眼睛，一双被贫穷和困厄折磨得失去灵魂的眼睛。她不再大吼大叫了，她平静地说："我做错了什么？谢霖？为什么生活这样待我？生活本来可以是另外一个样子。"

这个时候，秋熙真的觉得受够了。"我走了，谢霖。再见。"她转过头看他。谢霖没有听见，他背对着她抽烟。她急匆匆从他们俩身边离开，好像从两座雕塑旁离开，她现在正要离开即将关门的博物馆，离开那个冰冷的宫殿，成千上万的装在玻璃罐的酒精溶液里的鱼类标本，离开那些死尸和洋娃娃裙子样的白皙皮肤，离开那些伦勃朗和猴手状蜡烛。她像一条午后的影子那样从门缝里滑了出去，带着一种刚刚参观完展品的震惊的心情。一切都变了，一切都不复存在了。没有人和她告别。她甚至不记得她是怎样从他身边走过的，不记得他对她说的最后一句话和最后一个表情。她处于一种漫长的梦游的状态，做梦和说谎，本质是一样的，而现在一切都不重要了。

爱就是爱，有的时候是肮脏的，溃烂的，既不高贵也不美好。是两颗彼此憎恨的心彼此折磨，还要捆绑在一起。轻蔑、丑陋的一面几乎和美好的一面一样突出，于是这个轻蔑因为一个不符合比例的组合被放大了。在爱情的舞蹈中，温柔还不是最重要的，重要的是一种长期以来无法彼此拥有而带来的心生怨恨。

"让我们心里的演员表打出来，彼此谢幕吧。"她心想。

秋熙站在电梯里，电梯悬在黑暗的深渊之上，突然间掉落了下去。

Sham

榆树下的女人在打电话,她漂染的红发高高盘起,腰间挂一只亮闪闪的小包,贴满珠片的高跟鞋起码有十五厘米厚。她从小包里拿出一支口红,弯下腰对准一辆沃尔沃汽车的车窗涂起来。

老黄来了,身后跟着七八个工人。"他不在。"女人抿了抿嘴,又涂了一圈,她的语气听上去很肯定。

"你怎么知道?"

"卧室窗户关着。他在的时候窗户都开着。"

"在前头带路!"

"还心虚呢。"女人瞥了他一眼。

"他没有签合同,不受法律保护。"

钥匙在锁眼里转动一圈,老黄探头探脑地钻了进来:"瞧瞧,这是波斯地毯吧?真不错!你来看看这值多少钱?"

一个光头、戴眼镜穿蓝色衬衫的人蹲下来摸了摸地毯,"能值个2 000块人民币?"

"搬走搬走!"

"这什么?"老黄抱着胳膊,歪着脑袋端详客厅正中那幅画。

"你没文化了吧?《阿尔卡迪亚的牧人》,跟你解释你也不明白。"女人坐在角落的沙发椅上低着头,抠着手指甲。

"复制品,卖不了多少钱。"

目光懒散的工人们东瞧瞧西瞧瞧,一个卷发、下巴尖削的工人从抽屉里拿出一个mp3塞在裤兜里。老黄假装没看到:"再说

一遍。事情完了,你们就散了,没你们的事情。"

老黄转头问女人,"值钱的东西在哪儿?"女人伸出一根指头,好像一把没对准的枪口,她犹豫了一下,指了指通向卧室的走廊。老黄带着工人进去了。

"我今天在路上看到有个老东西推个婴儿车,你猜怎么着?一条吉娃娃!穿着小衣服,嘴里叼着奶瓶,婴儿车还装塑料雨篷!"

"没钱啊,不如做有钱人家的狗!"

有人用手机放出筷子兄弟的《小苹果》。老黄抽着烟,斜眼看几个工人拿墙上的画扔飞镖。"这个不过瘾!"老黄把烟屁股在茶盘里捻灭,去厨房拿了一把水果刀,给他们做示范,正正插入一幅画中心,插得太狠,一时拔不起来,那把水果刀留在那把空空的椅子上,好像一把匕首直插入心脏。

老黄捋捋唇上的小胡子,露出欣赏杰作的得意微笑,"这才是现代艺术。谢霖画的那种,过时啦!"

《爱情买卖》没有找到,CD唱片机传出催人入睡的钢琴曲。工人们翻出素描稿撕碎了,扔得满地都是。有人冲陶瓷花瓶小便。他们挤掉颜料,用吉他捣碎镜框,把窗帘扯下来,玻璃粉碎的时候好像晶莹的浪花。两三个工人坐在客厅地板上咧着嘴笑,往肚子里灌冰箱里找出的啤酒。有人不断按着灯钮,直到客厅顶灯调整成红色,红色的灯光照在人们兴奋的脸上。客厅里很快混乱得像海啸过后。

"画毁了就行了!别闹大!弄脏了不好收拾!"老黄象征性地冲那帮工人挥挥手。这不是快要到国庆节了吗,老黄和那个戴眼镜的人聊着去哪儿度假的事情。

"什么时候日子能过成李玮那样就舒坦了。想去哪儿去

哪儿。"

"我觉得你现在的生活很滋润啊。"

"就那样了。搓澡,蒸桑拿。每天做完股票,开车去蒸桑拿。"

"哎,我最近斗来一块上好的翡翠。"

"我有个懂玉的朋友,下次让他把玩把玩?"

"好!最近有什么投资上的建议啊?"

"国家房产税可能要出来。我还是目光短浅,2008年的时候我在北京,有人撺掇我买四合院,我一打听,嫌太贵了。要是当时买了,现在涨到几个亿了。"

工人们从厨房找到几把水果刀,学着老黄的样子捅入画面中心,划一个十字,再把插入的刀旋转一圈,有几个乐得直拍手,掏出手机自拍起来。

这些应该挂在画廊里的画作,现在看上去像一群被伤害的婴儿,坦露着脸上的创伤,绝望而无声地哭泣着。

"妍妍毕业后进单位就行了,铁饭碗。"

"是,女娃读那么多书没用。这次过生日,我给她买了辆香槟色的宝马。她高兴坏啦,一到周末就接朋友出去玩。"

"唉,谢霖这儿的咖啡机还不错。我托人从国外买,好几千块,没这个味道好。"

他们用磨豆机磨豆子,用摩卡八角壶煮咖啡,抽着烟,慢慢品着。眼镜兄从橱柜里翻来一瓶陈年 Rioja,冰箱里有一块没拆封的羊奶奶酪,一盒西班牙火腿。

"所以说这些从国外回来的人啊,穷疯了还讲品位。奶酪不错,尝尝,蘸点酱油?"

那个卷发的工人跑了过来,神色慌张,"里面好多画!可吓

人！都在墙上！"

"拿油漆泼了，墙重新粉刷。"老黄眯着眼睛，挑出食指和无名指的肉刺来，一边咀嚼一边口齿不清地说。

"给钱师傅打声招呼，这小子有这么多书呢。书能卖多少钱一斤？对，那种精装本，铜版纸的，带画的，裸体女人的，统统给我搬回去。还有这白色窗纱，带蕾丝的，给我卸下来。挂在我家厨房不错。"

有人把墙上的德国黑森林钟拆了下来，有人搬走了厨房的磨豆机和咖啡机，连几个铁锅也没落下。但是哪里都搜不到现金。

"你别看比特币是虚拟币，总数是有限的。听我说，有限的资源，那可都是值钱的。"

"您这么一说，我也觉得比特币有潜力。"

日本屏风，面具和雕像陆续被搬了出去。椅子掀翻在地，桌子也掀翻了，颜料全部从锡管里挤出来，地面一塌糊涂像一幅现代艺术作品。书架被人推倒了，东西淌了一地，好像被划开的肚子。那个卷发的年轻工人从墙上取下一个古般若的傩面具，戴在脸上，摆了个造型，摇头晃臀从女人身边走过。女人突然吓得魂飞魄散，像放进洗衣机里洗过两回那样，脸色煞白，双手抓着头发，似乎要把脸皮给撕下来似的。

"我干了什么！谢霖饶不了我的！我会下地狱的！"

她失去了理智。

"大家都叫我青，这是他最喜欢的颜色。我干了什么呀！"

有人把一套浅色夏装比在身上，在穿衣镜前扭来扭去："这个是名牌。Zara！"女人一把夺了过来，号啕大哭，被回形针划破的手指流出鲜血，"这个不能拿！你们爱拿什么拿什么！就是不准拿这个！"

没有人理会她。她和这些摔碎的瓷器，撕毁的素描一样，是一个不合时宜的道具。唱机里仍然放着恼人的巴赫的《平均律钢琴曲》，在女人的尖叫声，玻璃碎裂声，工人的哈哈大笑中凛然残酷地平静。没有馨香的百合花倒影仍然在镜中的日本花瓶里唱着歌谣。窗外的天幕蓝得不真实，是个秋高气爽的好天气。一只憔悴的拉布拉多狗孤独地走到一根电线杆下，拉了一大坨屎，然后一瘸一拐地蹒跚走到流浪者那里。它没有戴项圈。那个流浪汉解开皮带，露出白色花点的内裤，走到街道对面对一个行人撒尿。

"你从哪儿认识的这个扫把星啊？"眼镜兄探过脑袋。

"唉。那段时间正在给香积寺还愿，我就说这人从国外回来，没个落脚的地方，又是胖子的朋友。办点好事吧！"

"您就是心地仁慈，会吃亏的。"

"可不是吗？半年没交房租。过一个星期再不滚蛋，我请个锁匠，把门锁给换了。"

眼镜兄神秘兮兮地凑过来，"不过我多嘴一句，不怕他去和胖子，李玮诉苦？"

"咳，谁都躲着他！他现在是过街老鼠，社会癌症！"

"可怜之人必有可恨之处。"

"我算看明白了，这些 loser，好像世界欠他们一样。"

"真理，真理。"

"不过他就没个工作？"

"他要画画。"老黄一口气喝光了杯子里剩下的咖啡，打了个饱嗝，翻了翻白眼，"他当自己是梵高在世。你明白的。"他把手放在肚皮上摸了摸圆滚滚的肚子，眼镜兄举起红酒杯，两人清脆碰杯，心领神会地哈哈大笑起来。

Sheliak

几个负责粉刷的工人凝视这个蓝色的房间,四面缀满花朵和鸟鸣的壁画。那几个工人不敢说话,猫着腰,仰起头,似乎空气中坠下沉重的陨石,他们不小心就会被其中一颗砸伤。

"这墙,真的要给涂了?"

工人们坐在地上,仰着头看着,他们在等什么也不知道。时间好像失去了痕迹。有人忘记了喝酒,水果刀也从手里滑落了,他们不约而同地想起了一些美好的回忆,比如楼下望见的一个三楼窗口穿真丝睡衣的女人,一个潮湿的、转瞬即逝的夜晚的怦然心动。还是个孩子的时候,站在山头哼着歌谣,绿色田地里的一群白色天鹅,森林里害羞的、幽灵般突然消失的野鹿。远处站着的似远似近的姑娘,发丝散发出柠檬清香,由一望无际的绿色麦田边缘闪烁的风带来。这一幕发生过,沉于梦的深井,被日常生活所掩埋。

生活教人遗忘,可是现在,他们的内心被一种温柔的丝线捆绑了。一种舒畅的、说不出的愉悦,好像陷入了对一个未曾谋面的陌生人的爱情。工人们平时被磨砺得粗糙的心,这个时候好像得到了休憩。他们坐着热气球旅行,突然从这五平方米的房间里升了起来。人们像婴儿般入睡了,无忧无虑,热气球飞过了山峦,高楼大厦镜子般的立面映出了一切,飞过了墓园上空的一群乌鸦,飞过浓绿的森林,飞过了黄色的铜盘般的月亮,人们被带向了迷雾,带向了云层的深处,带向那永久的秘密。

"我听到蟋蟀的声音了。"

一个工人做了个嘘的声音,其他几个人竖耳聆听,真的有蟋蟀的叫声,还有清泉叮咚的声音,静得像一个人的心跳,从那抖动的黑色阴影后传了过来。

一个声音提醒道:"还要不要赚钱了?动手吧。"

"这可花了不少时间呢。"

沉默了一分钟,在完全的寂静中,工人们慢吞吞地站起来,动手往墙上刷白漆。

Vela

有人听到天空下雪般降下了盛大的音乐,听到了那些音符背后的神圣和疯狂,听到了梦境中的人讲话。海滩上亮晶晶的沙子在燃烧的光线下排列成星宿的形状。谢霖把脑袋搁在肌肉紧实的双臂上,双目紧闭。他跳动的眼珠说明他正在睡梦之中,他躺在一片孤零零的废墟之上,漂浮的家具,倒塌的砖墙,睁着眼睛的牲畜,帷幔和砖瓦砾中横陈的尸体。他闭着眼睛,就像那些不会醒来的人那样。但是他在做一个美丽又恐怖的梦:

他置身于一艘古老的大船底部,船上装满了各种各样疯癫的人。船上的人流传着一种奇怪的传说,他们说,现在最新的旅行方式,是依靠巨鲸的嘴巴。只要你有勇气跳下去,你就能获得自由,去世界上的任何地方。在那个神秘的月圆之夜,船底的甲板突然向四周分裂开去,好奇的人们趴在甲板边,望向那深不可测的瑰丽的绿色深渊。

一个卷发的年轻水手，身手矫健地从护桅索上垂下来，他一只手紧紧抓着索绳，脚灵活地踩踏着绳结，另一只手从棕色的水手服里拿出一把笛子，他开始吹奏一首古老的、不知名的曲子，悠扬的笛声在空气中浮动着，在索桅，白帆以及海鸥雕塑之间浮动着，慢慢地，从深渊底部浮现起一片巨大的阴影，足足有一个足球场那么大，所有鱼群都为它让出道路，天地都屏息凝神，注视这少见的奇观。

　　它的呼吸让整个大洋震动，那光滑细腻的蓝色皮肤，好像一望无际的蓝色山峦，波浪击打着它巨大厚重的唇部，在那圆弧的周围激起了一阵阵层叠涟漪，它喘息着，张大嘴，像一个巨大的筛斗，或者一架正在演奏的手风琴，激起了新的层层白色浪花。那些浪花向远处坠去，淡入了空无，然后又产生了新的浪花。它的呼吸在平静的海面上升起巨大的风浪，天空变色，使人望而生畏。所有人都惧怕地在旋风、海浪的泡沫拍打中向后退去。他始终站在池子旁边，注视这壮观的一幕。有那么一刻，他看到了巨鲸的眼睛。它的眼睛，不比一朵玫瑰花大，眼珠稍稍向后偏斜，它的眼睛是湛蓝的，里面有宽恕和仁慈。巨鲸在凝视着谢霖。在恐怖之外还有其他什么。

　　年轻水手喊道，"跳下去！"

　　巨鲸把嘴巴张到最大，一动不动，就张在那里，足足有半个足球场那么大，它的嘴巴好像深渊，里面涌动着黑色的暗流和鱼群，那个年轻的水手打了个呼哨，扔掉了手里召唤巨鲸的笛子，跳了下去。

　　他胆怯了。这样过了两分钟，当他睁开眼睛的时候，巨鲸已经悄声无息地消失了，它的离去比鬼魅更捉摸不定。那曾经停留在上空的风暴也消失了，又变得晴空万里，闲适的白云好像羊群

在吃着肥美的牧草。

有什么在变化，水池边缘泛起了黄色的泡沫，翻滚着沙子和翻了白肚皮的鱼群，他看到了一具漂浮的尸体，那块红色方巾属于那个年轻的水手。

"耶和华安排一条大鱼吞了约拿，他在鱼腹中三日三夜。"

当水波又一次靠近，当木椅，沙发软垫，小圆桌都被水波击碎，漂浮起来的时候，甲板再一次缓缓裂开了，他在黑暗中和那些家具碎片一起，进入了巨鲸的嘴巴，那无边际的黑暗的密室。他顺着那狭窄的食道向下游去，不时地被一把木椅腿或者衣柜角撞到脑袋，另一个崭新的世界呈现在他面前。

Volans

这个黄昏，天空完全暗了下来，好像太阳不肯再见人一样，一堆堆灰色的积雨云迅速地飞过来，堆积起来，好像随时会爆炸。积雨云和风共同作用着，把天空深处搅和得不得安宁。那一团笨拙的、厚重的大团云团快速流动着，背后露出威胁的白色光芒来，暴风雨带着一点超现实的味道，短暂的末日，闪电像是一棵在空中倒着生长的树，蓝莹莹的紫光在一瞬间将昏暗的天空照亮，让人怀疑是否在那一瞬间瞥见了一个男人的侧面。雷从房顶上滚过，轰鸣中整个房子似乎都抖动了起来，孩子们哭了，狗不断叫着，动物们都焦躁不安。暴风骤雨席卷了整个城市，雨下下来了，一道道鞭子抽在玻璃上，哭喊着，像一个孩子的幽灵，非要进来要求它再也得不到的温暖，瓢泼大雨中的路人们奔跑起

来，一阵玻璃碎裂的声音，一盏灯被刮灭了。铁皮广告被风刮得呼呼作响，有人咒骂了起来，好像在咒骂大自然不应该通过这种方式引起人们的注意。

诗人的生活里什么也没有发生，什么都是捕风捉影。下雨了，大自然是残酷的，正像是生活本身也是残酷的，但是这残酷中又带着一种悖论的美，一种容易熄灭的短暂。

秋熙站在落地窗前。门铃响了，穿黄色制服的快递人员送来一个大包裹。

那是一幅长六英尺、宽三英尺的画作，灰蓝色的、起伏不定的大海，天空上浑厚的灰色云朵，翩跹的海鸥，一片冬日大海的寂静、苍凉和神秘。海鸥似乎就在她的眼前飞翔着，她听到那声嘶力竭的呼喊，喊着一个已经不存在的人的姓名。

画面上一个短发的女孩，胸脯平坦，两块突出的肩胛骨，像一对孤零零的正要打开的翅膀。角落有一首用铅笔抄上去的小诗，那是米沃什的诗，那天两个人在这张地毯上，一个人站着，一个人坐着，有闪电在他们俩的目光中交汇，那些微红的词句，仍然带着眩晕的光亮在她耳边旋绕着：

你因梦想而在这个世界上受苦，
就像一条河流，因云和树的倒影不是云和树而受苦。
你是刮在黑暗中又消失了的风，你是去了不再回来的风。
你爱过希望过，但没有结果。
你追求过而且几乎抓住，但世界比你更快。
现在，你终于能见到你的幻影了，
一切是多么古老，不可补救，而又空虚。
荒废的时光，未被征服的顶峰，以及突然出现的卑劣。

眼泪，眼泪。

但是，我们后来才哭，在光天化日之下，决不恰在那个时候。

夜半倾盆大雨过后，秋熙收拾了衣柜，把不再穿的衣服和鞋子放进编织袋里。昏暗的路灯下，一个瘦削的长络腮胡的男人在垃圾箱旁挑挑拣拣，握着一个脏兮兮、掉了一只眼睛的娃娃。他把那个娃娃擦干净，放进口袋里。或许那是一份给女儿的生日礼物。

秋熙把全部诗稿装进了大号拉杆箱。她带走了一本麦尔维尔的《白鲸》，撕下天花板上的维特根斯坦像，一张藏在尼采全集后面的全家福。照片里，她小巧的下巴紧紧贴着母亲的胸膛，露出一个小女孩的依恋目光。昨天，银行卡上收到了两万多块钱，附注是惠可一贯的简洁作风："我们一切都好"。

一个月前，秋熙申请了欧盟的旅游签证。一切都非常顺利。父亲对这一切毫无所知。上周末他出差路过，用那辆五光十色、大得几乎梦幻的宝马车载着她去吃法国菜。秋熙试图告诉他她的决定。父亲握住方向盘，得意洋洋地抚摸手腕上的手表。

"看那些蠢货。会开车吗？"

"唉，老头子，别过马路！别过！这下好了！等到什么时候？"

秋熙突然从他握方向盘的那个姿态理解了他，理解了他的高高在上。有那么一刻，他坐得端正笔直，像是小学生参加一场考试，就像他等待电视采访节目开始那正襟危坐的一分钟。

他只待了一个晚上，第二天就走了。秋熙在凌晨上了计程

车,"去机场。"她说。雨仍然在下着,淅淅沥沥的,马路光可鉴人。出租车转过不可知论者酒吧关闭的卷帘门。

"再见!"她心里说.

　　雨夜,霓虹灯下的双重灵魂
　　以及被车辆的目光冲刷的　夜晚
　　他们将自然洗涤

人们厌倦的不是这个城市,他们厌恶的只是被捆绑在一个地方,年复一年这个事实。

机场像个要展翅高飞的怪兽,巨大的玻璃幕墙,烦人的雨水不断地落下,凝结在玻璃窗户上好像蛛网。

"护照和签证。谢谢。"

海关检查员让她打开行李箱,指着那堆乱糟糟的诗稿,好像一捆蔬菜或者一捧兰花种子。

"这是什么?"

"我写的诗。"

秋熙轻松地笑了,那个海关检查员也露出了奇特而宽容的笑容。

空旷的黄色的机场,过了十几个小时,她飞越蒙古国的荒漠,乌拉尔山和亚得里亚海沿岸。在汉莎航空的波音飞机上,她透过舷窗往下看,絮状的长条形云朵飘浮在靛蓝色的大地上。连绵的云朵像米开朗基罗的群雕。大地上蜿蜒流淌着静脉般的河流,又像化石上的脉纹。大片大片云朵在陶土色的大地上投下黛蓝的影子。每一个影子都是一个湖。

秋熙看了一部弗里茨·朗的《月里嫦娥》,喝了两杯红酒。

她发现自己饿坏了,在漂亮高挺的空姐推着服务餐车过来的时候,她又要了一份飞机餐。她旁边坐了一个宽脸颊的奥地利人,戴一副茶色眼镜,褐色的长发梳在脑后,扎一个辫子,长得很像魔戒里的霍比特人。他醉得很厉害,表面上看不出来,每次都重复着,"你叫什么名字?哪里来?我可以给你留我的电话号码。"完全不在意这已经是第三遍了。后来他睡了一觉,清醒过来,对她热切地说:"我的儿子名叫诺贝尔。因为他是在瑞典出生的,而且他出生的那会儿,我正好博士毕业,所以他的到来就像一个奖项,就像诺贝尔奖那样。"

最初西班牙留给她一片热烘烘的混乱印象,过马路的时候,一个男人在夜色中迫不及待地握住了女人的乳房。天空蓝得像毒药,在兰布拉大道,几个年轻小伙子冲她大叫,把一朵玫瑰花戴在她的头发上。她被海鲜饭,芬芳的鲜花和皮亚佐拉的音乐包围了。在巴塞罗那,两个街上相遇的陌生人能立即引为知己。她去音乐宫听了一场索科洛夫的钢琴演奏会,参观了毕加索博物馆,在圣母玛利亚海洋教堂听了一场难忘的管风琴演奏。晚上,她在海滩上和一群不认识的人一起跳篝火舞。

"你为什么来巴塞罗那?"一个陌生人问她。

"哦,我来找一个人。"秋熙微笑道。

秋熙在巴塞罗那待了一个星期,然后她去了罗马,威尼斯,巴黎。一切都颠三倒四的。旅途永远都不会结束,就像是所有的爱情都会停留在最初。公墓的大门紧闭着,一只黑猫正在放满鲜花的墓石上熟睡。空气中充满了吵闹的灵魂。演奏齐特琴的男人,寒酸的街头画家,几只毛色鲜艳的鸭子在钴绿色的水道里嬉戏。广场上有人用易拉罐摆成心形。一群无家可归的流浪汉坐在地上喝酒,一个穿绿外套的姑娘贴两只精灵耳朵,拉着手风琴,

用沙哑的嗓音吟唱。长辫子的年轻男人在锡桶里倒上洗洁精，用绳套在空中制作出了泡泡。透明的巨大的泡泡，好像一个笨重的人在空中行走，变换着形状，突然嘭的一声，那个魔法的世界塌缩于一点。

她摘了一枝光可鉴人的乌脸梅，塞进大衣口袋。黑色铁门前垂葛悬藤，点缀着金丝桃，羊齿草。花园里的海棠形的白色大理石喷泉已经干涸了，盛满了五光十色的落叶，满地溢出来。秋熙看到一个女人在试图给她坐在轮椅上的高位截肢的丈夫照一张照片，便主动走上去，尝试了好多个角度，给他们拍了合影。

他们的微笑让她无法忘怀。

她每到一个地方就给惠可寄明信片。

"我没有找到真理之口，但我去了真理之口的东面，南面，北面，西面，所以，在统计学的意义上，我去了真理之口。

"还有，我遇到了一个漂亮的男人！天啊，你不知道他有多英俊，他会写诗，吹口琴，用勺子击打音乐。我给你寄两张最不像他的照片。在威尼斯，这个陌生人滑冰时摔断了一根肋骨！他问我可以用这根多余的肋骨变出一个女人吗？我告诉他，用肋骨变女人的手艺已经失传了。

"现代艺术馆自闭症患者的画展上，我在看一幅色彩艳丽的画，这个自闭症女孩（画家本人）跑过来拥抱我。我哭了。她需要说话的时候总是画画。'你为什么不肯说话？'我问道。

"'语言是模糊的。'她说。

"我也这么认为。所以我才写诗。"

Wazn

秋熙在柏林，拿着地图到处晃荡。她经过一幢废弃的灰色的大楼，外立面的墙皮几乎已经脱落了，外墙里堆着高高的沙堆，一棵树在路边孤零零的，两个下水道孔像两枚旧式硬币，丈量着那通向地狱或者天堂的距离，在那幢简洁的几乎是共产主义风格的大楼上，留下那行白灰泥的字迹：

"Hong long is now？"（现在有多久呢？）

月亮好像一个孤独的气泡悬在天上，这个晚上的月亮让她想到了其他一些晚上的月亮。音乐从木质长椅上的孔洞里钻了出来，一片旷远的画幕，深紫色的云层像波涛那样铺陈在天边，站在天幕下仿佛置身于波浪之下。一片黑压压的乌鸦落在建筑工地上。水泥搅拌机，起重机，巨大的沙堆，一种初春的绿色点染了一切。

然后她看到了或许是永生难忘的一幕，一群乌鸦壮观地起飞了，飞到了教堂旁边，好像密密麻麻的昆虫，组成了球形，不断溃散着，变化着形状，远处飞来了更多的鸟群，天空好像被一阵密集的风暴铺满了，汹涌的黑色河流，一把撕碎的黑色粉末，但是一个瞬间，就像是巨人回到了阿拉丁神灯里，那场巨大的风暴突然被教堂上一个神秘的点吸收。

她坐在爱因斯坦咖啡厅里，转动笔头，在笔记本上写道：

爱因斯坦的咖啡

亚历山大入夜了

过去在离开

午夜出发的一辆出租车，缓慢地

在寒冷，反光的车道上

广场上有三个中年男人演奏巴赫

石柱耸立的森严森林

疼痛连绵不断，被折叠，携带，流向四面八方

深蓝色的波涛有如有毒的汁液，一起注射了我

祈祷是永远到达不了的信号

生活如一株热带植物

每天都掉落珍贵的头发

今天的主题是悲伤，明天不是。她要看到秘密中的秘密。

她看到了人的虚弱。当一个孩童在沙滩上想显示自己的肌肉力量时的虚弱，青春不再的电影女演员面对镜头时，那张自鸣得意的脸上露出的贪婪和虚弱。她看到了儿童的丑陋，做作，装模作样，看到了成人发怒时人兽相交的临界状态，她看到一个注视着肥皂泡的女孩，脸上没有欣喜，目光充满了怀疑，脸上甚至带着一点无聊的神情，似乎正在等待那个熠熠夺目的肥皂泡碎掉。

她看到了瘦到病态的人，有钱人的空洞，情欲的懒散和残忍，海边大喊大叫的绝望的人，看到女人的恐惧和厌倦，老人怪物般的可笑，突兀，令人厌恶的衰老，看到了新娘被新郎亲吻时眼睛里的无助，以及女性作为一种被男性围观的群体，一种毫无尊严的、被观看和挑选的猎物般的状态。以及最终，所有人的无所事事。

这个世界像一块剥落了油漆的墙面，在她面前缓缓展开。她

终于看到了，现在，她不是只看到她愿意看到的东西了。她曾经把自己的意志强加给了这个世界。其中有残忍和冷酷，有她过去曾经不愿意去想和接受的东西。可是，痛苦的火焰不是要不断地锤炼和净化她吗？

最后，她看到公园里一个抱着孩子的女人，那孩子只是睡着了，但是母亲穿着一条黑色裙子，缓缓走动着，脸上的凝重好像抱着一具尸体，就像是圣母玛利亚抱着死去的基督，平静的悲痛。基督已经用自己的死偿还了所有人的罪恶。基督是自愿被钉上十字架的，她现在贴着墙壁站着，伸展双臂，做出那种受难的柔顺的姿势，脑袋温柔地偏向一边，泪水像一串晶莹的葡萄那样从脸颊上流了下来。这个行为让她感到好受了一些。爱是一支金箭，将她钉在了十字架上。

有时候她觉得生活很困难，爱一个人很困难，交托真心很困难，获得救赎很困难。她坐在一个遥远的一亿光年以外的星系中岿然不动，在她身上发生的任何事情，都不可能对周遭产生一丝一毫的影响，而周遭的事物，就像是雪花轻飘飘地落在了她的肩头。她坐在那里远离人世，好像坐在已经凝固了的曾经沸腾的熔岩之中，他人的欢呼声，笑声，说话声，离她是如此之远，远得好像从一面镜子后面传过来的。

可是她不再像过去那样软弱。火车开始鸣笛。一个男人匆匆忙忙地夹着公文包向火车跑去。秋熙固执地站在那里，这个人是否能赶上火车，不再成为她命运的一个预示。

她甚至在这种踏实的平淡中嚼出了一点味道。那就是每个人都要面对的真实的味道。锅碗瓢盆，双人婴儿车，八点半黄金电视剧档和冬日冷风中一闪一闪的红色烟头。这种真实已经不再单调，它不再是一种现实对另一种现实的逃避。这种真实包含着最

大的勇气。她仍然观察树叶在墙壁上留下的鱼群般的影子,听小鸟唱完一首歌,去海边听巴赫。

秋熙终于来到了海边,她看到的是冬天的大海,一张时而褶皱时而光滑的纸页,甚至可以立起来。海鸥在头顶上盘旋嚎叫着。那些波浪比赛着,竞争着,一点点逼近了,渐渐聚集,翻腾着,向前冲刺,像一些正在跳跃的音阶。她走在沙滩上,大海在开始的时候很难让人直视,陆地上有太多的建筑,视野已经习惯了拥挤的目标,而现在一片空茫,就好像一切都消失了。这让人感到眩晕。

她把小手提箱打开,把诗稿一页页扔向大海,它们很快就被打湿,被起伏的波涛吞噬了。她坐在沙滩上,海水浸泡着她的脚,就好像一个人往后退了一步,看到了事情的全貌。她的灵魂可以唱着一首愉快的歌谣从身体里飞升到空中,就像是一个人将雨衣从头顶上拉出来的过程,海和迷蒙的天空。而一切都将消散于这一片海和空茫的天空中。

我爱自然,和仅次于自然的,艺术;
我在生命之火前温暖双手,
火势渐弱,我已准备出发。

现在她就像是被囚禁在大屠杀的孤塔里,四周寂静无人,完全的孤离,只有上方气孔上的一小块阳光照射了进来。她能听到四周的人在讲话,在移动,可是每个人之间都离得如此之远。她抬起头望着那小束微薄的阳光,它无力地从深渊上垂了下来,像一个死者的目光,可是那里还长出了一株绿草。她的背部贴在墙壁上,双手摸索着那些可憎的将人们分开的砖石,可是她的信心

还没有死掉,在经受了各种各样的折磨之后,她竟然还爱人类全体,她还爱着谢霖。

她原谅了他,她怎么能不原谅他呢?这个本质自私和冷酷的人,露出一个天真男孩的微笑。在年轻的时候碰到这样的命运她并不感到遗憾,她不后悔曾经为他爱过,疯狂过,差了一步,差点落入了深渊。他是这个世界拼图上丢失的一块珍贵碎片。

时间并不遵循人们所熟悉的线性时间,开始的那段时光,她不再记得他的一切,他的脸庞好像一个马赛克图案,当她想起他的时候,就像是回忆一个影子,回忆阳光下蒸发的一滴水珠的痕迹。但是某一天,他突然清晰起来,更加清晰,越来越清晰,她听到他在脑海里的某个黑暗角落里大叫道:"不要忘掉我!不要忘掉我!"她走进一家餐厅,听到了巴赫的《第10号前奏曲》,突然泪流满面。她闭上眼睛,眼泪顺着她的眼角一滴滴流出来。一个服务员走过来问她怎么了。秋熙看着他,没有办法发出声音,没有办法说出任何一个字。那个时刻,她突然明白,关于谢霖的一切,他的一切回忆都在那里,就好像第一天如新的样子,什么都没有改变过,就连最细微的细节也没有被时间擦去。她记着他的一切,就像是记着他手指的形状,嘴唇边的味道,记得他的浅色眼珠。她不知道,她的心是受了祝福,还是得到了诅咒。

有一天,她在大街上遇到了谢霖。简直不能相信,他站在博雅书店前面,正在用他的那种特别的姿势沉思和抽烟,她站在那里,远远望着他。他开始的时候没有看见她,他的目光抬起来,绕过了她,他总是那么一个心不在焉的人,总在思考着离现实很遥远的事情。然后他突然看到了她,脸上露出了微笑,那个笑容难以形容。他走了过来,他们开始聊天,气氛是愉悦的,就像是他们刚认识的那个样子,就好像什么都没有发生过。

他们可以谈论很多话题，可以讨论秋熙的诗歌，她最近计划的长途旅行，读过的书和看过的展览。谢霖说他去买烟，让秋熙等一下，他走过街道去，中途回过头来对她微笑。秋熙靠在一根电线杆旁边，她突然转身，毫不迟疑地往相反方向的街道拐去。

真正的爱情，只是一场厄运。从那以后，所有穿黑色羊毛外套的人都让她心有余悸。

毫无疑问，其中有丑陋的成分，可是谁也不应该怀疑，在某个熠熠闪光的瞬间，两颗陌生、封闭的心灵做了最大的尝试，愿意因为对对方的爱做出努力和牺牲，他们曾经是这么接近了，明亮的欣喜像一道强烈的日光那样笼罩着他们的脸，他们手挽着手，脚贴着脚，它毫无疑问地不可靠和不能持久。其中一个人将自己幸福的秘诀完全地交给了另一个人。它如此地接近存在本身以至于它是反对生命的。它是一种不断更新的努力。

所有那些画面像是电影镜头一样在她面前回放着。或许人的最终命运总是逃脱不了孤独。但是每一秒钟的快乐都是真实的，无论结局本身如何被命运这只大手抚弄得模糊不清，但是每一个时刻的快乐都是真实的，就像时间的流逝并不能磨灭那些河床里坚硬的卵石，每一秒钟都散发出一种永生不朽的味道。她完全相信，在宇宙的中心，在一个神秘的居所，在上帝的灵魂和头脑之中，所有的人类的回忆都集中在那里，历史中的每一个时刻都不会被轻看，没有一秒钟会被忘记，皇帝，大臣，小丑被一同对待，孩子的涂鸦或是天才的画作，在那个永恒、冷漠的上帝的目光下都是一致的。所有人的叹息，祈祷，呢喃，诗意的和恶毒的词汇，夜色中摇曳的鲜花，阳光在橡木柜上留下蝶翅样的尖翘阴影，风刮过燃烧的火焰，都被丝毫不差地记录了下来。在那个神

秘的、扩张和收缩的宇宙的心脏之中，即便是火山爆发，泥石流，地震，就算是全部的人类集体灭亡，都无法触动那个核心的存在。那个核心仍然像是它第一天存在时那样完整，纯洁，晶莹剔透。

Wezen

秋熙从布鲁塞尔坐火车去一个叫奥斯滕德的海滨城市。这是一个突然的主意，或许因为折扣火车票。奥斯滕德是詹姆斯·恩索尔的故乡，盛行大西洋湿润的西南风，除此之外并不出名。

她在这里逗留五天。旅馆楼下有一家维也纳咖啡厅，她白天去那里写诗。这个咖啡馆有真正老欧洲的作派，布置得像个洛可可宫廷，新艺术风格的彩色玻璃灯罩，墙上挂满古典油画，威尼斯式木桌上铺着普鲁士蓝桌布和白色蕾丝杯垫，红色帐幔垂在地上。男厕所门上贴着贝多芬，女厕所贴着莫扎特。

秋熙在电梯里碰到一位德国老先生，头发有点花白，面庞仍然坚毅英俊。他自言自语地走进电梯。

"天气真冷，我没有带外套。这个城市挺古怪的。你觉得吗？"

秋熙冲他笑笑。

他们常常在公共厨房遇到。这个晚上秋熙在旅馆的厨房做饭。老先生嘟囔着"柠檬，柠檬去哪儿了"，一边蹲下去，站起来的时候头重重撞在桌底。一把水果刀掉在地上，他颤悠悠蹲下去捡，水果刀滑到炉灶下面，当他站起来的时候已经满头大汗。

"各有所长。我在家里走一圈都能鼻青脸肿。我特别没有天赋打开一切塑料包装的东西。"

老先生笑起来。

"这里海鲜真便宜,三文鱼挤点柠檬汁,烤箱里烤二十分钟,香极了!猜猜多少钱?"

"五欧左右?"

"只要三欧。"秋熙没猜对,老先生很高兴。

"你试过旅馆套餐吗?你应该试试看。"

冰箱上贴着一张横纹纸,房客可以把喜欢的歌名写下来,旅馆会在早餐时间播放。

秋熙郑重地写下:

"廖秋熙,房间号315,歌名:《巴赫第10号前奏曲和赋格E小调》。"

"你还是学生吧,将来想做什么?"

"我没想好将来干吗。"

"哦,这个词,Serendipity(美好的意外)!"

秋熙看着他,半张着嘴。

"当一个人不知道自己将来要做什么,我总会给他们两个建议,一个是去跳探戈舞,一个是学人类学。"

"太好了。"秋熙咯咯笑。

"我的名片。"老先生从裤子口袋里拉出一条皱巴巴的手绢,擤了擤鼻涕,又掏了半天,失手把勺子掉到了地上,终于找出一张名片。

"留着吧,不要轻视偶然性带来的改变。"

秋熙瞄了一眼,Hölderlin,杜伊斯堡-埃森大学人类学教授。荷尔德林这个名字让她非常有好感。

她攥着名片和老先生告别。走廊贴了一张防止滑倒的告示："不要快跑，慢慢来，因为最终你只是通向自己。"

秋熙去了沙滩。柔和的淡蓝的天幕，稀疏的云朵拉成了遥远的两条白线，太阳像一个模糊的白色光球，在这慵懒的、因为日光而变得令人昏睡的午后里嗡嗡作响，远处的波涛一层踏着一层，一层白色蕾丝绣在另一层白色蕾丝上，那金属质地的波涛，在靠近沙滩的地方绣上了一条漂亮的花边。

海风吹得人睁不开眼睛。整个洋面都在运动着，那深蓝色的单子，透明、无色的波涛，梳理了一遍，又梳理了一遍，舒畅的纹路，雄浑的色彩，在沙滩上被拉长得不成比例的阴影。鸽子出来散步了。天上有一颗特别明亮的星星，好像一颗闪闪发光、固执的钉子，钉在天幕上，沉默的气味观看了一切。每天从海滩回家，她总是看到这同一颗星星，它眨眼睛的时候，她感觉到它在和她说话。空气中充满了微妙的、甜蜜的、关于未来的平凡的预感。她感觉她行走在自己的葬礼中间，看到人们喝着红酒，讲着笑话，放肖邦的葬礼进行曲。这个场景让她快活。

不可描绘的蓝色揉入了碎银和月光，红色和绿色的信号灯亮了起来。从地平线那里驶来了一艘航船，它发出的光亮像一座金字塔。上帝或许是在洋面和天空分界线出现一只白帆的希望。

"那是金星吗？"

秋熙问旁边一个沉默抽烟的人。

"金星可能早上才能看到吧。"

"你看那颗星那么大，那么亮，简直像夜空中一颗明亮的痣。不，像一颗钉子，你简直能在上面挂点什么东西。"

"你想得太多了。"

"曾经有一个人,答应要画一颗星星给我,并且让我住在上面。"

空荡荡的沙滩排球场,棕榈树投在地上固定的影子,一个啤酒瓶,蓝和黄色的分界线。有人留下了一支玫瑰花,她用玫瑰花的枝茎在沙滩上写了一首诗。"你因梦想而在这个世界上受苦。"她把玫瑰花留在了沙滩上,代替她自己。

月亮升起来了,一片月光洒在空旷的海面上,有什么东西在月光的魔力下诞生着,聚合着,酝酿着,有什么在月光的手指尖消失,海面上的神秘的舞台,那波浪下潜藏的秘密和热望,午夜中萃取成水晶。波光粼粼,跳跃的碎银,浪尖闪耀着金属般的光辉。月光在洋面上铺设了一条通往夜空的道路。柔黄的月亮,像一滴泪滴,充满怜悯地挂在天上。

秋熙上了公交汽车,靠着窗户,望着公园的黑色栅栏和树木清峻的枝干。她对面坐了一对满头银发的老夫妇,脸上带着微笑,两只布满皱纹和斑点的双手始终紧紧握在一起。

秋熙注视他们,他们看上去这么幸福。

那位老奶奶注意到了她,挂着拐杖的手颤动起来。

"我们结婚五十多年了。今天是我们的结婚纪念日。"

"真好。幸福婚姻有什么秘诀吗?"

老头子看了看老奶奶,张了张嘴,好像想征求她的意见。

老奶奶一头银发,嗓门可大了。"什么秘诀?坏记性吧。他做过的坏事我一件都不记得了!"

后面说了什么秋熙已经听不见了,这句话突然让她泪眼婆娑。

秋熙听从德国老先生的建议,回旅馆餐厅点了一份白酒汁鳗鱼套餐。这家旧式旅馆外墙上用金漆粉刷着价格适中的经典套

餐,好像几十年都没有变过。秋熙想,难道他们调整菜单价格需要重新刷一次墙吗?

店主是个愉快的中年人,脸孔瘦削方正,戴一副圆眼镜,手臂上缠着一小块绷带,他看到秋熙关切地盯着那块绷带,解释说,"上星期骑自行车,肌肉拉伤了。"

晚餐棒极了。秋熙点了一杯卡布奇诺,开始阅读麦尔维尔的《白鲸》。老板走过来和她攀谈,朝书面望了几眼。

"你也喜欢这本书啊?"

"嗯?"

"我认识一个人喜欢这本书,恰巧也是中国人。"

"为什么取这个名字?巴塔哥尼亚旅馆?"秋熙把书放下。

"我妈取的。我其实想改成香港旅馆,你觉得怎么样?"

窗外的路灯下,树影在草地上变换着形状,摇摆着,扩大,缩小……好像无数个心脏在收缩着。秋熙打开日记本,写道:

昨天,我梦到了你。我先是梦到了那片草地,它们就像凝结在画布上一样没有变化,我终于明白了你的那种静止的艺术,甚至隐隐理解了你为什么对绘画那么痴迷。它们被拍摄,被画,被记录下来,是因为人们知道它们迟早有一天会消失,有一天会变化。那片虚空和荒芜的深渊上结着绿色的蛛网,你在我的头发里捕捉了一只七星瓢虫。我没有听你弹吉他给我,你说会有很多机会的,但是很多当时没有做的事情,以后也不会做了。你在我的胳膊上用淡蓝色的钢笔水写下:"Ich liebe dich(德语,我爱你)",你教我德语发音,我总是说不好。那天之后,我再也不敢洗澡。那行淡蓝色的诗句还在吗?我们看到了好多好漂亮的东西。它们太漂亮了,所以当我经历的时候,几

乎不敢相信它们是真的。我们看到的那片蓝花楹和橡树,地上铺满了明黄色的叶子,上面覆盖着一层棕色、一层蓝色的柔软花瓣,真是美极了。它们美得让我在经历的时候感觉在蒙受欺骗。我们一直想去海边。我在巴塞罗那的最后那个夜晚,很多人放了天灯,天灯悬浮在黑暗的海面上空,像一只发光的萤火虫,就那么一动不动的。男人们在沙滩上一字排开小便,简直像比赛似的,完全不顾及眼前有几个女人正在游泳。那些焰火如此璀璨,最为漂亮的是燃烧的闪亮的灰烬在高空中,几乎停顿般地缓慢绽放着,舞蹈,像一些星星的残骸正缓慢地落到地面上。

曾经一个路人问我们是不是情侣,他给我们抓拍了一张相拥的照片,那妖冶的蓝色天空实在太美了,它们就像是不可能发生的那样美,虽然美的东西几乎是注定地虚幻和不可能长久。

清晨是最难熬的时刻,夜晚也最难熬。我经常在窗边想念你,思考你将来会成为怎样的人。十年之后,二十年之后呢?你是一个处于变动中的人,我觉得你身上的可怕的力量可能毁了你,但更有可能造就你。因而你比大多数人具有更多的可能性。你会是正无穷大,或者负无穷大,但是你不会选择成为中间。或许某一天,我会在报纸上读到你的名字,看到你颇为不屑的照片,在画廊里看到你的作品。那个时候,或许你已经老了,而我也不再年轻。我会成为一个庄重优雅、爱穿黑色连衣裙的女人。或许你会结婚,会和她,或者另一个女人,一个你不爱但是需要的女人。如果我们再见面,会是什么时候,会是永恒的终点吗?或许那个时候,我已经认不出你的面庞,而时间已经剥落了你身上的不羁。为你摘一朵雏菊,扎在你已经发白的鬓角。然后我可

以说，时间并没有把回忆击败。

空间里充满寂静静止的花瓣，圆形松柏在地上投下狭长和颤抖的影子，金星在闪烁着，城市灯火明亮。

生活是一个在宇宙中圆周运动的陨石集吗？无意义的虚构，生长，单调地呼吸。它在等待什么呢？是和上帝对视的一刹那吧。这样一个刹那，仿佛听到灵魂里发出"咯噔"一声，类似于骨头断了或者重新接合的一瞬发出的声音。两个命中注定的人相遇时的一瞬。为了再次得到这样的一个瞬间，人愿意付出多大的代价呀。

就像是一切事物的中心，波浪在退去，沙雕在移动。最后一个梦也是关于你，我梦到了你的画室，那些林立的雕像和作品，可是突然起火了，仿佛是毫无伤害的并不猛烈的火，火焰缓慢地，几乎是冷静地燃烧着，周围的事物开始一样样在消失，你靠在窗口的位置上抽烟，盯着那些漂浮在天花板上的烟雾，它们像是云一样软绵绵的，蓬松的，充满重量，甚至在窗框那里留下了投影，它们有秩序地排列在天花板上，你望着那些云朵，突然对我说要把它们画下来。

"火马上就要烧过来了。"

"可是，那些烟雾马上要消失了。"

你靠在那里开始画画，我不知道你要画多久。墙上的一幅画被火焰强力猛地撕扯下来。雕像，花瓶，木楼梯都消失了。你仍然在思考着颜料，思考着那些光的游戏，你那么冷静，就连已经开始舔舐你的胳膊上的火焰，你都没有察觉到。

我坐在地板上，没有想到过要逃跑。我观察着你，却并不像是你在观察那些烟雾，因为我的目光里饱含深情。我看着你修长的手指，冷静的蹙起来的眉头。你对我说过：我会来保护你。而

我对你说：Puedo morir para ti.①我知道，没有什么可以再伤害我们了。

我曾经学会过一种和火焰交谈的手势，但是我没有熄灭那场燃烧了我们的大火。

我不记得最后的场景。我们一同身处那片稀薄的火焰当中，火焰开始越来越高，它们冲上了房顶，将房子掀翻，甚至好像连天空都能碰到。我们处于火焰的中心，我甚至感受不到它的温度，它是蓝色透明的，像冰冷的海水，一同将我们埋葬在深渊的中心，我们逐渐被吞噬了，掉落下去，万劫不复。

到处弥漫着烧焦的味道，人们找到了些什么，那是被毁的画作，脸被熏成黑色的雕像，而最终人们在满目狼藉的废墟中看到的是两个人，紧紧地搂抱在一起，骨头已经融化在一起，连时间都不能把他们分开。

Yıldun

约翰知道她那个晚上没有睡好。他半夜醒来的时候，她睁着双眼，呼吸平静，盯着天花板。

"你没睡着吗？"约翰翻了个身，把床头灯拧亮。

"你听，听到了吗？海浪的声音。"她说。

"这么远怎么听得到。去把厨房的窗户关上吧？"

第二天早上他醒来的时候，她系着绿花围裙在厨房做饭，哼

---

① 西班牙语，意为"我也可以为了你去牺牲"。

着小曲,看上去心情很好。

"早饭在桌子上。"她看上去比平常漂亮,头发梳得一丝不苟,耳鬓别一个淡雅的发夹,一身黑色套裙,裙裾上绣着蕾丝边饰。

"你今天去上班吗?"

"一个女工生病了,我过去替一下。"

"几点回来?晚上去我爸妈那里吃饭。"

"七八点左右。"她隔着餐桌抬起头,目光停留在干净的窗玻璃上。

吃完中午饭,她匆匆去了旅馆,她和几个不爱说话的越南人一起工作,除了和老板打招呼,每天需要说话的时间很少。

她在光线暗淡的走廊推动清洁车,她的清洁车是一个小小的百宝箱,有不同功用的抹布和拖把,她的工作很简单,清洗楼梯,换洗床罩,扫除天花板上的灰尘,清洗马桶和浴盆。她的工作是那种缓慢无声的工作,每天都需要却被人遗忘的工作。她慢慢拖地,慢慢擦洗着花瓶,把杯碗放进洗碗机。207号房间的男人正好出门,他穿一身整洁的西服,往过道旁让了让,礼貌谦逊中有一点屈尊降贵的高傲。

"非常抱歉,地毯有点脏。"他对她点点头。

她进了房间,地毯上有一片酒醉后的呕吐污渍物,她蹲下来用一条干净的抹布使劲搓洗那块污迹。她提着水桶去了餐厅,想借点苏打水和发酵粉。一架飞机从天空上飞过,似乎擦着黑色树干的顶部,餐厅的红色地毯上多了一架雅马哈钢琴。她直起腰来,双手在围裙上擦干,声音里带着颤抖的喜悦。

"多了架钢琴?"

"我孙子从美国回来了。他喜欢弹钢琴。约翰还好吗?"酒吧

台后的女店主慢吞吞地说，在灯光下打量一只高脚玻璃杯。

她收回目光，有些尴尬地站在那里。

"你需要点什么？"女店主抬起头。

"苏打水和发酵粉。有块地毯脏了。"

"去厨房看看。橱柜二层。"

她仍然站在那里，双脚生根，目光僵硬。

女店主抬起头来，"怎么了，陈？"

她触电似的低下头。似乎任何抬起的目光都是一种僭越，在围裙上轻轻摩挲冻疮的紫红色大手。

"我能试试吗？"

"试什么？钢琴吗？当然！"

女店主微笑起来，从镜片上方投过犀利的目光，把一本账本啪啦合上，点点头。

她像一条没有重量的黑影滑到琴椅上，坐定了，她缓慢地打开琴盖，东摸摸西看看，像个年轻女孩那样好奇，似乎在等待钢琴自动响起来。女店主抬起嘴角微笑。

她闭上眼睛，停了两三秒，像个把脑袋伸入一把雏菊深呼吸的孩子，突然仰起头来，等待着空气中的那个音符来到她的面前，她的双手垂直从空中降落在琴键上，叮叮咚咚地弹奏起来。阳光像浸润的金色蜂蜜流淌在大厅地板上。空荡荡的餐厅里只有她和女店主，老女人挺直腰，皱着眉头朝她看了一眼，差点把老花镜掉下来。

她微微弯着腰，肩膀和胸脯起伏着，好像在做一种激烈的运动，或者缮写室的僧侣在和一种出奇的魔鬼较量。弹得不能算是十分出色，但是那曲调中有出奇动人的东西。她的音乐说：她有过非常精彩的人生。

她弹的是巴赫的《E小调前奏曲》。女店主目不转睛地看着她。

黄色的沙滩，男孩子们站在女人的乳房和腰部的优美线条上。几块长而坚固的岩石延伸到海里，孩子们在海边玩耍，他们在岩石上跳跃着。她蹲在大海的边缘，海浪正好能接触到的地方，海浪轻轻拍打过来，她触到了冰凉的海水，脚踩在细滑的沙子里，大海是平静的，灰蓝色的，天空是稀薄和透明的，波浪在沙滩上留下女人裙角的美丽和温柔，踏着田园诗的舒缓节奏。有时候突然一个浪冲了上来，绽开了它的全部花瓣。波浪退去后的那一块平坦的阴影，圆润，平滑，好像女人的小腹，突然被浪花覆盖了一张纯洁的白色毯子。远处的天空呈现出绛紫色，海水变幻不定，大海无情和单调的波涛声，温柔，深具力量，空气中有淡淡的咸味。那些白色的狭长岛屿，海水在晚霞的金光下好像一片液态的金属，蠕动着，无声无息的，几乎没有缝隙。波涛的声音是单调的，像是从同一个心脏里汩汩泵出了血液，海面上晃动着神秘的，逐渐隐没的波纹。

当最后一个音符消失在空气中时，女店主颤巍巍地走过来，坐到钢琴前的一把椅子上，一言不发地凝视着她。

下午天气真好，阳光明媚，从墓碑石头缝里长出生机勃勃的青草。鸟儿在枝头鸣叫。几只灰色的鸽子伏在房顶上，毛发被冷风吹得蓬松起来。有人坐在墓园石子路旁的长椅上吃饭，一个长发少女慵懒地坐在宁静阳光下，读一本维特根斯坦自传。那棵梧桐树干上的两个巨大结痂，好像两个罗马面具。她突然想到罗马人用木栏围起大理石上凿下的愿望，他们认为被光线照到是不详的。

新墓前立起一个凯尔特十字架，海鸥在这个漂泊者的居所上

空凄厉地叫着。树叶从空中缓慢地旋转而下,在空气中温柔地割开一道看不见的伤口。一架飞机在天空上飞行,它先是划了一道横线,然后开始在垂直方向飞行,在天幕上画了一个巨大的十字。

"约翰说,我们也该换个口味的咖啡了。"她从长椅上站起来,按照原定计划去了超市。她不知道其他妇女的脑袋里装着什么,新生儿,珑骧皮包和卡路里表?很快,手推车里堆满鸡蛋,卫生纸卷筒,新年夜的装饰彩带,还有给约翰父母买的两盒系着丝带的巧克力,和往年一样,和每年都一样。他们都笑话她是个"品位固定"的人。她不擅长讨人喜欢。她举起一棵分形的罗马花椰菜盯了很久,从婴儿用品专柜前走过去,一排排婴儿穿的粉嫩的小衣服。哦,母亲,这个词没有在她的头脑中泛起浪漫可爱的泡沫。上次约翰在一个挂有风铃的婴儿车前面停下来,发红的脸颊半戏谑半遗憾地笑起来:"这个婴儿车可爱极了,我们什么时候买一个?"

那些泡沫和浪花,呼吸里的盐分,一个孩子在路边模仿海鸥的叫声。她的心跳加快,双手放在胸脯上,交叉放在脖子上,像一个想要尖叫却发不出声音的人。超市里仍然像往常那样拥挤,天花板和货架上到处都装饰着彩带和千禧年促销的红色牌子。她推着手推车,走到一棵挂满五颜六色的小卡片的冬青树旁,阅读别人写下的新年愿望。

"拍一部黑熊的纪录片。"

"找到真爱。"

"明年的圣诞礼物该是苹果产品啦。"

"希望妈妈同意我不洗澡,节省水资源。"

"去南极跑马拉松。"

"上一年许的愿望还没实现呢。"

她喜欢阅读这类无用的东西,例如一张贴在女卫生间隔板上的八十年代学术考评报告,充满抱怨,一本有各国语言和古怪涂鸦的博物馆留言簿。她记得博物馆展出的一架模仿中世纪僧侣抄写圣经经文的机器,机械臂握着一支鹅毛笔,温柔,专注地调整姿势,轻柔地下笔去调整一个勾和圆点。现在她的姿势里便带着那样的温柔,一种倔强的将自己专心交付于某样更大的事物的温柔,快速写下她的新年愿望:"心灵的安宁"。

她快速地来到收银台前面,急不可耐。日光灯管发出单调的声响,她盯着那儿,从天花板的裂缝里涌出了海水,她听到了海浪的温柔呼唤。海鸥鸣叫纷乱得像是一出自然的交响乐,从小镇传来连绵起伏的教堂钟声,一个孩子在罗马式窗户前祈祷。

"约拿在鱼腹中三日三夜。"

她站在那里,一个普通超市人群拥挤的队伍里,黑暗的鲸腹中有一座真正的哥特式教堂,那是天生结构致密的建筑物,肋状拱顶的苍穹上带着星辰堕落和退化的痕迹。

巴赫的《E小调前奏曲》,不是从外部传出来的,甚至不是从天花板的裂缝中,而是从鲸鱼的每一根肋骨里传了出来,她站在那个声音里面,整个声音海水一样包围了她,她的胸膛,四肢,她的皮肤都在共振。她的整个身体都听到了。那种声音类似于一种深渊般的寂静,是一个独自出海的人在黑暗腹心中感受到的远离陆地的召唤。

"喂,到你啦。"

后面排队的顾客急躁起来,有人不耐烦地推了推她,她神情恍惚地把手推车里的物品往传输带上放,甚至忘记给收银员足够的零钱。

每一次,她都不确定是否要听从那个从她内心发出的巨大的声响。"你听到了吗?"她想问问排队的人。可是那些听不见音乐的人认为那些跳舞的人全疯了。

"千禧年快乐。"肤色黝黑的收银员递给她二十分硬币,露出了宽容的微笑。她低下头拎着三个满满的塑料袋,像个罪犯一样落荒而逃,忘记了说谢谢。

海鸥的翅膀在风中好像静止不动。康斯特勃似的云彩绵延至大海边际,海滩上一片亮晶晶的滩涂,满是粗糙的贝壳,海藻和牡蛎壳。一个戴着耳机听音乐的男人,从沙滩上跑过,水珠在沙滩上快速地蒸发,形成一首瞬间写就的诗,她还记得那被阳光遗忘的词语。穿着白纱裙的姑娘们正在冲着大海呐喊,她们在喊什么,那个词语被波涛吞噬了。波涛退回的速度那么快,简直是一个调皮的孩子在和你玩一个游戏。

她坐在一块靠近浪涛的白色礁石上沉思,波涛冲上了岸边,在沙滩上留下美妙的圆形,涣散的图案,不断变幻着自己的态度,像一个调情的女人抛洒她纯洁的白色蕾丝手帕。波浪雄浑,温柔,不可抗拒,大海是神秘和吞噬性的,潮汐巨大而可怕。深色的波涛从远处聚集起来,一次比一次更加威猛,不可预测,充满了不可抗拒的毁灭的力量。

她盯着远处的绿色信号灯,似乎这样子便能忽略那些令人感到不寒而栗的可怕的波涛。不可形容的温柔的蓝色,在地平线上融化,喘息,它们即将消失在世界的尽头。波涛停止喧嚣的那一刹那,好像整个世界都不存在了。自然的波涛温柔地痉挛着,低语着,呼唤人们投入那一阵冰冷的热情。海水一次比一次更加猛烈地袭击着海岸,在远处聚积着力量,突然地靠近,爆发,筑起了一道翡翠的高墙,又突然将自己在柔软的沙滩上摔得粉碎。

她并不害怕,她从未感到如此快乐,巴赫的音乐随着晶莹的水珠在浪尖上跳跃,宁静和愉悦的旋律像海风一样抚摸着她的小腿和肩膀。巴赫的音乐以及大海,这本身是一回事。

这颗灵魂始终属于自然,她是大海的一个孩子,现在她回家了。她在深色的波涛里穿梭往来,像是和一群大海的纯洁的孩子们玩闹。在那些蓝色和银色的丝线中穿梭,她的心毫无挂碍。一个更大的浪涛打了过来,海水填充了她,她和海水之间没有界限,融入了彼此,她就是海水本身和深沉海底的古老的咕哝声,是鱼群和水母静止的姿态,那湛蓝的水波融化了她的心脏,现在他们彼此可以亲密无间地,永远生活在波涛的低语之中。

那个深色巨大的怪兽,在她身体下方托着她慢慢地飞翔,它黑蓝色的身躯好像巨大的礁石,充满奇异的母性和温柔的光辉。透过水波向上张望,就好像透过锡箔纸,看着亮异有毒的颜色。鱼群在他们周围聚集起来,变换着形状,组成小小的城堡,海底起了飓风,水流在海水里搅动成一串串晶莹翠绿的葡萄。海底有一道光轮在不断转动着,一片空旷的眩晕的蓝色保护她们在海水中飞翔。它像一个沉默的先知带领着她。海水分开了,水面上出现了神秘莫测的波纹,整个海面都晃动起来。尾鳍在海面上画出优美,复杂的纹样,变幻交替,一条海水的柔软的脊梁游动着,它们向古老的、未被时间打断的黑暗中心游去。

下午,约翰修剪好了院子里的草坪,他一直等待着,她没有回来。他一直等到晚上八点半,她把黑框眼镜忘在洗手间的肥皂架上了,这让他有点担心。从窗外看出去,已经有耐不住性子的人们开始点焰火。他给旅馆打了个电话,是女店主的孙子接的电话,背景里传来热闹的喝酒吃饭的声音。

"哦,我帮你问问看。"电话那头过了两分钟才响起年轻人愉

快的声音,"她下午两点就离开了。"

约翰去了海边,沙滩上已经聚集起欢乐的人群,有人在玩火把,燃烧的三个火把,在空中轮流抛接,或者用锁链锁在一起在空中旋转,他们开始表演口中喷火,孩子们欢笑尖叫着。有几个锡克信徒在海水里举行什么仪式,六个人有男有女,女人用纱巾蒙着脸,站在齐膝的海水里。有人在唱民歌,时而悠扬,时而低沉,带着巫术的力量。海水是黑色的,那晚的天空看上去特别透亮。

约翰的背心被汗水湿透了,他呼吸粗重,心跳快得像雪崩。海面温柔,平静,月光照亮了海面,那是一座丝织的通向月亮的桥梁。等待千禧年倒计时的欢乐人群中,一个沉默的冲浪人背着冲浪板从波涛里钻了出来。

约翰疯了似的拦住了他,"你有没有见到一个女人?一个中国女人?个子不高,到这儿,齐耳短发?"

穿黑色紧身衣的冲浪人摇摇头,他的沉默像海风中一块被苔藓覆盖的礁石,他默然抬起右臂,伸出食指,约翰顺着他的手势方向看去,只有一片闪烁月光的黑色海水。海面上空升腾起烟花,连绵不绝,四面八方,在空荡荡的海湾产生共振回荡的声响,他听到一片空寂的浪涛声。

后记

对我来说，写作是一个很重大的事。

这是我在欧洲生活的第八年。年轻的时候，人们并不知道要在生活里寻求什么。这本书的撰写要感谢我的一个朋友。他曾经对我说，"灵感总是在奇怪的时刻到来。我发现很多事情是循环的，至少对我来说是这样。不管如何去形容它们，现在对我意义重大的事情，在未来失去了重要性，可是在神秘的某一个时刻，那件事情又会回来。"我把这段话写进了小说。他和我讨论菲茨杰拉德和康拉德，教我用勺子击打音乐，他收藏庞贝古城遗址图和土耳其笛子，喜欢在草稿纸上画一些想象中的动物。那个时候我只有模模糊糊的预感，面对的是一个多么了不起的灵魂。后来他来巴塞罗那看我，在一家叫"Aroma"的昏暗的小咖啡馆，我们讨论胡利奥·科塔萨尔的《螈螈》。是那个时候，他对我说起他的某位中学女教师，未婚，上课的时候编排学生们表演莎士比亚

的戏剧，还有，她认定自己前世是一头鲸鱼。我觉得这个故事太棒了，几乎照亮了那个昏黄的下午。

《诗人和鲸鱼》这本书写了七年。这七年中，我曾经有过颠沛流离的生活，学了法语和西班牙语，结交了稀奇古怪的朋友，也远行了更多的国家。有时候我觉得，我可以走得远一点，再远一点。作为处女作，这本小说想讲述的东西可能太多了：身份的寻找，孤独，相爱中必然的分裂性，现代生活中的自由，远行和回归。这或许是所有抱有追求的青年们都经历过的问题。

作品一旦完成就有了独立意志，很难说是你创造了作品，还是作品在改造你。我的职业和写作八竿子打不着，成天和统计学，数据和模型打交道。藏在一个社会角色下，过一种沉默没有解释的生活，对于写作是一种保护。因为工作的原因，也发展了对自然科学的喜好。

写作是一种掌握清醒做梦的艺术。生活中最重要的事物，不是去表达它，而是要伪装它。重要的是帷幕。在这一点上，这本书还是太真诚坦率了，像一个初次陷入恋爱的人，甚至不会唱一首情歌或者写一首热烈的诗，除了说出那老套的三个字以外，别无办法。

七年中的日日夜夜。有一次在机场，不吃不喝地写了六个小时，争分夺秒。有时候人们愿意为看不见的东西受苦，那个时候才是自由的。作家在本质上，就像在对世界书写一封很长的、秘密的情书。作家是那些秘密爱上世界的人。没有发表机会也会一辈子写下去，就像艾米莉·狄金森和华莱士·史蒂文斯。鲨鱼一

旦停止游动就会溺死。

章节名用的是星星的名字，也有些"我们都生活在阴沟里，但仍有人仰望星空"的意思。章节名和内容间有些有趣的关联。比如"Arrakis"（舞者），"Chamaeleon"（变色龙），"Chara"（欢欣），"Furud"（孤独的那个），"Gemma"（宝石或者破碎），"Nashira"（她带来好消息），"Volans"（飞鱼）。

衷心感谢包慧怡，感谢编辑方铁和上海文艺出版社，没有她们就没有《诗人和鲸鱼》这本书的出版。

Ad astra.

附录

本书各拉丁语章节名所对应的中英文含义：

1 **Acamar**　[the end of the river　河的尽头]

2 **Achernar**　[the end of the river　河的尽头]

3 **Acrux**　[the cross　十字架]

4 **Adara**　[the virgins　处女]

5 **Al Na'ir**　[the bright one　闪耀的那个]

6 **Alcor**　[the neglected one　被忽略的那个]

7 **Aldebaran**　[the follower　跟随者]

8 **Al Hawar**　[the white of the eye, or the white poplar tree　眼白或者银白杨]

9 **Alnilam**　[the string of pearls　珍珠串]

10 **Alshain**　[the peregrine falcon　游隼]

11 **Alsuhail**　[as the star seems to rise with difficulty from the horizon　星星从地平线上艰难地升起]

12 **Angetenar**　[the bend in the river　河湾]

13 **Ankaa**　[the phoenix　凤凰]

14 **Ara**　[the altar　祭坛]

15 **Arrakis**　[the dancer　舞者]

16 **Atlas**　[he who dares suffers　阿特拉斯，敢于受折磨的人]

17 **Bellatrix**　[the female warrior　女战士]

18　**Chamaeleon**　［the chameleon　变色龙］

19　**Chara**　［joy　欢欣］

20　**Columba**　［the dove　鸽子］

21　**Cygnus**　［the swan　天鹅］

22　**Dabih**　［the slaughterer　屠夫］

23　**Diphda**　［tail of cetus　鲸鱼的尾巴］

24　**Dorado**　［the goldfish　金鱼］

25　**Fomalhaut**　［the fish's mouth　鱼嘴］

26　**Fornax**　［the furnace　炉子］

27　**Furud**　［solitary ones　孤独的那个］

28　**Gemma**　［gem or the broken　宝石或者破碎］

29　**Gienah**　［wing　羽翼］

30　**Gomeisa**　［the weeping one　哭泣的那个］

31　**Homam**　［the high-minded man　高尚的人］

32　**Horologium**　［the clock　钟］

33　**Indus**　［the Indian　印第安人］

34　**Kaffaljidhma**　［cut-short hand　剪短的手］

35　**Kerhah**　［blaze　火焰］

36 **Kochab** [star　星星]

37 **Kuma** [as last　最终]

38 **Lesath** [sting or bite　蜇咬]

39 **Lyra** [the lyre　里拉琴]

40 **Maia** [mother　母亲]

41 **Mebsuta** [the outstretched　伸开的（手臂）]

42 **Mekbuda** [the drawn-in paw　收缩的爪子]

43 **Menkalinan** [shoulder of the rein-holder　持缰绳者的肩膀]

44 **Mensa** [the table　桌子]

45 **Miaplacidus** [placid waters　平静的水]

46 **Mimosa** [mimosa　含羞草]

47 **Mira** [wonderful or astonishing　美妙惊人的（鲸鱼座）]

48 **Mirzam** [the Herald　预言者]

49 **Mulu-lizi** [man of fire　着火的人]

50 **Muphrid** [solitary　孤独的]

51 **Naos** [ship or the inner chamber of a temple which houses an idol　航船或者神庙中放置神像的内室]

52 **Nashira** [she who brings good news　她带来好消息]

53 **Noctua** [the night owl   猫头鹰]

54 **Orion** [the hunter   猎人]

55 **Pavo** [the peacock   孔雀]

56 **Peacock** [the peacock   孔雀]

57 **Pegasus** [the winged horse   飞马]

58 **Phact** [the dove   鸽子]

59 **Phoenix** [the phoenix   凤凰]

60 **Pictor** [the painter   画家]

61 **Pleione** [sailing queen   出航的女皇]

62 **Polaris** [pole star   极星]

63 **Pollux** [second twin   第二个双胞胎]

64 **Prijipati** [lord of creation   造物者]

65 **Propus** [forward foot   前脚]

66 **Sadachbia** [the lucky star of hidden things or hiding-places   隐匿事物的幸运星，隐藏的地方]

67 **Sadalbari** [the lucky star of the excellent one   优秀者的幸运星]

68 **Sculptor** [the sculptor   雕塑]

69 **Sham** [the arrow   箭]

70 Shehak   [the harp   竖琴]

71 Vela   [the sails of the ship   出航]

72 Volans   [the flying fish   飞鱼]

73 Wazn   [the weight   重量]

74 Wezen   [as the star seems to rise with difficulty from the horizon   星星从地平线上艰难地升起]

75 Yıldun   [star   星星]

图书在版编目（CIP）数据

诗人和鲸鱼/甄妮著.-上海：上海文艺出版社.2016.7
ISBN 978-7-5321-6059-4

Ⅰ.①诗… Ⅱ.①甄… Ⅲ.长篇小说-中国-当代
Ⅳ.①I247.5

中国版本图书馆CIP数据核字（2016）第173620号

出 品 人：陈　征
责任编辑：方　铁
封面设计：钱　祯　刘梦雨

书　　名：诗人和鲸鱼
著　　者：甄　妮
出　　版：上海世纪出版集团　上海文艺出版社
地　　址：上海绍兴路7号　200020
发　　行：上海世纪出版股份有限公司发行中心发行
　　　　　上海福建中路193号　200001　www.ewen.co
印　　刷：上海天地海设计印刷有限公司
开　　本：890×1240　1/32
印　　张：10.5
插　　页：2
字　　数：240,000
印　　次：2016年7月第1版　2016年7月第1次印刷
ＩＳＢＮ：978-7-5321-6059-4/I·4834
定　　价：37.00元

告　读　者：如发现本书有质量问题请与印刷厂质量科联系　T:13817973165